Clive Barker:
Das erste Buch des Blutes

Aus dem Englischen von Peter Kobbe

Knaur

Für meine Mutter und meinen Vater

Blutbücher sind wir Leiber alle;
wo man uns aufschlägt: lesbar rot.

Inhalt

Vorwort

»Drinnen hatten sich die Kreaturen bereits über ihr Nachtmahl hergemacht. Eine, sah er, zerrte gerade den blauen süßen Happen eines Frauenauges aus der Höhle. Eine andere hatte eine Hand im Mund.«
Sind Sie noch da?
Hier eine weitere Kostprobe von dem, worauf Sie sich bei Clive Barker gefaßt machen dürfen:
»Jeder einzelne, ob Mann, Frau oder Kind, war augenlos in diesem brodelnden Turm. Sie sahen nur durch die Augen der Stadt. Sie waren gedankenlos, aber dazu bestimmt, die Gedanken der Stadt zu denken. Und sich selbst, in ihrer schwer dahinstapfenden, gnadenlosen Kraft, hielten sie für unsterblich. Riesenhaft und wahnverwirrt und unsterblich.«
Sie sehen, daß Barker als Visionär ebenso stark ist wie als Schilderer des Gräßlichen. Und noch ein Zitat, wieder aus einer anderen Erzählung:
»Was wäre denn eine Auferstehung ohne ein bißchen was zum Lachen?«
Ich zitiere das ganz bewußt als Warnung für verzagte Gemüter. Sollten Sie eine eher anheimelnde, beruhigende Variante der Horrorliteratur bevorzugen, die sowohl irreal genug ist, um sie

nicht allzu ernst nehmen zu müssen, als auch vertraut genug, um das Risiko auszuschalten, daß Ihnen bei der Lektüre Ihre Vorstellungswelt aus den Fugen gerät und Ihre vermeintlich sicher eingelullten Alpträume urplötzlich zum Leben erwachen, dann sind diese Geschichten nichts für Sie.

Wenn Sie andererseits Erzählungen satt haben, die Sie in wohligen Einschlafgrusel hüllen und deren Ende zugleich garantiert, daß die Nachttischlampe noch an ist, ganz zu schweigen von der Parade guter, ordentlich erzählter Geschichten, die nicht mehr zu bieten haben als Anleihen bei besseren Horrorautoren, von denen die Bestseller-Leserschaft noch nie etwas gehört hat, dann werden Sie – wie ich – geradezu beglückt sein, zu entdecken, daß sich Clive Barker innerhalb der Horrorliteratur der letzten Jahre als der unzweifelhaft originellste Autor erweist, und daß er der im besten Sinne zutiefst schockierende Autor ist, der heute in diesem Genre arbeitet.

Der Horrorstory wird häufig unterstellt, sie sei reaktionär. Gewiß, manche ihrer exzellentesten Gestalter muß man so einstufen, aber diese Tendenz hat auch jede Menge unverantwortlichen Blödsinn hervorgebracht; und es besteht kein Anlaß, weshalb sich das ganze Genre rückwärts orientieren sollte. Im Bereich der Phantastik sollten nur die Regeln des eigenen intuitiven Gespürs gelten, und die Clive Barkers funktionieren souverän, versagen nie. Zu behaupten (wie dies manche Horrorautoren meines Erachtens apologetisch tun), daß sich die Horrorliteratur letztendlich mit dem befaßt, was uns an die Kategorien des Normalen erinnert, und sei es auch nur dadurch, daß sie das Übernatürliche und Fremdartige als das Abnorme vorführt, kommt etwa der Behauptung gleich (und dies ist offenbar die Meinung ziemlich vieler Verlagslektoren), daß die Horrorliteratur *unbedingt* von durchschnittlichen Alltagsmenschen und ihrer Konfrontation mit dem absolut Fremden zu handeln habe. Dem Himmel sei Dank, daß es niemand gelang, Poe von dergleichen zu überzeugen, und dem Himmel sei Dank für Autoren von der Radikalität eines Barker. Nicht, daß er traditionellen Themen notwendigerweise abgeneigt wäre, aber wenn er sie durchspielt, erscheinen sie in völlig neuer Gestalt. »Sex, Tod und Starglanz« etwa ist die ins Extrem vorangetriebene Geschichte vom Phantom im Theater. Aber die Erzählung lotet ihr vertrautes Sujet tiefer aus als ihre Vorgänger und gelangt zu einer Schlußfolgerung voll schwarzem Humor und unheimlichem Optimismus. Das gleiche ließe sich von »Im Bergland: Agonie der Städte« sagen, einer beängstigenden Vision des Grausigen, doch befinden wir uns hier zudem in der provozierenden Domäne von Barkers radikaler sexueller Aufgeschlossenheit.

Welche (Un-)Möglichkeiten im einzelnen diese und andere seiner Erzählungen nahelegen, überlasse ich Ihrem Urteil. Ich habe Sie ausdrücklich gewarnt, daß diese Bücher nichts sind für ein schwaches Gemüt und eine zartbesaitete Phantasie, und man tut gut daran, sich das vor Augen zu halten, wenn man sich an eine Erzählung wie »Der Mitternachts-Fleischzug« heranwagt, eine Horrorgeschichte in Technicolor, die ihre Herkunft vom Zombiezeichentrickfilm nicht verleugnet, aber geistreicher und lebendiger ist als alle ihre filmischen Pendants.

Barkers Erfindungsreichtum erinnert an die großen phantastischen Maler, und tatsächlich fällt mir kein anderer zeitgenössischer Autor dieses Genres ein, dessen Werk so unüberhörbar danach verlangt, illustriert zu werden. Und noch mehr Erzählungen gibt es: den verstörenden »Schweineblut-Blues« oder

»Das Buch des Blutes«, die den prekären Balanceakt vollziehen zwischen analytischer Klarheit und Voyeurismus, ein Risiko, dem sich jede Behandlung des Themas Sadismus aussetzt. Nun aber glaube ich, wird es langsam Zeit, daß ich Clive Barker Platz mache.

Fast siebzigtausend Wörter von ihm halten Sie jetzt in Händen: den ersten Teil seiner Auswahl der besten Erzählungen aus einem Schaffenszeitraum von achtzehn Monaten. Abends schrieb er die Geschichten, tagsüber Theaterstücke (die, nebenbei gesagt, vor vollen Häusern gespielt werden). Ich halte diese Erzählungen für eine erstaunliche Leistung und für das seit vielen Jahren aufregendste Debüt im Bereich der Horrorliteratur.

Ramsey Campbell*

* Geb. 1946 in Liverpool; Präsident der British Fantasy Society, Horror- und Fantasyautor; zweimaliger Preisträger des World Fantasy Award sowie des British Fantasy Award A. d. Ü.

Das Buch des Blutes

Auch die Toten haben Straßen.
Unbeirrbar durchschneiden die Bahnen ihrer Geisterzüge, ihrer Traumwaggons das Ödland hinter unserem Leben und befördern einen nicht enden wollenden Strom abgeschiedener Seelen. Ihr Gestampfe und Geratter wird hörbar an den kaputten Schandorten der Welt, aus Spalten, die der Greuel, die Gewalttat und die Verworfenheit schlugen. Ihre Fracht, die ruhelos irrenden Toten, wird sichtbar, wenn das Herz nah am Zerspringen ist, und Bilder, die besser verborgen blieben, treten unabweislich vors Auge.
Auch Wegweiser haben sie, diese Straßen, und Brücken und Parkstreifen. Mautstrecken haben sie und Kreuzungen.
Und gerade an diesen Kreuzungen, wo die Massen der Toten beim Überqueren einander durchdringen, schwappt diese verbotene Verkehrsader am ehesten über – in unsere Welt hinein. Äußerst dicht ist der Verkehr an den Knotenpunkten, und die Stimmen der Toten sind so schrill wie nirgends sonst. Hier sind die Trennwände zwischen der einen Wirklichkeit und der dahinter liegenden vom Vorbeiziehen unzähliger Füße ausgehöhlt.
Eine derartige Kreuzung auf der Transitstrecke der Toten befand sich Tollington Place 65. Ein einzelstehendes Haus mit Backsteinfassade – imitiertes achtzehntes Jahrhundert – an der Nummer 65 war wirklich nichts Auffallendes. Das alte,

unscheinbare Gebäude war der billigen Pracht, die es einst für sich beansprucht hatte, längst entkleidet und schon seit über zehn Jahren unbewohnt.

Nicht aufsteigende Feuchte hatte die Bewohner aus Nummer 65 vertrieben, nicht die Fäulnis in den Kellern oder das Absinken der Grundmauern, wodurch sich in der Front des Hauses ein Spalt geöffnet hatte, der von der Türschwelle bis zur Dachrinne verlief, sondern das Getöse des Durchgangsverkehrs. Im oberen Stockwerk verebbte der Lärm niemals. Er trieb Risse in den Stuck der Wände und ließ das Gebälk sich verziehen. Er rüttelte an den Fenstern. Er rüttelte auch an den Nerven. Tollington Place 65 war ein Spukhaus, und keiner konnte sich lang drin behaupten, ohne allmählich verrückt zu werden.

Irgendwann in seiner Geschichte war in diesem Haus etwas Gräßliches vorgefallen. Keiner wußte zu sagen, wann oder was. Aber selbst für den unerfahrenen Beobachter war die bedrückende Atmosphäre des Hauses, besonders des oberen Stockwerks, ganz unverkennbar. An Blut erinnerte und Blut verhieß irgend etwas in der Luft von Nummer 65, ein Geruch, der sich in den Nebenhöhlen einnistete und auch den stärksten Magen umdrehte. Das Gebäude und sein Inventar wurden vom Ungeziefer, von den Vögeln, sogar von den Fliegen gemieden. Keine Assel kroch in der Küche, kein Spatz nistete im Speicher. Gleichgültig, welche Gewalttat hier verübt worden war, sie hatte das Haus aufgebrochen, so wie ein Messer einen Fischbauch aufschlitzt; und aus diesem Einschnitt, dieser Wunde im Diesseits, meldeten die Toten sich zu Wort und traten ans Licht.

So jedenfalls ging das Gerücht...

Die Untersuchungen in Tollington Place 65 gingen in die dritte Woche, drei Wochen eines nie dagewesenen Erfolges auf dem Gebiet des Übersinnlichen. Das Institut für Parapsychologie der Universität Essex hatte einen Zwanzigjährigen namens Simon McNeal, ein unbeschriebenes Blatt auf diesem Gebiet, als Medium eingesetzt und dabei nahezu zweifelsfreies Beweismaterial für ein Leben nach dem Tode festhalten können.

Im obersten Zimmer des Hauses, einem erschreckend engen, schlauchförmigen Gelaß, hatte der junge McNeal allem Anschein nach die Toten herbeizitiert, und auf seine Veranlassung hin hatten sie ausführlich Zeugnis von ihren Besuchen abgelegt, indem sie mit hunderterlei Handschriften die fahlen ockerfarbenen Wände beschrieben. Anscheinend schrieben sie, was immer ihnen gerade einfiel. Ihren Namen natürlich und ihr Geburts- und Sterbedatum. Erinnerungsfetzen und Segenswünsche für ihre noch lebenden Nachkommen, merkwürdige unvollständige Sätze, die auf gegenwärtige Qualen hinwiesen und verlorene Freuden betrauerten. Manche Handschriften waren unbedarft und häßlich, manche zierlich geschwungen und weiblich. Obszöne Zeichnungen und halbfertige Witze standen neben romantischen Gedichtzeilen. Eine grob hingekritzelte Rose. Kästchen vom »Schiffe versenken«. Eine Einkaufsliste.

Berühmtheiten waren zu dieser Klagemauer gekommen – Mussolini etwa, John Lennon und Janis Joplin –, aber auch Namenlose, Vergessene hatten sich neben den Großen eingetragen. Das Ganze glich einem Anwesenheitsappell unter den Toten, und er nahm mit jedem Tag an Umfang zu, als habe die Mundpropaganda unter den verlorenen Horden um sich gegriffen und sie aus dem Schweigen herausgelockt, damit sie in diesem armseligen Zimmer ein Zeichen ihrer geheiligten Gegenwart hinterließen.

Nach einem arbeitsreichen Leben auf dem Feld psychologischer Forschung war Doktor Florescu mit den harten Tatsachen des Mißerfolges wohlvertraut. Es hatte schon fast wieder etwas Angenehmes, sich praktisch mit der Gewißheit zufriedenzugeben, daß sich greifbare Beweise niemals einstellen würden. Jetzt, da sie sich einem plötzlichen und sensationellen Erfolg gegenübersah, war sie freudig erregt und verwirrt zugleich.
Sie saß wie schon die ganzen drei unglaublichen Wochen im größten Zimmer des mittleren Stockwerks, eine Treppe tiefer als das Schreibe-Zimmer, und lauschte mit einer Art Ehrfurcht dem tumultartigen Lärm aus dem Obergeschoß; sie wagte kaum zu glauben, daß es ihr erlaubt war, Zeuge dieses Wunders zu sein. Winzige Brocken hatte man schon vorher aufgeschnappt, eher quälend halbgewisse Andeutungen von Stimmen aus einer anderen Welt, aber dies war das erste Mal, daß jener Bereich mit Nachdruck Gehör verlangte.
Im Stockwerk über ihr hörte der Lärm auf.
Mary sah auf die Uhr: Es war sechs Uhr siebzehn abends.
Aus irgendeinem den Besuchern wohlbekannten Grund hielt die Verbindung nie viel länger an als bis sechs. Mary wollte noch bis halb sieben warten und dann raufgehen. Wie's wohl diesmal abgelaufen war? Wer wohl heute alles in dieses schäbige Zimmer gekommen war, um seine Zeichen zu hinterlassen?
»Soll ich die Kameras aufbauen?« fragte Reg Fuller, ihr Assistent.
»Bitte«, murmelte sie, ganz verwirrt vor Erwartung.
»Bin gespannt, was heute dabei rauskommt.«

»Geben wir ihm noch zehn Minuten!«

»Gut.«

Oben ließ sich McNeal in die Ecke des Zimmers fallen und betrachtete die Oktobersonne durch das winzige Fenster. Er fühlte sich ein bißchen eingesperrt, so ganz allein an diesem verdammten Ort, aber er lächelte noch immer vor sich hin, jenes schwache, leicht verklärte Lächeln, das selbst das wissenschaftlichste Herz zum Schmelzen brachte – besonders das von Doktor Florescu. O ja, die Frau war betört von seinem Lächeln, seinen Augen, dem verlorenen Gesichtsausdruck, den er für sie parat hatte...

Es war ein schönes Spiel.

Wirklich, anfangs war es nichts anderes gewesen – nur ein Spiel. Jetzt wußte Simon, daß sie um größere Einsätze spielten; was wie eine Art Lügendetektor-Test angefangen hatte, hatte sich in einen durchaus ernsthaften Wettstreit verwandelt: McNeal gegen die Wahrheit. Die Wahrheit war einfach: Er war ein Schwindler. Er selbst schrieb mit winzigen Bleistiftminenstummeln, die er unter seiner Zunge verbarg, all diese »Geisterschriften« an die Wand. Er polterte laut und schlug um sich und schrie aus keinem anderen Anlaß, als dem blanken Vergnügen an diesem Unfug: Und die unbekannten Namen, die er niederschrieb? Er mußte lachen, wenn er nur daran dachte: Die Namen hatte er aus dem Telefonbuch.

Ja, es war wirklich ein schönes Spiel.

Sie versprach ihm so viel, sie köderte ihn mit Ruhm und bestärkte ihn in jeder Lüge, die er sich ausdachte. Sie verhieß ihm Reichtum, umschwärmte Auftritte im Fernsehen, ein Hofiertwerden, wie er es noch nie gekannt hatte. Solange er die Geister zum Vorschein brächte.

Wieder lächelte er sein Lächeln. Sie nannte ihn ihren Mittler:

einen unschuldigen Überbringer von Botschaften. Bald würde sie hier sein, die Augen auf seinem Körper, während er mit tränenerstickter Stimme ihre rührende Aufregung über eine neue Serie hingekritzelter Namen und Unsinnsworte untermalte.

Er hatte es gern, sich nackt oder fast nackt von ihr betrachten zu lassen. Sämtliche Sitzungen liefen so ab, daß er nur eine kurze Unterhose anhatte, um irgendwelche verborgenen Hilfsmittel auszuschließen. Eine lächerliche Vorsichtsmaßnahme. Alles, was er brauchte, waren lediglich die Minenstummel unter seiner Zunge – sowie genügend Energie, um sich eine halbe Stunde lang auszutoben und sich dabei die Seele aus dem Leib zu schreien.

Er schwitzte. Die Furche seines Brustbeins glänzte vor Nässe, das Haar klebte an seiner bleichen Stirn. Heute war es eine ziemliche Knochenarbeit gewesen. Er freute sich darauf, bald hier rauszukommen, sich gründlich zu waschen und sich eine Zeitlang in Bewunderung zu sonnen. Der Mittler schob die Hand in seine Unterhose und spielte träge an sich herum. Irgendwo im Zimmer saß eine Fliege in der Falle – womöglich waren es mehrere. Für Fliegen eigentlich zu spät im Jahr, aber er konnte sie irgendwo in der Nähe hören. Sie surrten und rasten gegen das Fenster oder um die Glühbirne. Er hörte ihre winzigen Fliegenstimmen, aber er kümmerte sich nicht weiter darum, war zu sehr von seinen Gedanken an das Spiel in Anspruch genommen und vom reinen Wohlgefühl, sich selbst zu streicheln.

Wie sie surrten, diese harmlosen Insektenstimmen, surrten und sangen und klagten. Wie sie klagten.

Mary Florescu trommelte mit den Fingern auf den Tisch. Ihr Ehering saß heute lose, sie spürte, wie er sich mit dem Klopfrhythmus bewegte. Manchmal saß er fest, manchmal lose: eines dieser kleinen Geheimnisse, die sie nie genau analysiert, sondern einfach hingenommen hatte. Heute saß er sogar sehr lose: Schon glitt er ihr fast vom Finger. Sie dachte an Allans Gesicht. Allans liebes Gesicht. Durch ihren Ehering hindurch sah sie es wie tief unten in einem Schacht aufscheinen. Sollte sie sich seinen Tod so ausmalen: daß es ihn hinweggetragen hatte und immer weiter wegtrug, einen Schacht hinab tief in die Finsternis? Sie schob den Ring zurück, damit er besser hielt. Durch die Kuppen des Zeigefingers und des Daumens spürte sie beinahe den säuerlichen Geschmack des Metalls auf ihrer Zunge, als sie es berührte. Eine merkwürdige Empfindung, eine Art Sinnestäuschung.

Um die Bitterkeit wegzuspülen, dachte sie an den Jungen. Wie von selbst tauchte sein Gesicht auf, ganz wie von selbst, und überströmte ihr Bewußtsein mit seinem Lächeln und seiner noch nicht männlichen unaufdringlichen Körperlichkeit. Wie bei einem Mädchen, wirklich – seine Rundungen, die frische Reinheit seiner Haut – die Unschuld.

Noch immer spielten ihre Finger mit dem Ring, und die säuerliche Geschmacksempfindung verstärkte sich. Sie blickte auf. Fuller machte die Apparate betriebsfertig. Um seinen schon leicht kahlen Kopf flimmerte und wogte die Aura eines fahlen grünen Scheins.

Plötzlich wurde ihr schwindlig.

Fuller sah nichts und hörte nichts. Er war, den Kopf über die Kameras gebeugt, ganz in seine Arbeit vertieft. Mary starrte ihn immer noch an, sah den Lichthof um ihn, spürte, wie fremdartige Empfindungen in ihr aufstiegen und sie durchschauerten. Plötzlich schien die Luft zu leben: Die nackten Moleküle des Sauerstoffs, Wasserstoffs, Stickstoffs umdrängten sie in vertraulicher Umarmung. Die Aura um Fullers Kopf erweiterte sich, ihre Strahlen vervielfältigten sich in jedem Gegenstand des Zimmers. Auch die abnorme Empfindungsfähigkeit ihrer Fingerspitzen erweiterte sich. Sie konnte beim Ausatmen die Farbe ihres Atems sehen: ein pink-orangefarbener zauberischer Schimmer in der sprudelnden Luft. Sie konnte ganz deutlich die Stimme ihres Schreibtisches, an dem sie saß, hören, das verhaltene Jammern seiner kompakten Gegenwart.

Die Welt tat sich auf, stürzte Marys Sinne in einen Taumel und ließ sie regellos die Funktionen vertauschen. Mit einemmal war sie fähig, die Welt als System zu begreifen, nicht als politisches oder religiöses, sondern als System der Sinne: ein System, das das lebende Fleisch genauso einschloß wie das träge Holz ihres Schreibtisches und das schale Gold ihres Eherings.

Und mehr noch. Mehr als Holz und Gold. Der Spalt, der zu jener Verkehrsader führte, klaffte auf. Im Kopf hörte sie Stimmen, die aus keinem lebenden Mund kamen.

Sie blickte nach oben, oder genauer: irgendeine Macht riß ihr gewaltsam den Kopf zurück, so daß sie plötzlich zur Decke hinaufschaute. Die war von Würmern bedeckt. Nein, das war unsinnig! Aber die Decke schien lebendig zu sein, ein Madenleben zu führen – sie pulsierte, tanzte.

Sie konnte den Jungen durch die Decke hindurch sehen. Er saß auf dem Boden und hielt sein aufgerichtetes Glied in der Hand. Sein Kopf war zurückgeworfen wie ihrer. Er war hingegeben an seinen Taumel wie sie. Ihr neues Sehvermögen nahm das zuckende Licht in und um seinen Körper wahr – es umkreiste die Leidenschaft, die in seinen Eingeweiden saß, und seinen Kopf, der vor Wollust zerschmolz.

Und eine ganz andere Einsicht erschloß sich ihr, die Verlogenheit, die in ihm steckte, das Fehlen jeglicher Begabung genau dort, wo sie etwas Wunderbares vermutet hatte. Er hatte gar nicht die Macht, mit Geistern in Verbindung zu treten, und er hatte sie auch nie gehabt, das sah sie nun ganz genau. Er war ein kleiner Lügner, ein Lügenbubi, ein süßer, blasser Lügenbubi ohne das Gefühl oder die Einsicht zu begreifen, was er zu tun gewagt hatte.

Jetzt war das Maß voll. Die Lügen waren ausgesprochen, die Tricks waren durchgespielt, und die Menschen auf der Verkehrsader, über den Tod hinaus gekränkt über diese Verfälschung und Verspottung, schwirrten um den Spalt in der Wand und forderten Genugtuung.

Diesen Spalt hatte *sie* geöffnet: *Sie* hatte ahnungslos an ihm herumgefingert und -gefummelt und ihn langsam aufklaffen lassen. Ihr Verlangen nach dem Jungen hatte das bewirkt: Ihr endloses An-ihn-denken, ihre Frustration, ihre Geilheit und ihr Ekel vor dieser Geilheit hatten den Spalt immer weiter auseinandergezogen. Von allen Kräften, die das System erfahrbar machten, waren die Liebe und mit ihr verschwistert die Leidenschaft und wiederum mit beiden verschwistert der Verlust die mächtigsten. Und sie, war sie nicht die Verkörperung von allen dreien? Sie liebte, und sie begehrte, und sie spürte überdeutlich die Vergeblichkeit von beidem. Sie war gänzlich verstrickt gewesen in eine Höllenqual des Gefühls, die sie vor sich verleugnet hatte, weil sie glaubte, den Jungen einfach nur als ihren Mittler zu lieben.

Das stimmte nicht! Das stimmte nicht! Sie wollte ihn haben, wollte ihn *jetzt* haben, tief in ihr. Nur, daß es jetzt zu spät war. Der Verkehr ließ sich nicht mehr verleugnen: Er forderte, ja er *forderte* freien Zugang zu diesem kleinen Luder.

Sie war gänzlich unfähig, das zu verhindern. Nur einen winzigen grauenerfüllten Seufzer brachte sie noch zustande, als sie sah, wie sich die Verkehrsader weit vor ihr auseinanderfaltete, und sie begriff, daß das keine alltägliche Kreuzung war, an der sie standen.

Fuller hörte den Laut.

»Frau Doktor?« Er schaute von seinen Apparaten auf, und sein Gesicht, von einem blauen Licht übergossen, das sie aus den Augenwinkeln erkennen konnte, hatte einen prüfenden Ausdruck angenommen. »Haben Sie was gesagt?« fragte er.

Mit einem Völlegefühl im Magen dachte sie daran, wie das hier unweigerlich enden mußte.

Die Äthergesichter der Toten waren ganz deutlich vor ihr. Sie konnte die Tiefe ihres Leids sehen, und sie konnte Mitgefühl empfinden für ihre hörbare Qual.

Sie sah deutlich, daß die Bahnen, die sich am Tollington Place kreuzten, keine alltäglichen Durchgangsstraßen waren. Was sie da erblickte, war nicht der sorglose, dahintrödelnde Verkehr der üblichen Toten. Nein, dieses Haus führte zu einer Strecke, die nur von den Opfern und den Vollstreckern der Gewalt beschritten wurde: den Männern, den Frauen, den Kindern, die unter all jenen Qualen gestorben waren, die auszudenken ein menschliches Hirn überhaupt in der Lage war, und in deren Bewußtsein die Umstände ihres Todes unauslöschlich eingebrannt waren. Beredsamer als alle Worte verkündeten ihre Augen die Höllenschmerzen, und ihre Geisterkörper waren noch von den Wunden gezeichnet, an denen sie gestorben waren. Auch konnte sie im zwanglosen Nebeneinander mit den Unschuldigen deren Schlächter und Folterer erblicken. Diese Ungeheuer, diese rasenden, geistesverwirrten Blutvergießer lugten herüber ins Diesseits: beispiellose Kreaturen, nicht auszusprechende, verbotene Mirakel unserer Gattung, schnatterten und heulten ihr irres Kauderwelsch.

Jetzt bemerkte sie der Junge über ihr. Sie sah, wie er sich in dem stillen Zimmer leicht umwandte; er begriff, daß die Stimmen, die er hörte, keine Fliegenstimmen, daß die Klagen keine Insektenklagen waren. Plötzlich war ihm klar, daß er in einer winzigen Ecke der Welt gelebt hatte, und daß alles Übrige, die Dritte, Vierte und Fünfte Welt gegen seinen Rücken anbrandeten, voller Freßgier und unwiderruflich. Der Anblick seines Entsetzens teilte sich ihr auch als Geruch und Geschmack mit. Ja, sie schmeckte ihn, wie sie es sich immer ersehnt hatte, aber nicht ein Kuß vermählte ihre Sinne, sondern sein wachsendes Entsetzen. Es ergriff von ihr Besitz. Ihr Einfühlungsvermögen war allumfassend. Der angsterfüllte Blick war ihrer so gut wie seiner, ihre ausgedörrten Kehlen schnarrten dasselbe kleine Wort:

»Bitte!«

Das das Kind lernt.

»Bitte!«

Das Zuwendung und Geschenke bringt.

»Bitte!«

Das selbst die Toten, ja doch, selbst die Toten kennen und befolgen müssen.

Heute würde dergleichen Pardon nicht gegeben, das wußte sie sicher. Diese kummervollen Geister waren auf der Transitstrecke in Verzweiflung gealtert, mußten sie doch die Wunden, mit denen sie gestorben waren, weiter tragen, und die Raserei, die sie zu Schlächtern gemacht hatte. Sie hatten seinen Leichtsinn erduldet und seine Unverfrorenheit, all den albernen Schnickschnack, seine Pfuschereien, die ihr Martyrium zum Spiel heruntermachten. Sie wollten die Wahrheit verkünden.

Fuller starrte sie aus der Nähe an, und sein Gesicht schwamm jetzt in einem Meer aus pulsierendem orangefarbenem Licht. Sie spürte seine Hände auf ihrer Haut. Sie schmeckten nach Essig.

»Geht es Ihnen nicht gut?« fragte er mit einem Atem wie aus Eisen.

Sie schüttelte den Kopf.

Nein, es ging ihr nicht gut, nichts ging gut.

Mit jeder Sekunde klaffte der Spalt weiter auf: Durch ihn konnte sie einen anderen Himmel sehen, das schieferfarbene Firmament, das finster drohend die Transitstrecke überwölbte und die vordergründige Wirklichkeit des Hauses erdrückte.

»Bitte«, sagte sie und verdrehte die Augen hinauf zur Decke, deren Substanz sich auflöste.

Weiter auf. Und noch weiter.

Die zerbrechliche Welt, in der sie lebte, geriet bis zum Bersten unter Druck. Plötzlich zerbrach sie wie ein Damm, und die schwarzen Fluten strömten herein und überschwemmten das Zimmer.

Fuller wußte, daß irgendwas nicht in Ordnung war (das zeigte sich an der Farbe seiner Lichtaura, an der jähen Angst), aber er begriff nicht, was los war. Sie fühlte, daß ein Schauer über seinen Rücken lief; sie sah, wie sein Gehirn sich im Wirbel drehte.

»Was geht hier vor?« sagte er. Die rührende Dringlichkeit dieser Frage brachte sie fast zum Lachen.

Eine Treppe höher im Schreibe-Zimmer zerschellte der Wasserkrug.

Fuller wandte sich von ihr ab und rannte zur Tür. Aber während er sich dieser näherte, wurde sie von einem Rütteln und Beben geschüttelt, als schlüge die ganze Höllenbrut von der anderen Seite dagegen. Der Türgriff rotierte und rotierte. Der Lack warf Blasen. Der Schlüssel erstrahlte in Rotglut. Fuller wandte sich um. Doktor Florescu verharrte noch immer in dieser absonderlichen Haltung, den Kopf im Nacken, die Augen aufgerissen.

Er streckte die Hand nach dem Griff aus, aber die Tür öffnete sich, noch ehe er ihn berühren konnte. Der Korridor dahinter war völlig verschwunden. Das vertraute Interieur war der bis zum Horizont reichenden Aussicht auf die Hauptverkehrsader gewichen. Der Anblick tötete Fuller auf der Stelle. Dieses Panorama überstieg das Fassungsvermögen seines Bewußtseins – einer solchen Überbelastung, die jeden einzelnen Nerv durchzuckte, war er nicht gewachsen. Sein Herz stand still; ein totaler Umschwung zerstörte die Ordnung seines Organismus; die Blase hielt nichts mehr, das Gedärm hielt nichts mehr, die Glieder erbebten und fielen in sich zusammen. Als er zu Boden sank, begann sein Gesicht Blasen zu werfen wie die Tür, und sein Leichnam wurde durchgerüttelt wie sie. Schon war er tote Materie: für diese Schmach so tauglich wie Holz oder Stahl.

Irgendwo weiter östlich schloß sich seine Seele dem schmerzensreichen Verkehrsstrom auf seinem Weg zur Kreuzung an, auf der er einen Augenblick zuvor gestorben war.

Mary Florescu wußte, daß sie allein war. Über ihr wand sich kreischend der wunderbare Junge, ihr schönes betrügerisches Kind, während die Toten rachsüchtig ihre Hände auf seine unverbrauchte Haut losließen. Sie kannte ihre Absicht: Sie konnte sie in ihren Augen sehen – es war nichts Befremdliches daran. Jede Geschichtsschreibung kannte in ihrer Überlieferung diese besondere Marter. Er sollte zur Aufzeichnung ihrer Botschaften an die Nachwelt dienen. Er sollte ihr Schriftträger, ihr Buch, das Gefäß ihrer Lebensbeichten sein. Ein Blutbuch.

Ein Buch aus Blut. Ein Buch, in Blut geschrieben. Sie dachte an die unentzifferbaren Schriftstücke, die aus toter Menschenhaut gefertigt worden waren: Sie hatte sie gesehen und berührt. Sie dachte an die Tätowierungen, die sie gesehen hatte: Bei Monsterschauen bekommt man manche zu Gesicht, andere einfach auf der Straße bei entblößten Arbeitern, die quer über den Rücken eine Nachricht an ihre Mutter eingestochen tragen. Ein Buch des Blutes schreiben, dafür gab's sehr wohl Belege.

Aber auf diese Haut, auf diese schimmernde Haut – mein Gott, darin lag das Verbrecherische. Er schrie, als die marternden Glasnadeln des zersplitterten Kruges gegen sein Fleisch schnellten und es aufbrachen. Sie fühlte seine Höllenqualen, als wären es ihre gewesen, und gar so schrecklich waren sie nicht...

Doch er schrie. Und wehrte sich und überschüttete seine Angreifer mit obszönen Verwünschungen. Sie blieben ungerührt. In Schwärmen umdrängten sie ihn, taub gegen alles Bitten oder Flehen, und bearbeiteten ihn mit dem Übereifer von Kreaturen, die zu lange zum Schweigen verurteilt waren. Mary lauschte dem allmählich schwächer werdenden Gejammer seiner Stimme, und sie wehrte sich gegen die lähmende Angst in ihren Gliedern. Sie fühlte, daß sie irgendwie in das Zimmer hinaufgelangen müsse. Gleichgültig, was hinter der Tür oder auf der Stiege war, er brauchte sie, und nur das zählte. Sie erhob sich und spürte, wie ihr das Haar vom Kopf hochwirbelte und wie die Schlangensträhnen der Gorgo Medusa abstand. Die Wirklichkeit verschwamm – ein Boden unter ihr war kaum auszumachen. Die Dielen des Hauses waren aus Geisterholz, und darunter brandete gähnend siedende Finsternis gegen sie an. Sie sah zur Tür und war unablässig von einer

stumpfen Schläfrigkeit befangen, die sich so schwer abschütteln ließ.
Offensichtlich wollten sie sie da oben nicht haben. Möglicherweise, dachte sie, fürchten sie mich sogar ein wenig. Diese Vorstellung gab ihr Entschlußkraft; warum sonst hatten sie's drauf abgesehen, sie einzuschüchtern, wenn ihnen nicht ihre bloße Anwesenheit, da sie nun einmal dieses Loch im Diesseits aufgetan hatte, bedrohlich war?
Die blasenüberzogene Tür stand offen. Dahinter war die Wirklichkeit des Hauses gänzlich dem heulenden Chaos der Verkehrsader gewichen. Sie trat hinaus und konzentrierte sich ganz auf den Weg; ihr Füße berührten immer noch festen Boden, auch wenn ihre Augen ihn nicht mehr ausmachen konnten. Der Himmel über ihr war preußisch-blau, die Straße war breit und windig, auf beiden Seiten drängten sich die Toten. Sie kämpfte sich voran wie durch eine lebende Menschenmasse, während die glotzenden, verblödeten Gesichter den Eindringling voller Haß anstarrten.
Jetzt war's aus mit dem »Bitte«. Sie sagte nichts mehr; knirschte nur mit den Zähnen, vermied es, die Verkehrsader anzusehen, soweit es eben ging, und zwang ihre Füße auf der Suche nach der Treppe, von der sie wußte, daß sie da war, vorwärts. Sie strauchelte, als sie daranstieß, und ein Geheul stieg auf aus der Menge. Sie hätte nicht sagen können, ob sie über ihre Unbeholfenheit lachten oder Alarm schlugen, weil sie bereits so weit gekommen war.
Erste Stufe. Zweite Stufe. Dritte Stufe.
Obwohl von allen Seiten an ihr gezerrt wurde, setzte sie sich allmählich gegen die Menge durch. Droben, durch die Zimmertür hindurch konnte sie sehen, wie ihr kleiner Schwindler hingestreckt unter dem Schwarm seiner Angreifer in der Ecke

lag. Seine Unterhose hing um die Fußgelenke: Die Szene hatte etwas von einer Vergewaltigung. Er schrie nicht mehr, aber sein Blick war verstört vor Entsetzen und Qual. Wenigstens lebte er noch. Die natürliche Flexibilität seines jungen Bewußtseins hatte sich halbwegs mit dem Schauspiel, das sich vor ihm auftat, abgefunden.

Plötzlich riß es ihm den Kopf herum, und er schaute sie an, direkt durch die Tür. In dieser Grenzsituation brachte er eine echte Begabung zutage, nur einen Bruchteil von der Marys, aber hinreichend, um mit ihr in Verbindung zu treten. Ihre Blicke begegneten sich. In einem See aus blauer Finsternis, ringsum eingesäumt von Vertretern einer Welt, die sie weder kannten noch begriffen, begegneten sich ihre glühenden Herzen und schmolzen ineinander.

»Es tut mir leid«, sagte er leise. Es war unendlich bejammernswürdig. »Es tut mir leid. Es tut mir leid.« Er sah weg, sein Blick riß sich von ihrem los.

Sie war sicher, daß sie fast auf der obersten Stufe sein mußte, wenngleich ihre Füße dem Augenschein nach nur auf Luft traten und sie die Gesichter der Reisenden von oben, von unten und von beiden Seiten umstarrten. Aber ganz vage konnte sie den Umriß der Tür, die Dielen und das Gebälk des Zimmers sehen, in dem Simon lag. Er war jetzt von Kopf bis Fuß eine einzige blutige Masse. Sie konnte die Zeichen, die Hieroglyphen, auf jedem Zentimeter seines Leibes, seines Gesichts, seiner Glieder sehen. Einen Moment lang schien er blitzartig in eine halbwegs klare Perspektive zu rücken, und sie konnte ihn in dem leeren Zimmer sehen; die Sonne schien durchs Fenster, und der zersplitterte Krug lag neben ihm. Aber dann versackte ihre Konzentration wieder, und sie sah die unsichtbare Welt sichtbar werden. Er war wieder aufgehängt in der Luft, während sie ihn von allen Seiten beschrieben, ihm die Kopf- und Körperhaare ausrissen, um die Schreibfläche zu säubern; und sie schrieben in seine Achselhöhlen, sie schrieben auf seine Augenlider, sie schrieben auf sein Geschlecht, in die Furche seiner Hinterbacken, auf seine Fußsohlen.

Beiden Sehweisen waren lediglich die Wunden gemeinsam. Ob sie ihn nun von den Schreibenden bedrängt oder allein im Zimmer sah, er blutete unaufhörlich.

Jetzt hatte sie die Tür erreicht. Sie streckte ihre zitternde Hand aus, um den Griff in seiner kompakten Wirklichkeit zu berühren, aber selbst unter Aufwendung all ihrer Konzentrationsfähigkeit nahm dieser keine klareren Konturen an. Nur auf ein Geisterbild konnte sie ihre Aufmerksamkeit richten, doch das genügte. Sie packte den Griff, drückte ihn nieder und riß die Tür des Schreibe-Zimmers auf.

Er war da, direkt vor ihr. Nicht mehr als zwei, drei Meter von Besessenheit geschwängerter Luft trennten sie. Wieder schauten sie sich in die Augen, und ein vielsagender Blick, wie er in der Welt der Lebenden genauso verstanden wird wie in der der Toten, ging vom einen zum anderen. Mitleid war in diesem Blick und Liebe. Die vorgetäuschten Tatsachen schwanden dahin, die Lügen zerfielen zu Staub. An Stelle des kalt dosierten Gelächels des Jungen trat eine sanfte Warmherzigkeit – die sich in ihrem Gesicht widerspiegelte.

Und die Toten drehten, verängstigt vor diesem Anblick, die Köpfe weg. Ihre Gesichter spannten sich, als würde die Haut bis zum Zerreißen über die Knochen gezogen. Blutergußfarben verfinsterte sich ihr Fleisch, ihre Stimmen wurden melancholisch angesichts der bevorstehenden Niederlage.

Sie streckte die Hand aus, um ihn zu berühren, und sie mußte sich nicht mehr gegen die Horden der Toten wehren; allseits fielen sie ab von ihrer Beute wie sterbende Fliegen, die vom Fenster purzeln.

Sie berührte ihn zart im Gesicht. Ihn berühren hieß ihn segnen. Tränen füllten seine Augen und liefen seine aufgeritzten Wangen hinab, vermischten sich mit dem Blut.

Die Toten hatten jetzt keine Stimmen mehr, nicht einmal Münder. Sie verloren sich entlang der Verkehrsader, und ihre Bosheit fiel der Verdammnis anheim.

Schicht um Schicht gewann das Zimmer allmählich seine vertraute Gegenständlichkeit zurück. Die Bodenbretter wurden unter seinem vom Schluchzen geschüttelten Körper sichtbar, jeder Nagel, jede befleckte Diele. Die Fenster traten klar ins Bild, und draußen hörte man Kindergeschrei auf der dämmerigen Straße. Der Transitweg hatte sich dem lebenden Menschenauge vollständig entzogen. Seine Reisenden hatten ihr Gesicht der Finsternis zugewandt und waren hingeschwunden ins Vergessen; nur ihre Zeichen und Talismane hatten sie in der greifbaren Welt zurückgelassen.

Auf dem mittleren Treppenabsatz der Nummer 65 wurde der qualmende und blasenübersäte Körper Reg Fullers achtlos von den Füßen der Reisenden durchschritten, wenn sie die Kreuzung überquerten. In dem Gewühl kam schließlich auch Fullers eigene Seele vorbei und schaute hinunter auf das Fleisch, das ihn einst beherbergt hatte, dann drängten ihn die Massen weiter seiner Verurteilung entgegen.

Einen Stock höher kniete im dunkel werdenden Zimmer Mary Florescu neben dem kleinen McNeal und streichelte seinen blutbesudelten Kopf. Sie wollte erst aus dem Haus gehen, um Hilfe zu holen, wenn sie völlig sicher war, daß seine Schinder nicht zurückkehren würden. Ganz still war es, bis auf das Summen eines Jets, der sich in der Stratosphäre seinen Weg

Richtung Sonnenaufgang bahnte. Sogar der Atem des Jungen ging nun ruhiger und gleichmäßig. Keine Lichtaura umstrahlte ihn. Alle Sinne arbeiteten normal. Gesicht. Gehör, Tastsinn. Der Tastsinn.

Sie berührte ihn jetzt, wie sie es nie zuvor gewagt hatte, strich mit den Fingerspitzen ganz, ganz leicht über seinen Körper, ließ ihre Finger über die von Erhebungen aufgerauhte Haut gleiten wie eine Blinde beim Lesen der Blindenschrift. Jeder Millimeter seines Körpers war in vielen Handschriften mit winzig kleinen Wörtern bedeckt. Selbst unter dem Blut konnte sie die peinlich genauen Linien, die die Wörter in ihn geritzt hatten, wahrnehmen. Sie konnte sogar beim verdämmernden Licht gelegentlich einen Satz lesen. So war es ohne den leisesten Zweifel, und sie wünschte, mein Gott, sie wünschte so sehr, sie wäre nicht darauf gestoßen. Und doch, nach einem Leben bloßer Erwartung, hier war sie endlich: die Offenbarung des Lebens jenseits des Fleisches, ins Fleisch selbst geschrieben.

Der Junge würde überleben, soviel war sicher. Schon trocknete das Blut, heilten die abertausend Wunden. Immerhin war er gesund und stark: Er würde keinen schwerwiegenden körperlichen Schaden davontragen. Natürlich war seine Schönheit für immer dahin. Von jetzt an würde er bestenfalls Neugier erwekken und schlimmstenfalls Abscheu und Grausen hervorrufen. Aber sie würde ihn beschützen, und er würde mit der Zeit lernen, sie zu verstehen und ihr zu vertrauen. Unauflösbar waren ihre Herzen aneinandergebunden.

Und in absehbarer Zeit, wenn die Worte auf seinem Körper verschorft und vernarbt wären, würde sie ihn lesen. Mit grenzenloser Liebe und Geduld würde sie den Geschichten nachspüren, die die Toten auf ihm erzählt hatten.

Der Bericht auf seinem Unterleib, abgefaßt in zierlicher Kur-

sivschrift. Die Lebensbeichte, die sich in gestochen eleganten Druckbuchstaben über Gesicht und Kopfhaut hinzog. Die Geschichte auf seinem Rücken und die auf seinem Schienbein, auf seinen Händen.
Sie würde sie alle lesen, alle veröffentlichen, noch die allerletzte Silbe, die unter ihren anbetenden Fingern aufglänzte und hervorsickerte, damit die Welt die Geschichten erführe, die die Toten erzählen.
Er war ein Blutbuch und sie sein einziger Übersetzer.
Mit Anbruch der Dunkelheit stellte sie ihre Wache ein und führte ihn, nackt, in die lindernde Nacht hinaus.

Und hier sind die ins Buch des Blutes geschriebenen Geschichten. Ertragreiche Lektüre, lieber Leser, wenn's beliebt!
Sie sind eine Karte jener dunklen Transitstrecke, die über den Bezirk des Lebens hinaus zu unbekannten Reisezielen führt. Wenige werden sich für sie entscheiden müssen. Die meisten werden friedlich lampenhelle Straßen entlanglaufen und aus ihrem Dasein hinausgebetet und hinauskaressiert werden. Aber eine kleine Schar, eine auserwählte kleine Schar wird vom kalten Grausen heimgesucht werden, weggerissen und fortgeschleppt auf die Transitstrecke der Verdammten.
Also dann ertragreiche Lektüre, lieber Leser!
Noch eins: Am besten macht man sich aufs Schlimmste gefaßt, und ratsam ist es, erst einmal die Gangart zu erlernen, ehe einem die Luft für immer wegbleibt.

Der Mitternachts-Fleischzug

Für Leon Kaufman war die Stadt keine unbekannte Größe mehr. Die Hochburg der Wonnen, so hatte er sie immer genannt in den Tagen seiner Unschuld. Aber da hatte er noch in Atlanta gewohnt, und New York war damals eine Art gelobtes Land gewesen, in dem alles nur Erdenkliche möglich war.
Jetzt wohnte Kaufman schon dreieinhalb Monate in der Stadt seiner Träume, und die Hochburg der Wonnen war augenscheinlich alles andere als wonnig.
War's wirklich nur ein gutes Vierteljahr her, seit er aus dem Port-Authority-Busbahnhof herausgetreten war und die 42. Straße Richtung Broadway-Kreuzung hinaufgeschaut hatte? Ganz schön kurz die Zeit für den Verlust so vieler lieb gehätschelter Illusionen.
Jetzt war ihm schon der bloße Gedanke an seine kindische Arglosigkeit peinlich. Er zuckte förmlich zusammen, wenn er sich dran erinnerte, wie er dagestanden und hinausposaunt hatte: »New York, ich liebe dich.«
Liebe? Nie und nimmer.
Allenfalls war's blinde Betörung gewesen.
Und jetzt, nach nur dreimonatigem Zusammenleben mit dem Gegenstand seiner Anbetung, nachdem er seine Tage und Nächte in ihrer Gegenwart zugebracht hatte, hatte die Stadt den Schmelz ihrer Vollkommenheit eingebüßt.

New York war eine Stadt wie jede andere.
Er hatte sie erwachen sehen, morgens, wie eine Schlampe, die sich die Ermordeten aus den Zwischenräumen ihrer Zähne und die Selbstmörder aus den Strähnen ihrer Haare pult. Er hatte sie spät nachts gesehen, wenn ihre schmutzigen abgelegenen Straßen schamlos dem Laster huldigten. Er hatte sie am heißen Nachmittag beobachtet, träg und widerwärtig, ungerührt von den Greuelszenen, die sich zu jeder Stunde im Würgestau ihrer Passagen abspielten.
Sie war keine Hochburg der Wonnen.
Tod brachte sie hervor, nicht Lust.
Jeder, mit dem er zu tun hatte, war irgendwie mit Gewalt in Berührung gekommen; das gehörte hier einfach zum Leben. Es war fast schon schick, jemand gekannt zu haben, der eines gewaltsamen Todes gestorben war. Das war wie ein Beweis dafür, daß man in dieser Stadt lebte.
Aber Kaufman hatte New York fast zwanzig Jahre lang aus der Ferne geliebt. Seit er erwachsen war, hatte er nahezu ausschließlich auf die Verwirklichung seiner Liebesbeziehung hingearbeitet. Es war demnach nicht einfach, diese Leidenschaft abzuschütteln, als ob er sie nie tief empfunden hätte. Noch gab es Stunden, ganz früh vor dem Einsetzen der Polizeisirenen oder bei Anbruch der Dämmerung, in denen Manhattan immer noch ein Wunder war.
Wegen dieser Augenblicke und seinen Träumen zuliebe legte er noch immer den vorhandenen Zweifel zu ihren Gunsten aus, selbst dann, wenn ihre Manieren alles andere als damenhaft waren.

Sie machte einem diese verzeihende Nachsicht nicht leicht. Während der wenigen Monate, seit Kaufman in New York

lebte, waren ihre Straßen vom Blutvergießen geradezu überschwemmt worden.
Genaugenommen waren es nicht so sehr die Straßen selbst, sondern die Tunnelstrecken unter diesen Straßen.
»Schlachthaus U-Bahn« lautete das Schlagwort des Monats. Allein in der vorigen Woche war über drei Metzeleien berichtet worden. Man hatte die Leichen in einem der U-Bahn-Waggons der Linie Avenue of the Americas entdeckt; sie waren aufgeschnitten und teilweise ausgeweidet, ganz so, als wäre ein tüchtiger Schlächter bei seiner Arbeit unterbrochen worden. Das Blutbad war so durch und durch professionell, daß die Polizei jeden aktenkundigen Mann verhörte, der in seiner Vergangenheit irgendeine Verbindung zum Metzgergewerbe aufwies. Die Fleischverpackungsbetriebe im Hafengebiet standen unter Überwachung, die Schlachthäuser wurden fieberhaft nach Spuren untersucht. Die schnelle Ergreifung des Täters wurde in Aussicht gestellt, gelang aber nicht.
Dieses Leichentrio war nicht das erste, das man in einem solchen Zustand vorfand; genau an dem Tag, an dem Kaufman ankam, war in der »Times« eine Geschichte aufgetaucht, die noch immer den Gesprächsstoff für blutrünstigen Bürotratsch lieferte.
Es hieß, daß ein deutscher Tourist, der sich spät nachts im U-Bahn-System verirrt hatte, in einem Zug auf eine Leiche gestoßen war. Beim Opfer handelte es sich um eine gut gebaute, attraktive, dreißigjährige Frau aus Brooklyn. Vollkommen nackt; alles war ihr abgenommen worden. Jedes Fitzchen Kleidung, jegliches Stück Schmuck, sogar die Knopfclips an ihren Ohrläppchen.
Befremdlicher als die Entkleidung war aber, daß die Kleidungsstücke feinsäuberlich und penibel zusammengelegt in einzelne

Plastiktüten auf der Sitzbank neben der Leiche deponiert worden waren.

Das war nicht die Handschrift eines drauflosschneidenden Chaoten. Das hatte Stil und Methode: Ein Wahnsinniger mit ausgeprägtem Ordnungssinn steckte dahinter.

Und weiter: Noch befremdlicher als die sorgsame Zurschaustellung der Leiche war die grausige Besessenheit, mit der diese durchgeführt worden war. Den Pressemeldungen zufolge, wenn auch von der Kriminalbehörde nicht bestätigt, war der Körper aufs gründlichste rasiert worden. Jedes Haar war entfernt worden: vom Kopf, von der Schamgegend, aus den Achselhöhlen; alles geschoren und bis aufs Fleisch blankgeschabt. Selbst die Augenbrauen und Wimpern hatte man dem Opfer ausgezupft.

Und schließlich war dies Stück Fleisch nackter als nackt mit dem Kopf nach unten an einem der in der Dachwölbung des Waggons angebrachten Haltegriffe aufgehängt worden. Ein schwarzer, mit einer schwarzen Plastiktüte ausgeschlagener Plastikeimer war unter den Leichnam gestellt worden, um das ständig aus den Wunden strömende Blut aufzufangen.

In diesem Zustand, entblößt, rasiert, aufgehängt und praktisch kreidebleich ausgeblutet, hatte man den Körper von Loretta Dyer gefunden.

Es war ekelerregend, es war sauberste Arbeit, und es verwirrte zutiefst.

Keine Vergewaltigung hatte stattgefunden, und nichts ließ auf eine Schinderei schließen. Die Frau war schnell und zweckdienlich wie ein Schlachtvieh zu Tode gebracht worden. Und noch immer lief der Schlächter frei herum.

Die Stadtväter hatten, weise wie sie waren, eine vollständige Nachrichtensperre über das Gemetzel verordnet. Es hieß, daß der Mann, der den Körper gefunden hatte, in New Jersey in Schutzhaft sei, außer Reichweite für neugierige Journalisten. Aber alles Vertuschen hatte nichts gefruchtet. Ein lüsterner Cop hatte die wichtigsten Einzelheiten gegenüber einem Reporter der »Times« durchsickern lassen. Jeder in New York kannte jetzt die scheußliche Geschichte von den Abschlachtungen. Sie war Gesprächsthema in jedem Delikatessenladen und jeder Bar und, selbstredend, in der U-Bahn.

Aber Loretta Dyer war nur die erste gewesen.

Nun war man unter genau den gleichen Umständen auf jene drei weiteren Leichen gestoßen, obwohl diesmal die Arbeit offensichtlich gestört worden war. Nicht alle drei Körper waren rasiert, auch die Schlagadern waren nicht durchtrennt, um die Leichen ausbluten zu lassen. Besonders augenfällig war aber folgender Unterschied: Kein ahnungsloser Tourist war zufällig mit dem Anblick konfrontiert worden, diesmal kündete ein Bericht in der »New York Times« von der Entdeckung.

Kaufman ging den Bericht durch, der auf der Titelseite der Zeitung abgedruckt war. Ihn interessierte die Geschichte, ganz im Unterschied zu dem Mann gleich neben ihm an der Theke des Delikatessenladens, nicht übermäßig. Er empfand lediglich ein leichtes Ekelgefühl, immerhin Grund genug, seinen Teller mit zu hart gekochten Eiern beiseite zu schieben. Das war einfach wieder ein Beleg für die morbide Verkommenheit seiner Stadt. Er konnte sich an ihrer Krankheit nicht weiden. Und doch – man war ja ein menschliches Wesen – ließen sich die bluttriefenden Details auf der Seite da vor ihm nicht ganz verdrängen. Der Artikel war ohne Effekthascherei geschrieben, aber die ungekünstelte Klarheit des Stils machte das Thema nur noch beängstigender. Auch er fragte sich unwillkürlich, welcher Mensch hinter den Abscheulichkeiten stecken mochte. Lief da ein Psychotiker frei herum, oder waren es mehrere, von denen jeder versuchte, das ursprüngliche Mordmuster zu kopieren? Womöglich war dies nur der Anfang des Grauens. Vielleicht folgten weitere Morde, bis sich endlich der Mörder, übermütig oder ausgebrannt, doch zu weit vorwagen und gefaßt werden würde. Bis dahin würde die Stadt, Kaufmans angebetete Stadt, in einem eigenartigen Schwebezustand zwischen Hysterie und Hingerissensein leben.

Gleich neben Kaufman stieß ein bärtiger Mann seinen Kaffee um.

»Scheiße!« sagte er.

Kaufman rückte auf seinem Hocker zur Seite, um dem Kaffee auszuweichen, der von der Theke heruntertröpfelte.

»Scheiße«, sagte der Mann nochmals.

»Nix passiert«, sagte Kaufman.

Mit leicht verächtlichem Gesichtsausdruck sah er den Mann an. Der ungeschickte Kerl machte jetzt Anstalten, den Kaffee mit einer Serviette aufzusaugen, die bei diesem Versuch zu Pampe wurde.

Unwillkürlich fragte sich Kaufman, ob dieser Tölpel mit rosigen Backen und ungepflegtem Bart fähig wäre, einen Mord zu begehen. Gab's irgendein Zeichen in diesem vollgefressenen Gesicht, irgendeinen Hinweis in der Form seines Kopfes oder der Bewegung seiner kleinen Augen, die sein wahres Wesen verraten hätten?

Jetzt sagte er was.

»Mög'n Sie 'n neuen?«

Kaufman schüttelte den Kopf.

»Kaffee. 'n einfachen. Schwarz«, sagte der Blödmann zu dem Mädchen hinter der Theke, das gerade das kalte Fett aus dem Grill kratzte. Sie schaute auf.

»Hm?«

»Kaffee. Wohl schwerhörig?« Der Mann grinste Kaufman an.

»Schwerhörig«, sagte er.

Kaufman bemerkte, daß ihm im Unterkiefer drei Zähne fehlten.

»Sieht bös aus, eh?« sagte der Mann.

Was meinte er damit? Den vergossenen Kaffee? Seine Zahnlücken?

»Drei Leute, aufgeschlitzt. Einfach so.«

Kaufman nickte.

»Gibt einem zu denken«, sagte der andere.

»Logisch.«

»Schätze, da wird alles vertuscht, oder? Die wissen, wer's war.«

Lächerliches Geschwafel, dachte Kaufman. Er nahm seine Brille ab und steckte sie in die Tasche: Die Konturen des bärtigen Gesichts verschwammen. Wenigstens das war ein Fortschritt.

»Dreckskerle«, sagte der Mann. »Scheiß-Dreckskerle, die ganze Bande. Jede Wette, sag' ich Ihnen, daß hier was vertuscht wird.«

»Was denn?«

»Die haben Beweise, nur uns lassen sie beschissenerweise im dunkeln rumtappen. Irgendwas ist da am Werken, was Unmenschliches.«

Kaufman begriff. Der Blödmann wollte auf eine Verschwörungstheorie hinaus. Dergleichen hatte er sich schon oft anhören müssen: ein Allheilmittel.

»Schaun Sie, die klonen rum mit ihren Retorten, und dann gerät ihnen das Zeugs außer Kontrolle. Die könnten Wahnsinnsmonster züchten, weiß doch jeder. Irgendwas ist da drunten am Werken, über das sie uns nichts sagen wollen. Sie vertuschen alles, meine Rede. Jede Wette, sag' ich Ihnen.«

Kaufman fand die Unbeirrbarkeit des Mannes gar nicht ohne. Monster auf der Pirsch. Sechs Köpfe, ein Dutzend Augen. Warum nicht?

Darum nicht. Das hätte seine Stadt von Schuld freigesprochen: Damit wäre sie aus der Klemme. Und Kaufman war zutiefst überzeugt, daß die Monster, auf die man in den U-Bahn-Tunnels stoßen würde, durch und durch menschlich waren.

Der Bärtige warf sein Geld auf die Theke, erhob sich und ließ seinen fetten Hintern vom fleckigen Plastikhocker gleiten.

»Wahrscheinlich so ein Scheiß-Cop«, sagte er und nahm Anlauf zu einem letzten Deutungsversuch: »Wollte 'nen Scheiß-Helden machen, is' aber 'n Scheiß-Monster dabei rausgekommen.« Er grinste verzerrt. »Jede Wette«, hängte er noch dran und stapfte ohne ein weiteres Wort schwerfällig hinaus.

Kaufman atmete langsam durch die Nase aus und spürte, wie die Anspannung in seinem Körper abebbte.

Er haßte solche Begegnungen, bei denen er sich sprachlich wie gelähmt und kraftlos fühlte. Und, weil er gerade daran dachte, er haßte diese Sorte Mensch: den rechthaberischen, sturen Rohling, eine typische Ausgeburt New Yorks.

Es ging auf sechs, als Mahogany erwachte. Der morgendliche Regen hatte sich mit Anbruch der Abenddämmerung in ein leichtes Nieseln verwandelt. Die Luft roch so rein, wie sie's in Manhattan allenfalls werden konnte. Er räkelte sich auf seinem Bett, warf die schmuddelige Decke ab und stand auf zur Arbeit. Vor dem Badezimmerfenster tropfte der Regen auf den Kasten der Klimaanlage, sein rhythmisches Geplätscher klang durch die ganze Wohnung. Mahogany schaltete den Fernseher ein, um das Geräusch zu übertönen; es war ihm völlig gleich, welches Progamm gerade lief.

Er ging zum Fenster. Sechs Stockwerke tiefer stauten sich in der Straße Verkehr und Menschen.

Nach harter Tagesarbeit war ganz New York auf dem Weg nach Hause: zum Spiel, zur Liebe. Menschen fluteten aus den Büros und in die Autos. Manche waren nach der schweißtreibenden Arbeit in einem schlecht gelüfteten Büro sicher ziemlich gereizt; andere schlenderten, gutmütig wie Schafe, die Avenues hinunter heimwärts, begleitet von einem nicht enden wollenden Strom aus Leibern. Wieder andere wurden eben jetzt in der U-Bahn aneinandergepfercht, blind für die Graffiti an den Wänden, taub für das Gemurmel ihrer Stimmen und das kalte Getöse im Tunnel.

Sich das auszumalen, machte Mahogany Freude. Er war schließlich keiner vom üblichen Haufen. Er konnte an seinem Fenster stehen, auf Tausende von Köpfen da unten schauen und sich sagen, daß er ein Auserwählter war.

Natürlich hatte auch er unumstößliche Termine einzuhalten, wie die Leute auf der Straße. Aber seine Arbeit hatte mit deren sinnloser Plackerei nichts zu tun, sie glich eher einer heiligen Pflicht.

Auch er mußte für sein Leben sorgen und schlafen und scheißen wie sie. Aber ihn trieb nicht zwangsläufiger Gelderwerb an, er gehorchte den Forderungen der Geschichte.

Er stand in einer großen Tradition, die noch weiter zurückreichte als die Geschichte Amerikas. Er war ein schleichender Jäger der Nacht: wie Jack the Ripper, wie Gilles de Retz, eine fleischgewordene Verkörperung des Todes, ein Gespenst mit menschlichem Antlitz. Er war einer, der den Schlaf heimsuchte und Schreckensängste erweckte.

Die Leute dort drunten konnten sein Gesicht nicht kennen; auch würden sie's nicht der Mühe wert finden, ihn zweimal anzusehn. Sein Blickstrahl aber würde sic sich greifen und sie sorgsam abwägen, um dann nur die gereiftesten Exemplare aus der vorbeiziehenden Parade zu erlesen, denn nur die ganz Gesunden und die Jungen waren auserwählt, unter seinem gebenedeiten Messer zu fallen.

Manchmal drängte es Mahogany, der Welt seine wahre Identität zu verkünden, aber er hatte Verpflichtungen, und die lasteten schwer auf ihm. Ruhm konnte er sich nicht erhoffen. Ihm war ein Leben hinter den Kulissen bestimmt, und nur der Stolz war's, der nach Anerkennung drängte.

Und überhaupt, so fragte er sich, begrüßt denn das Rind ehrerbietig den Fleischer, wenn es in die Knie bricht?

Alles in allem, er war's zufrieden. Teil jener großen Tradition zu sein, das war genug und mußte immer genug bleiben.

Seit neuestem jedoch gab es Ermittlungen. Natürlich waren sie nicht auf sein Versagen zurückzuführen. Man konnte unmöglich ihm die Schuld anlasten. Aber es waren schlimme Zeiten. Das Leben war nicht so einfach wie noch vor zehn Jahren. Freilich, er war genau um diese Spanne älter geworden, und das machte die Aufgabe strapaziöser; und immer stärker lastete die Verpflichtung auf seinen Schultern. Er war ein Auserwählter, und dieses Privileg machte das Leben schwierig.

Hin und wieder fragte er sich, ob es nicht an der Zeit sei, sich zu überlegen, einen jüngeren Mann für seine Aufgaben auszubilden. Man würde notwendigerweise die Stadtväter konsultieren müssen, aber früher oder später mußte er einen Ersatz finden, und es wäre, das fühlte er, ein sträfliches Brachliegenlassen seiner Erfahrung, keinen Lehrling aufzunehmen.

Er konnte so viele meisterlich beherrschte Techniken weiterge-

ben. Die Finessen seines außerordentlichen Gewerbes: die beste Art, sich anzuschleichen, zu schneiden, zu entblößen, auszubluten; das beste geeignete Fleisch; die einfachste Art, das Restliche loszuwerden; so viele Details, ein so großes Sachwissen.
Mahogany schlenderte ins Bad und ließ die Dusche laufen. Als er unter den Strahl stieg, sah er an seinem Körper hinunter, auf den leichten Bauchansatz, die grau werdenden Haare auf seiner einsinkenden Brust, die Narben und Pusteln, die seine blasse Haut verunzierten. Er wurde alt. Dennoch, heute nacht hatte er wie jede andre Nacht sonst auch eine Aufgabe zu erledigen...

Kaufman eilte mit seinem Sandwich hastig in die Eingangshalle zurück, schlug den Kragen runter und strich sich den Regen aus den Haaren. Die Uhr überm Aufzug zeigte sechzehn nach sieben. Bis zehn würde er durcharbeiten, keinesfalls länger.
Der Aufzug beförderte ihn in den zwölften Stock zum Pappas-Bürotrakt. Bedrückt zockelte er durch das Labyrinth leerer Schreibtische und zugedeckter Maschinen zu seinem kleinen Hoheitsbereich, in dem das Licht noch brannte. Die Frauen, die die Büros reinigten, tratschten draußen auf dem Flur: ansonsten war's hier oben wie ausgestorben.
Er zog den Mantel aus, schüttelte von ihm den Regen ab, so gut er konnte, und hängte ihn auf.
Dann setzte er sich vor die Stapel von Aufträgen, mit denen er sich den Großteil der letzten drei Tage herumgeschlagen hatte, und begann mit der Arbeit. Nur noch einen Abend würde die Plackerei dauern, dann wäre der gröbste Teil der Arbeit bewältigt, da war er sich sicher, zumal es ihm zu dieser Tageszeit ohne den unablässigen Lärm der Schreibkräfte und Maschinen um ihn herum leichter fiel, sich zu konzentrieren.
Er wickelte sein Sandwich aus – Schinken auf Vollkornbrot mit

extra Mayonnaise – und richtete sich auf den langen Abend ein.

Jetzt war es neun.

Mahogany war für die Nachtschicht gekleidet. Er hatte den üblichen gedecktfarbenen Anzug an, dazu die säuberlich gebundene braune Krawatte und die silbernen Manschettenknöpfe (ein Geschenk seiner ersten Frau), die in den Umschlägen seines makellos gebügelten Hemds steckten; sein schütteres Haar glänzte vor Öl, seine Nägel waren geschnitten und poliert, sein Gesicht von Kölnischwasser gerötet.

Seine Tasche war gepackt: die Handtücher, die Werkzeuge, seine Kettenpanzerschürze.

Er prüfte sein Erscheinungsbild im Spiegel. Man konnte ihn, fand er, noch immer für einen Mann um die fünfundvierzig, allenfalls fünfzig halten.

Als er sein Gesicht musterte, rief er sich seine Verpflichtung ins Gedächtnis. Vor allem hieß es vorsichtig sein. Bei jedem Schritt seines Weges heute nacht ruhten Augen auf ihm, die sein Auftreten beobachteten und ihre Schlüsse daraus zogen. Er mußte daherkommen wie ein Unschuldiger und durfte keinen Verdacht erregen.

Wenn die nur wüßten! dachte er. Die Leute auf der Straße, die an ihm vorbeigingen, -rannten, -sprangen, die mit ihm zusammenprallten, ohne sich zu entschuldigen, die seinem Blick voll Verachtung begegneten, die seinen massigen Körper belächelten, der sich in dem schlecht sitzenden Anzug unpassend und verquer ausnahm. Wenn die nur wüßten, was er machte, was er war und was er bei sich trug!

Aufgepaßt! sagte er zu sich und drehte das Licht aus. Die Wohnung war dunkel. Er ging zur Tür und öffnete sie, gewohnt, in der Schwärze voranzuschreiten, in der er sich wohlfühlte.

Die Regenwolken hatten sich gänzlich verflüchtigt. Mahogany ging seinen Weg die Amsterdam runter, Richtung U-Bahn-Station an der 145. Straße. Heut nacht würde er wieder die Avenue-of-the-Americas-Linie nehmen, seine Lieblingsstrecke, und oft die ergiebigste.

Die U-Bahn-Stufen hinunter, die Tarifmarke in der Hand. Durch die automatischen Türschleusen. Jetzt hatte er den Geruch des Tunnels in der Nase. Freilich nicht den der tiefen Tunnels. Die hatten einen ganz eigenen Duft. Aber selbst die schale, elektrisierende Luft dieser hochgelegenen Strecke ließ sein Selbstvertrauen wieder erstarken. Der x-fach ausgetauschte Atem von einer Million Fahrgästen zirkulierte in diesem Stollengehege und mischte sich mit dem Atem weit älterer Geschöpfe, Wesen mit Stimmen so sanft wie Töpferton, deren Gelüste abscheulich waren. Wie er das liebte. Den Duft, die Finsternis, das Getöse.

Er stand auf dem Bahnsteig und sondierte kritisch die anderen Fahrgäste. Bei einem oder zwei Körpern überlegte er, ob er ihnen folgen solle. War doch ziemlich schundiges Material: kaum der Pirsch wert. Ausgebrannter Körperschrott, schwammig, abgeschlafft. Leiber, zugrundegerichtet durch Ausschweifung, durch Abstumpfung. Als Profi machte ihn das ganz krank, obwohl er Verständnis hatte für verweichlichende Schwächen, die die besten Menschen versauten.

Er hielt sich über eine Stunde in der Station auf und schlenderte zwischen den Bahnsteigen umher, während die Züge ein- und abfuhren, und die Leute mit ihnen. So wenig erste Wahl drunter. Sah ganz danach aus, als müsse er von Tag zu Tag länger warten, bis sich verwertbares Fleisch auftreiben ließ.

Es war jetzt fast halb elf, und er hatte nicht ein einziges Exemplar zu Gesicht bekommen, das wirklich optimal zum Schlachten getaugt hätte.
Egal, sagte er sich, es war ja noch Zeit. Sehr bald würde die Welle der Theaterbesucher anrollen. Unter denen waren immer einer oder zwei saftig durchwachsene Körper. Diese wohlgenährten Intelligenzler, hielten die Fahrmarke umklammert und schwafelten dogmatisch über die Zerstreuungen der Kunst – oh doch, da war sicher was zu holen.
Wenn nicht – und es gab Nächte, da sah es so aus, als würde er niemals etwas Geeignetes finden –, dann mußte er sich weiter ins Stadtzentrum wagen und dort ein Liebespaar abpassen, das so spät noch unterwegs war, oder ein, zwei Sportler auftreiben, die gerade vom Trainieren kamen. Die gaben mit Sicherheit stets gutes Material ab, nur daß man bei solch kerngesunden Schlachtstücken stets mit dem Risiko einer Gegenwehr rechnen mußte.
Er erinnerte sich, wie er vor einem Jahr oder früher zwei schwarze Böcke gefangen hatte, der eine so um die vierzig Jahre älter als der andere, Vater und Sohn vielleicht. Sie hatten sich mit Messern zur Wehr gesetzt, und ihn hatte man darauf sechs Wochen lang ins Krankenhaus gesteckt. Es war ein harter Nahkampf gewesen, und er hatte anschließend an seinen Fähigkeiten gezweifelt. Schlimmer noch, er war nachdenklich geworden: Wie wohl seine Meister mit ihm verfahren wären, wenn er eine tödliche Verletzung davongetragen hätte. Hätte man ihn seiner Familie in New Jersey überstellt und ihm ein angemessenes christliches Begräbnis verschafft? Oder hätte man seinen Kadaver in die Finsternis geworfen, zu ihrer höchstpersönlichen Verwendung?
Mahogany fiel die Schlagzeile einer liegengelassenen »New

York Post« auf dem Sitz ihm schräg gegenüber ins Auge: POLIZEI IM GROSSEINSATZ – JAGD AUF KILLER. Er konnte ein Lächeln nicht unterdrücken. Seine um Versagen, Weichwerden und Tod kreisenden Gedanken lösten sich in nichts auf. Schließlich war er dieser Mann, dieser Killer, und heute nacht war der Gedanke daran, ergriffen zu werden, einfach lächerlich. War denn seine Lebensaufgabe nicht von den höchsten Autoritäten abgesegnet? Kein Polizist konnte ihn festhalten, kein Gerichtshof verurteilen. Eben jene Träger von Recht und Gesetz, die aus seiner Verfolgung ein solches Spektakel machten, dienten seinen Meistern um keinen Deut weniger als er; fast wünschte er sich, von irgendeinem windigen Cop gefangen und im Triumph vor den Richter geschleppt zu werden, nur um den Ausdruck auf ihren Gesichtern mit ansehen zu können, wenn das Machtwort aus der Finsternis heraufkam, daß Mahogany ein Schützling sei, erhaben über jedes geschriebene Gesetz. Es war jetzt halb elf vorbei. So allmählich trudelten die Theaterbesucher ein, aber noch war nichts Annehmbares unter ihnen. Er wollte sowieso lieber den Hauptansturm vorbeilassen und dann einfach einem oder zwei erlesenen Stücken bis ans Ende der Strecke folgen. Geduldig wartete er den rechten Augenblick ab wie jeder wohlberatene Jäger.

Kaufman war gegen elf, eine Stunde später, als er eigentlich hatte Schluß machen wollen, immer noch nicht mit der Arbeit fertig. Überdruß und frustrierende Langeweile machten die Aufgabe nachgerade schwieriger, und die Blätter voller Zahlen begannen vor ihm zu verschwimmen. Um zehn nach elf warf er seinen Füller hin. Mit den Handballen rieb er sich die brennenden Augen, bis in seinem Kopf die Farben tanzten.

»Scheiß drauf«, sagte er.

In Gesellschaft gebrauchte er nie solche Ausdrücke. Aber hin und wieder zu sich selber »Scheiß drauf« zu sagen, das hob die Stimmung ungemein. Er bahnte sich den Weg zum Flur, den noch feuchten Mantel überm Arm, und steuerte den Aufzug an. Seine Glieder waren schwer, wie betäubt, und die Augen konnte er kaum offenhalten.

Es war kälter draußen, als er angenommen hatte. Die Luft rüttelte ihn ein wenig auf aus seiner dumpfen Benommenheit. Er ging Richtung U-Bahn an der 34. Straße. Einen Expreß nach Far Rockaway erwischen. In einer Stunde daheim sein.

Weder Kaufman noch Mahogany wußten es, aber an der Ecke 96. Straße und Broadway hatte die Polizei jemanden verhaftet, den sie für den U-Bahn-Killer hielten, war er ihnen doch in einer Außenbezirkslinie in die Falle gegangen. Ein kleiner Mann europäischer Abstammung hatte, Hammer und Säge in Händen, eine junge Frau im zweiten Waggon in die Enge getrieben und gedroht, sie im Namen Jehovas in zwei Teile zu zerlegen.

Es zwar zweifelhaft, ob er imstande gewesen wäre, seine Drohung wahr zu machen. So wie die Sache lief, kam er gar nicht dazu. Während die übrigen Passagiere (einschließlich zwei Marineinfanteristen) zusahen, verpaßte das potentielle Opfer dem Mann einen Fußtritt in die Hoden. Er ließ den Hammer fallen. Sie hob ihn auf und zertrümmerte ihm den Unterkiefer und das rechte Jochbein, bevor noch die Marineinfanteristen einschreiten konnten.

Als der Zug an der 96. hielt, war dort die Polizei schon auf die Verhaftung des U-Bahn-Schlächters vorbereitet. Sie stürmten in wilder Horde den Waggon, schrien, wie von Dämonen besessen, und machten sich vor Angst fast in die Hosen. Der

Schlächter lag mit demoliertem Gesicht in einer Ecke des Waggons. Triumphierend karrten sie ihn davon. Die Frau nahm nach der Vernehmung die Marineinfanteristen mit nach Hause.

Der Vorfall sollte sich als zweckdienliche Ablenkung herausstellen, obwohl Mahogany zu diesem Zeitpunkt noch nichts von ihm wissen konnte. Es kostete die Polizei den Großteil der Nacht, die Identität des Festgenommenen zu ermitteln, hauptsächlich deswegen, weil er mit seinem zerschmetterten Unterkiefer nur ein nuscheliges Gesabber zustandebringen konnte. Erst morgens um halb vier erkannte ein gewisser Captain Davis bei seinem Dienstantritt in dem Mann einen im Ruhestand lebenden Blumenhändler aus der Bronx namens Hank Vasarely. Hank wurde immer wieder verhaftet, der Vorwurf lautete jedesmal: gemeingefährliches Verhalten und exhibitionistische Handlungen, begangen im Namen Jehovas. Aber der Schein trog: Er war so gefährlich wie der Osterhase. Das war nicht der U-Bahn-Schlächter. Aber bis die Cops das endlich herausgebracht hatten, war Mahogany schon lange mit seiner Arbeit fertig.

Es war viertel zwölf, als Kaufman in die Expreß-Linie, die bis zur Mott-Avenue durchfuhr, einstieg. Im Waggon waren zwei weitere Fahrgäste: eine Schwarze mittleren Alters in purpurrotem Mantel und ein blasser aknegeplagter Jugendlicher, der das Leck-meinen-weißen-Arsch-Graffiti an der Decke mit drogengeweiteten Pupillen anstarrte.

Kaufman war im ersten Waggon. Er hatte eine Fahrt von fünfunddreißig Minuten Dauer vor sich. Angenehm eingelullt vom rhythmischen Geschaukel des Zuges, fielen ihm die Augen zu. Es war eine langweilige Fahrt, und er war müde.

Weder sah er die Lichter im zweiten Waggon flackernd ausgehen noch Mahoganys Gesicht, der durch die Verbindungstür der beiden Waggons starrte und nach noch mehr Fleisch Ausschau hielt.

An der 14. Straße stieg die Schwarze aus. Niemand stieg ein. Kaufman öffnete kurz die Augen, nahm den leeren Bahnsteig an der 14. wahr und schloß sie dann wieder. Die Türen gingen zischend zu. Er trieb in jenem warmen Niemandsland zwischen Wahrnehmungsbereitschaft und Schlaf dahin, und durch seinen Kopf schwirrten Träume, die noch nicht ganz Gestalt angenommen hatten. Es war ein gutes Gefühl. Der Zug war wieder in Fahrt und ratterte tiefer in die Tunnels hinab.

Möglicherweise bekam Kaufman auf dem Hintergrund seines dahindämmernden Bewußtseins halbwegs mit, daß die Türen zwischen erstem und zweitem Waggon aufgeschoben wurden. Möglicherweise registrierte er den plötzlichen Schwall Tunnelluft und daß der Lärm der Räder einen Augenblick lang lauter war. Aber er nahm lieber nichts davon zur Kenntnis.

Möglicherweise hörte er sogar das Gescharre und Gerangel, als Mahogany den jungen Burschen mit dem Drogenblick überwältigte. Aber das Geräusch war zu weit weg und die Verheißung des Schlafs zu verführerisch. Er döste weiter.

Aus irgendeinem Grund kreisten seine Träume um die Küche seiner Mutter. Sie hackte Rüben – ratsch – und lächelte so lieb beim Hacken – ratsch. Er war wieder ganz klein in seinem Traum und schaute zu ihrem strahlenden Gesicht hinauf, während sie arbeitete. Ratsch. Ratsch. Ratsch.

Mit einem Ruck riß er die Augen auf. Seine Mutter verschwand. Der Waggon war leer, der junge Mann war fort.

Wie lang war er eingeduselt? Er konnte sich nicht daran erinnern, daß der Zug an der 4. Straße West gehalten hätte. Er stand auf, den Kopf noch wie in Schlaf getaucht, und kippte fast vornüber, da der Zug heftig schwankte. Anscheinend hatte der Fahrer einen ganz beachtlichen Zacken Geschwindigkeit zugelegt. Wahrscheinlich war er scharf drauf, endlich heim zu kommen ins bequeme Bett seiner Frau. Der Zug legte sich jetzt mordsmäßig ins Zeug; echt, es war verdammt beängstigend. Vor das Fenster zwischen den beiden Waggons war eine Blende runtergezogen, die, soweit er sich erinnerte, vorher nicht unten gewesen war. In Kaufmans ernüchtertem Schädel breitete sich leichte Beunruhigung aus. Angenommen, er hatte ziemlich lange geschlafen, und der Schaffner hätte ihn im Waggon übersehen. Womöglich waren sie schon an Far Rockaway vorbei, und der Zug sauste im Eiltempo zu irgend so einem Depot für die Nacht.

»Scheiß drauf«, sagte er laut.

Sollte er nach vorn gehen und den Fahrer fragen? Aber sich zu erkundigen: Wo sind wir denn? war wirklich 'ne saublöde Frage. Was konnte er wohl zu dieser nachtschlafenden Zeit anderes zur Antwort kriegen als eine Flut von Beschimpfungen?

Dann wurde der Zug allmählich langsamer.

Eine Station. Ja, eine Station. Der Zug rollte aus dem Tunnel und ins schmutzige Licht der Station an der 4. Straße West. Er hatte keine Haltestelle verschlafen.

Aber wo war dann der Junge geblieben?

Entweder hatte er sich nicht an die Aufschrift an der Waggonwand gehalten, die den Durchgang zwischen den Waggons während der Fahrt untersagte, oder er war überhaupt gleich vor ins Fahrerabteil gegangen. Wahrscheinlich vergnügt er sich gerade zwischen den Fahrerbeinen, dachte Kaufman und verzog die Oberlippe. So was kam durchaus vor. Schließlich war

man in der Hochburg der Wonnen, und jeder hatte einen Anspruch auf ein bißchen Liebe in der Dunkelheit.
Kaufman schob die Überlegung mit einem Achselzucken von sich. Was ging's ihn an, wo der Junge geblieben war?
Die Türen schlossen sich. Niemand war eingestiegen. Der Zug schlingerte aus der Station hinaus, und die Lichter flackerten, als er mit einem starken Energieschub wieder Geschwindigkeit zulegte.
Kaufman spürte, wie die süße Schlafsucht ihn erneut überkam, aber die plötzliche Angst, sich zu verirren und verloren zu sein, hatte Adrenalin in seinen Organismus gepumpt, und seine Glieder zitterten vor nervlicher Anspannung.
Auch seine Sinne waren überwach.
Selbst durchs Geratter und Gerumpel der Räder auf den Schienen hörte er aus dem nächsten Waggon herüber das Geräusch zerreißenden Tuchs. Rissen sich da welche das Hemd vom Leib?
Er stand auf und griff nach einer Halteschlaufe, um nicht umzufallen.
Das Fenster zwischen den Waggons war vollkommen zugehängt, aber er starrte mit gerunzelter Stirn darauf, als könnte er plötzlich mit Röntgenaugen sehen. Der Waggon schaukelte und rollte. Der Zug war wieder voll in Fahrt.
Und wieder das Aufschlitzgeräusch.
War's eine Vergewaltigung?
Mit allenfalls milder voyeuristischer Neugier bewegte er sich den hin- und herschwankenden Waggon entlang Richtung Verbindungstür und hoffte, einen Spalt im Vorhang zu entdekken. Seine Augen waren noch immer aufs Fenster geheftet, und seiner Aufmerksamkeit entgingen die Blutspritzer, in die er trat.

Bis...

...er mit dem Absatz ausrutschte. Er sah zu Boden. Sein Magen registrierte das Blut beinah eher als sein Hirn, und der Schinken auf Vollkornbrot kam ihm halbwegs die Speiseröhre hoch und fing sich hinten im Rachen. Blut. Mehrmals schlang er wie in Atemnot die abgestandene Luft in sich hinein und schaute weg – wieder zum Fenster hin.

Sein Kopf sagte: Blut. Nichts würde dies Wort zum Verschwinden bringen.

Höchstens ein oder zwei Meter waren jetzt zwischen ihm und der Tür. Er mußte nachsehen. Blut war an seinem Schuh, und eine dünne Spur lief zum nächsten Waggon, aber er mußte trotzdem nachsehen.

Er mußte.

Er machte noch zwei Schritte auf die Tür zu und suchte sorgfältig den Vorhang ab, er suchte nach einem Fehler im Gewebe: Ein herausgezogenes Fädchen wäre schon genug gewesen. Und – da war ein winziges Loch. Er drückte ein Auge an die Scheibe.

Sein Bewußtsein weigerte sich anzuerkennen, was seine Augen hinter der Tür sahen. Er verwarf das Schauspiel als widernatürlich-absurd, als geträumten Nachtmahr. Sein Verstand sprach ihm die Wirklichkeit ab, aber sein Fleisch war sich ihrer gewiß. Sein Körper erstarrte vor Entsetzen. Seine Augen konnten mit unbeweglich offenen Lidern die grausige Szene hinter dem Vorhang nicht ausblenden. Er stand an der Tür, während der Zug weiter dahinratterte, während sein Blut aus seinen Gliedmaßen zurückströmte und sein Hirn aus Sauerstoffmangel ins Taumeln geriet. Grelle Lichtflecke schoben sich blitzartig vor seine Vision und löschten die Scheußlichkeit aus.

Dann wurde er ohnmächtig.

Er war bewußtlos, als der Zug in Jay Street ankam. Er war taub für die Ankündigung des Fahrers, daß alle Passagiere, die weiter wollten als bis zu dieser Station, umsteigen müßten. Wenn er sie gehört hätte, dann hätte er ihren Sinn angezweifelt. Es gab überhaupt keinen Zug, der alle Fahrgäste in Jay Street absetzte; die Linie ging über den Aqueduct Race Track und am Kennedy-Airport vorbei bis zur Mott Avenue. Er hätte gefragt, welcher Zug das denn sei. Nur daß er's bereits wußte. Die Wahrheit hing im nächsten Waggon. Verschanzt hinter eine blutige Kettenpanzerschürze lächelte sie zufrieden vor sich hin.

Das hier war der Mitternachts-Fleischzug.

Es gibt bei einer totenähnlichen Ohnmacht keine Meßlatte für die Zeit. Es konnten Sekunden oder Stunden gewesen sein, die vergingen, ehe Kaufmans Augen wieder aufflackerten und sein Bewußtsein sich auf die neue Lage einpendelte, in der er sich befand.

Er lag jetzt unter einer der Sitzbänke an die vibrierende Waggonwand gepreßt, vor Blicken geschützt. Bislang war das Schicksal auf seiner Seite, dachte er: Irgendwie mußte das Geschaukel des Waggons seinen bewußtlosen Körper außer Sichtweite manövriert haben.

Er dachte an das Grauen in Waggon zwei – und schlang Erbrochenes wieder hinunter. Er war allein. Wo der Schaffner auch sein mochte (vielleicht ermordet), er konnte ihn unmöglich zu Hilfe rufen. Und der Fahrer? Lag er tot überm Steuerungssystem? Durchraste der Zug eben jetzt einen unbekannten Tunnel, einen Tunnel ohne eine einzige Station, dank derer man die Strecke hätte identifizieren können, seiner Zerstörung entgegen?

Und wenn's keinen Zusammenprall gab, bei dem er umkam,

dann gab es jedenfalls den Schlächter, der immer noch drauflosshackte, nur die Dicke einer Tür von Kaufman entfernt.
Da führte kein Weg dran vorbei: Der Name auf der Tür war Tod.
Der Lärm war ohrenbetäubend, besonders wenn man am Boden lag. Kaufmans Zähne schlackerten in ihren Kieferfächern, und sein Gesicht war von der Vibration fühllos-starr; selbst die Schädeldecke tat ihm weh.
Dann spürte er, wie ganz allmählich die Kraft in seine erschöpften Glieder zurückpulste. Vorsichtig streckte er die Finger und ballte sie zur Faust, um die Durchblutung wieder in Gang zu bringen.
Und mit dem Körpergefühl war auch erneut der Brechreiz zur Stelle. Er hatte weiterhin den schauerlichen Gewaltakt im nächsten Waggon vor Augen. Natürlich hatte er schon Fotografien von Mordopfern gesehen, aber das nebenan war kein x-beliebiger Mordfall. Er war im selben Zug wie der U-Bahn-Schlächter, dieses Ungeheuer, das seine Opfer enthaart und nackt mit den Füßen nach oben an den Halteschlaufen aufknüpfte.
Wie lange würde es dauern, bis der Killer durch diese Tür trat und sein Leben forderte? Wenn der Schlächter ihn nicht erledigte, dann würde es die bloße Bedrohung tun, dessen war er sich sicher.
Er hörte eine Bewegung hinter der Tür.
Jetzt übernahm der Instinkt das Ruder. Kaufman zwängte sich tiefer unter die Sitzbank und krümmte sich zu einer kleinen Kugel zusammen, das speiübel-weiße Gesicht zur Wand gekehrt. Dann legte er die Hände über den Kopf und drückte seine Augen so fest zu wie ein Kind in namenloser Angst vorm Schwarzen Mann.

Die Tür wurde aufgeschoben. Klick. Wusch. Luft, in jähem Schwall von den Gleisen rauf. Sie roch anders als jede, die Kaufman vorher gerochen hatte – und kälter. Das war wie ... wie Urluft, was ihm da in die Nase stieg; feindselige und unergründliche Luft. Sie ließ ihn erschauern.
Die Tür schloß sich. Klick.
Der Schlächter war ganz nah, Kaufman wußte das. Es konnte nicht anders sein; allenfalls stand er Zentimeter weit entfernt von dem Platz, an dem er lag.
Schaute er jetzt gerade auf Kaufmans Rücken runter? Bückte er sich gerade, das Messer in der Hand, um Kaufman aus seinem Versteck herauszuschälen wie eine Schnecke, die man aus ihrem Haus herauspult?
Nichts geschah. Er spürte keinen Atem auf seinem Nacken. Sein Rückgrat wurde nicht aufgeschlitzt.
Lediglich das Getrappel von Füßen nah bei seinem Kopf; dann das gleiche Geräusch, als sie sich wieder entfernten.
Kaufman stieß den Atem, den er in den Lungen zurückgehalten hatte, mit rauhem Zischen zwischen den Zähnen hervor.
Mahogany war beinah enttäuscht, daß der Schlafende an der 14. Straße West ausgestiegen war. Er hätte heute nacht zu gern noch eine weitere Nummer absolviert, damit er was zu tun hatte, während sie weiter hinabfuhren. Aber nein: Der Mann war fort. So gesund hatte der Kandidat ohnehin nicht ausgesehn, sagte er sich, war wohl ein blutarmer jüdischer Buchhalter. Das Fleisch hätte nicht die Bohne Qualität gehabt. Mahogany ging durch den Waggon zur Fahrerkanzel. Den Rest der Strecke würde er dort zubringen.
Mein Gott, dachte Kaufman, jetzt bringt er den Fahrer um.
Er hörte, wie die Tür zur Kanzel aufging. Dann die Stimme des Fleischers: leise und heiser.

»Grüß dich.«
»Grüß dich.«
Die kannten sich.
»Alles erledigt?«
»Alles erledigt.«
Die Banalität dieser einsilbigen Begrüßung verstörte Kaufman zutiefst. Alles erledigt? Was sollte das heißen: Alles erledigt? Die nächsten paar Worte bekam er nicht mit, weil der Zug gerade über einen Schienenabschnitt rollte, der besonders viel Lärm machte.
Kaufman konnte es nicht mehr aushalten: Er mußte jetzt hinschauen. Vorsichtig-ängstlich entknäulte er sich und guckte über die Schulter zum Ende des Waggons. Die Beine des Schlächters und den unteren Teil der offenen Kanzeltür, mehr konnte er nicht sehen. Verdammt. Er wollte wieder das Gesicht des Ungeheuers sehen.
Jetzt hörte er Gelächter.
Er kalkulierte die Risiken seiner Lage: die Mathematik des Schreckens. Wenn er weiter blieb, wo er war, würde der Schlächter über kurz oder lang zu ihm runtergucken – und Hackfleisch aus ihm machen. Andererseits liefe er, wenn er sich aus seinem Versteck herausbegab, Gefahr, gesehen und gejagt zu werden. Was war schlimmer: untätig zu bleiben und sich dem Tod festgenagelt in einem Loch auszusetzen oder gleich sich ihm in die Arme zu werfen und seinem Vollstrecker mitten im Waggon gegenüberzutreten?
Kaufman war von seinem Kampfgeist selber überrascht: Er würde sich rauswagen.
Unendlich langsam kroch er unter der Sitzbank hervor und behielt währenddessen jede Minute den Rücken des Schlächters im Auge. Als er endlich heraußen war, begann er, Rich-

tung Verbindungstür zu kriechen. Jeder Schritt, den er machte, war eine Tortur, aber der Schlächter war anscheinend viel zu sehr in seine Unterhaltung vertieft, um sich umzudrehen.
Kaufman hatte die Tür erreicht. Er stand langsam auf und versuchte dabei unablässig, sich auf den Anblick vorzubereiten, dem er in Waggon zwei ausgesetzt sein würde. Die Klinke war jetzt fest in seiner Hand; und er schob die Tür auf.
Der Lärm der Räder verstärkte sich, und eine Woge klammer Luft mit einem Gestank, der nicht von dieser Welt war, drang zu ihm herauf. Todsicher mußte das der Fleischer hören, oder riechen? Todsicher mußte er sich umdrehen...
Aber nein. Kaufman schob sich wie ein Reptil, das sich häutet, durch den Schlitz und in das Blutgemach auf der anderen Seite.
Die Erleichterung machte ihn unvorsichtig. Er ließ die Tür hinter sich nicht richtig zuklinken, und das Rütteln des Zuges ließ sie wieder aufgleiten.
Mahogany steckte den Kopf aus der Kanzel und starrte auf die Tür am Ende des Waggons.
»Was 'n da los, verdammter Scheiß?« fragte der Fahrer.
»Hab' bloß die Tür nicht richtig zugemacht. Das war's.«
Kaufman hörte den Schlächter auf die Tür zukommen. Er duckte sich, ein Knäuel panischer Verwirrung, drückte sich gegen die Verbindungswand und empfand plötzlich deutlich den Entleerungsdrang seiner Därme. Die Tür wurde von der anderen Seite her zugezogen, und die Schritte entfernten sich wieder.
Wieder in Sicherheit, wenigstens einen Atemzug lang.
Er öffnete die Augen und wappnete sich für den Anblick des Schlachtpferchs vor ihm.
Vor dem gab's kein Entrinnen.
Der durchdrang jeden seiner Sinne: der Geruch freigelegter

Eingeweide, den Anblick der Körper, das Gefühl der Flüssigkeit am Boden unter seinen Fingern, das Geräusch der Halteschlaufen, die unter dem Gewicht der Leichen ächzten, selbst noch die Luft, sie schmeckte salzig vor Blut. Er war ringsum vom Tod umfangen in diesem Verschlag, der durch die Finsternis raste. Aber jetzt blieb der Brechreiz aus. Bis auf eine gelegentliche Regung wütendsten Abscheus war keine Empfindung mehr übrig. Er ertappte sich sogar dabei, wie er die Körper mit einer gewissen Neugier eingehend betrachtete.

Das ausgeweidete Frischfleisch in nächster Nähe war der Überrest des pickeligen Burschen, den er in Waggon eins gesehen hatte. Der Körper hing verkehrt herum und schwang im Rhythmus des Zuges vor und zurück, ganz im Einklang mit seinen drei Genossen: ein obszöner Totentanz. Seine Arme baumelten lose aus den Schultergelenken herab, die zwei bis fünf Zentimeter tiefe Einschnitte aufwiesen, damit die Körper ordentlicher hingen.

Jedes anatomische Detail des Halbwüchsigen schaukelte hypnotisch. Die Zunge, die aus dem offenen Mund heraushing. Der Kopf, der taumelig am durchschlitzten Hals baumelte. Selbst der Penis des Burschen pendelte schlaff auf seiner enthaarten Schamgegend hin und her. Aus der Wunde am Kopf und der durchtrennten Halsschlagader pulsierte immer noch Blut in einen schwarzen Eimer. Ein Hauch von Eleganz lag über dem Ganzen: die Handschrift sauber verrichteter Arbeit.

Weiter weg von diesem Körper waren die Leichen zweier junger weißer Frauen und eines dunkelhäutigen Mannes aufgehängt. Kaufman beugte den Kopf zur Seite, um sich ihre Gesichter anzusehn. Sie waren blank und kahl. Das eine Mädchen war eine Schönheit. Er war sich ziemlich sicher, daß der Mann Puertoricaner war. Allen waren die Kopf- und Körperhaare abrasiert worden. In der Luft lag noch der beißende Geruch der Schur. Kaufman glitt aus seiner Hockstellung an der Wand hoch, zur gleichen Zeit drehte sich einer der Frauenkörper um die eigene Achse und bot eine Ansicht der Rückenpartie dar.

Auf diesen Gipfel des Grauens war er nicht vorbereitet.

Das Fleisch ihres Rückens war vom Nacken bis zum Gesäß vollkommen aufgespalten und die Muskulatur beiseitegeschält, um das feucht glitzernde Rückgrat zur Schau zu stellen. Das war der endgültige Triumph des Schlächterhandwerks. Hier hingen sie, diese rasierten, ausgebluteten, aufgeschlitzten menschlichen Fleischklumpen, wie Fische ausgeweidet und fertig zum Verzehr.

Fast hätte Kaufman der Vollkommenheit dieses Greuelbilds zugelächelt. Er spürte, wie sich der Wahnsinn kitzelnd an der Schädelbasis meldete, ihn ins Vergessen lockte, völlige Ungerührtheit gegenüber der Welt verhieß.

Unkontrolliertes Zittern durchbeutelte ihn auf einmal. Er fühlte, wie seine Stimmbänder einen Schrei zu artikulieren suchten. Es war unerträglich, und doch hätte schreien geheißen, in Kürze so auszusehen, wie die Kreaturen vor ihm.

»Scheiß drauf«, sagte er, lauter, als er beabsichtigt hatte; dann stieß er sich von der Wand ab und begann, zwischen den schaukelnden Leichen durch den Wagen zu gehen. Er nahm dabei die ordentlichen Stapel aus Kleidern und persönlichen Sachen wahr, die auf den Bänken neben ihren Eigentümern lagen. Der Boden unter seinen Füßen war klebrig vor trocknender Galle. Selbst durch die Schlitze der zugekniffenen Augen konnte er das Blut in den Eimern überdeutlich sehen: Es war dick und berauschend, sandige Schmutzteilchen wirbelten darin.

Er war jetzt an dem Burschen vorbei und konnte vorn die Tür

zu Waggon drei sehen. Dieser Spießrutenlauf des Horrors, er mußte ihn nur noch zu Ende bringen. Er trieb sich selber weiter, versuchte, die Greuel nicht zur Kenntnis zu nehmen und sich auf die Tür zu konzentrieren, die ihn aus dem Irrsinn hinausführen würde.

An der ersten Frau war er vorbei. Noch ein paar Meter, sagte er sich, höchstens zehn Schritte, weniger, wenn ihn nur sein Selbstvertrauen nicht verließ.

Da gingen die Lichter aus.

»O mein Gott«, sagte er.

Der Zug kam ins Schlingern, und Kaufman verlor das Gleichgewicht.

In der äußersten Schwärze langte er nach einem Halt, und seine rudernden Arme umfingen den Körper neben ihm. Ehe er es verhindern konnte, fühlte er, wie seine Hände in das lauwarme Fleisch einsanken und seine Finger in die offene Schnittkante des Muskelfleischs auf dem Rücken der Toten griffen, seine Fingerspitzen die blanke Wirbelsäule berührten. Gegen seine Wangen drückte das kahle Fleisch des Schenkels.

Er schrie; und eben als er schrie, gingen die Lichter flackernd wieder an.

Kaum waren sie aufgeflackert und sein Schrei erstorben, hörte er das Geräusch der Schlächterfüße, wie es sich näherte, Waggon eins entlang, auf die Zwischentür zu.

Er ließ den Körper los, den er umarmt hielt. Sein Gesicht war mit Blut vom Bein der Frau beschmiert. Er konnte es auf seiner Wange spüren wie eine Kriegsbemalung.

Der Schrei hatte Klarheit geschaffen in Kaufmans Kopf, und plötzlich fühlte er sich befreit in eine Art Stärke eintauchen. Zu einer Hetzjagd durch den Zug würde es nicht kommen, soviel war sicher: keine Feigheit mehr, nicht zu diesem Zeitpunkt.

Das hier lief auf eine elementare Konfrontation hinaus, zwei menschliche Wesen, von Angesicht zu Angesicht. Und es gab keinen Trick – nicht einen –, den er nicht in Betracht ziehen durfte, um seinen Gegner zu überwinden. Hier ging's ums nackte Überleben, schlicht und einfach.
Rütteln am Türgriff.
Kaufman sah sich ruhigen Auges nach einer Waffe um, gezielt und abwägend. Sein Blick fiel auf den Kleiderstapel neben der Leiche des Puertoricaners. Da war ein Messer, es lag unter den Straßringen und den Talmi-Goldketten. Eine langklingige, makellos saubere Waffe, wahrscheinlich der ganze Stolz, die Freude ihres Besitzers. Kaufman beugte sich, am muskulösen Körper vorbei, vor und zog das Messer aus dem Haufen. Es fühlte sich gut an in seiner Hand; es fühlte sich tatsächlich richtig aufregend an. Die Tür ging auf, und das Gesicht des Schlächters kam zum Vorschein.
Hinter der Schlachthausszenerie im Vordergrund nahm Kaufman Mahogany ins Visier. So furchtbar angsteinflößend war er nicht, einfach ein langsam kahl werdender, übergewichtiger Mann um die Fünfzig. Sein Gesicht war massig und die Augen lagen tief. Der Mund war verhältnismäßig klein, die sensiblen Lippen waren zart geschwungen. Wirklich, er hatte den Mund einer Frau.
Mahogany konnte nicht begreifen, woher dieser Eindringling aufgetaucht war, aber er war sich im klaren, daß dies ein weiteres Versehen, ein weiteres Zeichen seiner zunehmenden Unzulänglichkeit war. Er mußte diesen Lumpenhund sofort umbringen. Schließlich waren sie bereits zwei, drei Kilometer vom Streckenende entfernt. Er mußte den Kleinen abmurksen und dafür sorgen, daß er an den Fersen baumelte, ehe sie die Endstation erreichten.

Er betrat Waggon zwei.
»Warst eingeschlafen«, sagte er; er hatte Kaufman wiedererkannt. »Hab' dich gesehn.«
Kaufman sagte nichts.
»Hättest aussteigen sollen. Hast wohl geglaubt, du kannst dich vor mir verstecken?«
Kaufman hüllte sich weiter in Schweigen.
Mahogany umfaßte den Griff des Hackmessers, das von seinem abgenutzten Ledergürtel herabhing. Es war butverschmiert wie seine Kettenpanzerschürze, sein Hammer und seine Säge.
»Wie die Dinge nun mal liegen«, sagte er, »bin ich gezwungen, dich zu beseitigen.«
Kaufman hob das Messer. Es nahm sich ein bißchen klein aus neben dem monströsen Gerät des Schlächters.
»Scheiß drauf«, sagte er.
Der Kleine machte Anstalten zur Gegenwehr; dafür hatte Mahogany nur ein Grinsen übrig.
»Du hättest das hier nicht sehen sollen: Das ist nichts für deinesgleichen«, sagte er und näherte sich Kaufman einen Schritt. »Es ist geheim.«
Ah, wohl einer vom Schlag der Gottgesandten? dachte Kaufman. Das erklärt einiges.
»Scheiß drauf«, sagte er wieder.
Der Schlächter runzelte die Stirn. Daß sein Werk, sein beruflicher Nimbus den Kleinen kalt ließen, gefiel ihm gar nicht.
»Wir müssen alle irgendwann sterben«, sagte er. »Du kannst zufrieden sein: Dich wird man nicht ganz verbrennen wie die meisten anderen: Ich kann dich gebrauchen. Als Fressen für die Stadtväter.«
Kaufmans Antwort war lediglich ein Grinsen. Dieser schwer-

fällige, watschelnde Koloß konnte ihm keine Angst mehr einjagen.

Der Schlächter löste das Hackmesser vom Gürtelhaken und schwang es drohend. »Ein mieser kleiner Jude wie du«, sagte er, »sollte dankbar sein, wenn er überhaupt zu was nütze ist: Frischfleisch – ist doch *die* Aufstiegschance.«

Ohne Warnung schlug der Schlächter zu. Das Hackmesser zerteilte die Luft mit beträchtlicher Geschwindigkeit, aber Kaufman wich nach hinten aus. Das Hackmesser zerschlitzte seinen Mantelärmel und grub sich in den Unterschenkel des Puertoricaners. Die Wucht des Hiebes trennte das Bein zur Hälfte durch, und das Gewicht des Körpers ließ den Einschnitt sogar noch weiter aufklaffen. Das zutage tretende Fleisch des Schenkels war wie erstklassiges Steak, saftig und appetitlich.

Der Schlächter wollte das Hackmesser aus der Wunde zerren, aber in diesem Augenblick sprang Kaufman los. Das Messer sauste auf Mahoganys Auge zu, aber aufgrund einer Fehleinschätzung vergrub es sich in dessen Hals. Es durchbohrte die Wirbelsäule und trat auf der andern Seite in einem Gerinnsel dicken Blutes wieder aus. Mittendurch war es gegangen. Auf einen Hieb. Mittendurch.

Die Klinge im Hals rief bei Mahogany ein Erstickungsgefühl hervor, fast so, als wäre ihm ein Hühnchenknochen im Hals steckengeblieben. Er gab ein lächerliches, unschlüssiges Gehüstel von sich. Blut trat aus seinem Mund und färbte ihn rot; es sah aus wie Lippenstift auf seinem Frauenmund. Das Hackmesser rasselte zu Boden.

Kaufman zog das Messer heraus. Aus den zwei Wunden sprudelten kleine Bögen Blut.

Mahogany brach in die Knie und stierte das Messer an, das ihn getötet hatte. Der Kleine beobachtete ihn gänzlich unbeteiligt.

Er sagte irgendwas, aber Mahoganys Ohren waren taub, als wäre er unter Wasser.
Mahogany wurde unversehens blind. Mit wehmütiger Trauer um seine Sinne war er sich bewußt, daß er nie mehr sehen oder hören würde. Das war der Tod: Ganz unbestritten, der hatte ihn in seiner Gewalt.
Noch aber spürten seine Hände das Gewebe seiner Hose und die heißen Spritzer auf seiner Haut. Sein Leben schien auf den Zehenspitzen zu taumeln, während seine Finger einem letzten Sinneseindruck nachtasteten... dann stürzte sein Körper in sich zusammen, und seine Hände, sein Leben und seine heilige Pflicht zerbrachen unter einer grauen Fleischmasse.
Der Schlächter war tot.
Kaufman zog große Mengen abgestandener Luft in seine Lungen und packte eine der Halteschlaufen, um seinen torkelnden Körper ins Gleichgewicht zu bringen. Tränen löschten das blutige Schlachthaus aus, in dem er stand. Die Zeit verstrich: Wieviel, wußte er nicht; er war in einem Siegestraum versunken.
Dann verlangsamte der Zug sein Tempo. Kaufman spürte und hörte, wie die Bremsen arbeiteten. Die hängenden Leiber schlingerten vorwärts, als der Zug die volle Fahrt abbremste; die Räder kreischten auf den Schienen, die Schmutz ausschieden.
Die Neugier überfiel Kaufman.
Würde der Zug in das unterirdische Schlachthaus des Metzgers einrollen, in dem als Trophäen die Fleischstücke, die er in seiner Amok-Laufbahn zusammengetragen hatte, hingen? Und der lachende, gegenüber dem Massaker so gleichgültige Fahrer? Was würde er machen, wenn der Zug anhielt? Was jetzt auch geschehen mochte, es war eine rein theoretische

Frage. Nun konnte er allem und jedem die Stirn bieten; nur beobachten und die Augen offenhalten.
Die Lautsprecher knisterten. Dann die Stimme des Fahrers: »Wir sind da, Mann. Nimmst besser deinen Platz ein, ja?«
Nimmst deinen Platz ein? Was sollte das heißen?
Die Zuggeschwindigkeit hatte sich zum Schneckentempo verlangsamt. Draußen, hinter den Fenstern, war alles so dunkel wie bisher. Die Lichter flackerten und gingen aus. Diesmal gingen sie nicht wieder an.
Kaufman blieb in völliger Dunkelheit.
»In 'ner halben Stunde sind wir raus«, kam es über die Sprechanlage, ganz so, als würde irgendeine Station angesagt.
Der Zug war zum Halten gekommen. Das Geräusch der Räder auf den Schienen und das Brausen der Fahrt, woran sich Kaufman mittlerweile so gewöhnt hatte, fehlten plötzlich. Das einzige, was er hören konnte, war das Gesumm der Lautsprecher. Noch immer konnte er überhaupt nichts sehen.
Dann ein Zischen. Die Türen öffneten sich. Ein Geruch drang in den Wagen, ein so ätzender Geruch, daß Kaufman sich schlagartig die Hand aufs Gesicht preßte, um ihn abzuhalten.
Schweigend harrte er aus, die Hand vorm Mund, ein Leben lang, wie es ihm schien. Nichts Böses sehen. Nichts Böses hören. Nichts Böses reden.
Dann nahte das Flackern eines Lichts draußen vor dem Fenster. Es ließ die Konturen des Türrahmens hervortreten, und es wurde ganz allmählich stärker. Bald war es so hell im Waggon, daß Kaufman zu seinen Füßen den zusammengesackten Körper des Schlächters und rings um sich die bläßlichen Fleischseiten hängen sehen konnte.
Auch ein Flüstern nahte draußen aus der Finsternis, eine Ansammlung winziger Geräusche, wie Käferstimmen. Da

waren menschliche Wesen im Tunnel; sie schlurften auf den Zug zu. Kaufman konnte jetzt ihre Umrisse erkennen. Manche von ihnen trugen Fackeln, die dumpf und bräunlich leuchteten. Wahrscheinlich rührte das Geräusch von ihren Füßen auf dem feuchten Boden her oder vom Geschnalz ihrer Zungen oder von beidem.

Kaufman war nicht mehr so unschuldig-ahnungslos, wie er es noch vor einer Stunde gewesen war. Konnte es irgendeinen Zweifel geben über die Absicht dieser Wesen, die da aus der Schwärze auf den Zug zukamen? Der Metzger hatte die Männer und Frauen geschlachtet, als Frischfleisch für diese Kannibalen. Sie kamen jetzt heran wie Dinner-Gäste nach dem Gongschlag, um in diesem Speisewagen hier zu fressen.

Kaufman bückte sich und griff sich das Hackmesser, das der Schlächter fallengelassen hatte. Das Geräusch der herannahenden Kreaturen wurde fortwährend lauter. Er bewegte sich rückwärts den Waggon entlang, weg von den offenen Türen, mußte aber feststellen, daß hinter ihm die Türen gleichfalls offen waren und das Gewisper, das nahte, auch hier zu hören war.

Er wich zwischen die Sitzbänke zurück und war im Begriff, sich unter sie zu flüchten, als eine Hand, dünn und vor Gebrechlichkeit fast durchsichtig, in der Türöffnung erschien.

Er konnte nicht wegschauen. Nicht daß ihn Grausen hätte erstarren lassen wie am Fenster zur Blutkammer: Er wollte einfach alles sehen.

Die Kreatur setzte ihren Fuß in den Waggon. Die Fackeln hinter ihr verschatteten zwar ihr Gesicht, aber in groben Zügen war sie klar erkennbar.

Es war nichts besonders Auffallendes an ihr.

Das Wesen hatte zwei Arme und zwei Beine wie er auch; seine

Kopfform wich nicht von der Norm ab. Der Körper war klein, und der Kraftaufwand beim Zugbesteigen machte ihm Atembeschwerden. Es war eher ein Fall für die Geriatrie als für die Psychiatrie: Nach Generationen zusammenfabulierter Menschenfresser war er auf diese besorgniserregende Hinfälligkeit nicht vorbereitet.
Hinter der ersten tauchten ähnliche Kreaturen aus der Finsternis auf, um sich schwerfällig in den Zug hineinzuwinden. Tatsächlich kamen sie jetzt zu allen Türen herein.
Kaufman saß in der Falle. Er wog das Hackmesser in den Händen, bis er es richtig im Griff hatte, bereit zum Kampf mit diesen altertümlichen Monstern. Eine Fackel war in den Waggon gebracht worden, und sie beleuchtete die Gesichter der Anführer.
Sie waren vollkommen kahl. Das ausgemergelte Fleisch in ihrem Gesicht war straff über die Schädelknochen gezogen, daß es vor Anspannung schimmerte. Flecken des Verfalls und der Krankheit durchsetzten die Haut, und stellenweise war die Muskulatur in schwarzen Eiter übergegangen, durch den das Joch- oder Schläfenbein herauslugte. Manche von ihnen waren nackt wie Säuglinge, ihre schwammigen, syphilitischen Körper waren fast geschlechtslos. Anstelle der einstmaligen Brüste lappten zähledrige Beutel vom Rumpf, die Genitalien waren weggeschrumpft.
Einen schlimmeren Anblick als die Nackten boten jene, die eine Andeutung von Kleidung trugen. Bald dämmerte es Kaufmann, daß das verfaulende Gewebe, das sie um ihre Schultern geschlungen oder um ihre Körpermitte geknüpft hatten, aus Menschenhaut bestand. Nicht etwa eins davon, sondern ein Dutzend oder mehr waren lose und unordentlich übereinandergeschichtet wie kümmerliche Siegeszeichen.

Die Anführer dieser absonderlichen Speisegesellschaft hatten jetzt die Leichen erreicht, und auf die Schenkelstücke legten sich zartgliedrige Hände und fingerten das rasierte Fleisch hinauf und hinunter, in einer Art und Weise, die auf Sinnenlust schließen ließ. Zungen tänzelten aus Mündern, Speicheltröpfchen benetzten das Fleisch. Die Augen der Ungeheuer rollten vor Hunger und Erregung flackernd hin und her. Schließlich sah eins von ihnen Kaufman.

Einen Moment lang hörten seine Augen auf zu flackern und hefteten sich auf ihn. Ein fragender Ausdruck überschlich das Gesicht und bot ein Zerrbild der Verwirrung.

»Du«, sagte es. Die Stimme war so verwüstet wie die Lippen, von denen sie kam. Kaufman hob das Hackmesser etwas an und rechnete seine Chancen aus. Zirka dreißig von ihnen waren im Waggon und draußen noch viel mehr. Aber sie wirkten so schwach, und außer Haut und Knochen hatten sie keine Waffen.

Wieder sprach das Monster, und die Stimme klang bei voller Entfaltung recht wohlartikuliert – das Piepsen eines vormals kultivierten, vormals charmanten Mannes.

»Bist der Neue, ja?«

Es schaute auf den Körper Mahoganys hinunter. Es hatte die Situation sehr rasch klar erfaßt.

»Er war sowieso schon alt«, sagte es und richtete die wäßrigen Augen wieder auf Kaufman, um ihn eindringlich zu mustern.

»Das geht dich 'n Scheiß an«, sagte Kaufman.

Das Geschöpf versuchte ein gequältes Lächeln, aber es hatte wohl vergessen, wie das ging; das Ergebnis war eine Fratze. Es stellten einen Mundvoll Zähne zur Schau, die zweckmäßig spitz zugefeilt waren.

»Jetzt mußt du dies für uns tun«, sagte es durch das bestialische

Grinsen hindurch. »Ohne Nahrung können wir nicht überleben.«
Die Hand tätschelte die Hinterkeulen aus Menschenfleisch. Auf dies Ansinnen fehlten Kaufman die Worte. Er starrte nur voller Ekel auf die Fingernägel, die in den Spalt zwischen den Hinterbacken glitten und der Schwellung des zarten Muskelgewebes nachspürten.
»Es ekelt uns nicht weniger als dich«, sagte das Geschöpf. »Aber wir müssen dies Fleisch essen, oder wir sterben. Weiß Gott, mir steht der Geschmack nicht danach.«
Nichtsdestotrotz lief dem Wesen sichtbar das Wasser im Mund zusammen.
Kaufman fand seine Stimme wieder. Sie klang kleinlaut, mehr aus einer Verwirrung der Gefühle als aus Angst. »Was seid ihr?« Er erinnerte sich an den Bärtigen im Delikatessenladen. »Seid ihr Opfer irgendwelcher mißglückter Versuche?«
»Wir sind die Stadtväter«, sagte das Wesen. »Und die Stadtmütter, -töchter und -söhne. Die Erbauer, die Gesetzemacher. Wir haben diese Stadt gemacht.«
»New York?« fragte Kaufman. »Die Hochburg der Wonnen?«
»Ehe du geboren wurdest, ehe irgendein Lebender geboren wurde.« Während es sprach, fuhren die Finger des Geschöpfs unter die Haut des zerspaltenen Körpers und schälten die dünne elastische Schicht von dem leckeren Muskelstrang. Hinter Kaufman hatten die anderen Kreaturen begonnen, die Körper aus den Halteschlaufen abzuhängen. Sie legten ihre Hände in derselben wonneschwelgenden Art auf die glatten Brüste und Flanken aus Menschenfleisch. Auch sie hatten angefangen, die Stücke zu enthäuten.
»Du wirst uns mehr bringen«, sagte der Vater, »mehr Fleisch für uns. Der andere war schwach.«

Kaufman glotzte ungläubig. »Ich?« sagte er. »Euch ernähren? Wofür haltet ihr mich denn?«
»Du mußt es für uns tun, und für jene, die älter sind als wir. Für jene, die geboren wurden, bevor man überhaupt an die Stadt dachte, als Amerika Waldland und Wüste war.«
Die zerbrechliche Hand deutete aus dem Zug hinaus.
Kaufmans Blick folgte dem ausgestreckten Finger in die Düsternis. Da draußen war noch was anderes, das er vorher übersehen hatte; viel größer als irgend etwas Menschliches.
Das Rudel der Kreaturen wich auseinander, um Kaufman durchzulassen, damit er näher in Augenschein nehmen könne, was auch immer da draußen stand, aber seine Füße wollten sich nicht bewegen.
»Vorwärts«, sagte der Vater.
Kaufman dachte an die Stadt, seine alte Liebe. Waren dies wirklich ihre Altvordern, ihre Philosophen, ihre Schöpfer? Er mußte es glauben. Vielleicht gab es Leute an der Oberfläche – Bürokraten, Politiker, Autoritäten jeglicher Art –, die dieses gräßliche Geheimnis kannten, deren Leben dazu ausersehen war, diese Wesen des Abscheus zu erhalten, sie zu füttern, wie die Wilden Lämmer an ihre Götter verfüttern. Dies Ritual hatte eine gräßliche Vertrautheit an sich. Es ließ etwas Vergessenes anklingen – nicht in Kaufmans verstandesgemäßem Bewußtsein, sondern in seinem tieferen, älteren Selbst.
Seine Füße, die nicht mehr seinem Bewußtsein gehorchten, sondern seinem Trieb, etwas Höheres anzubeten, setzten sich in Bewegung. Er ging durch die Körpergasse und stieg aus dem Zug.
Das Licht der Fackeln vermochte die grenzenlose Dunkelheit draußen kaum zu erhellen. Die Luft schien undurchdringlich, so fest duftete sie nach der alten Erde. Aber Kaufman roch

nichts. Sein Kopf verneigte sich, das war alles, was er tun konnte, um zu verhindern, daß er wieder ohnmächtig wurde.
Da war er, der Vorläufer des Menschen. Der Ur-Amerikaner, dessen Stammheimat dies Land noch vor den Cheyenne oder Passamaquoddy war. Seine Augen, sofern er Augen hatte, ruhten auf ihm.
Kaufmans Körper bebte. Seine Zähne klapperten.
Er konnte die Geräusche des Skeletts dieses Wesens hören: Es tickte, knisterte, schluchzte.
In der Finsternis veränderte es leicht seine Lage.
Das Geräusch der Bewegung war furchterregend. Wie ein Berg, der sich aufrichtet.
Kaufman hob unwillkürlich das Gesicht zu ihm empor, und ohne darüber nachzudenken, was er oder weshalb er es tat, fiel er in der Scheiße vor dem Väter-Vater auf die Knie.
Jeder Tag seines Lebens hatte zu diesem Tag hingeführt, jeder Augenblick diesem nicht planbaren Augenblick heiligen Schreckens entgegengebebt.
Hätte das Licht in diesem Höllenschlund ausgereicht, das Ganze zu sehen, wäre womöglich sein laues Herz zersprungen. So aber fühlte er es in seiner Brust beim Anblick dessen, was er sah, flattern.
Ein Riese war's. Ohne Kopf oder Gliedmaßen. Ohne Merkmale, die sich mit menschlichen hätten vergleichen lassen, ohne Organ, das Sinn und Verstand gehabt hätte. Und wenn das Wesen Ähnlichkeit mit irgend etwas besaß, dann mit einem Fischschwarm. Tausend sich regende Mäuler, die alle in rhythmischem Gleichklang sproßten, blühten und welkten. Es irisierte wie Perlmutt, aber hin und wieder leuchtete es intensiver als jede Farbe, die Kaufman kannte oder zu benennen vermochte.

Das war alles, was er sehen konnte, und es war mehr, als er sehen wollte. Die Dunkelheit barg noch viel mehr Geflacker und Geflatter. Aber er konnte nicht länger hinschauen. Er wandte sich ab, und kaum tat er's, wurde ein Fußball aus dem Waggon geschleudert, der vor den Vater hinrollte.

Zumindest dachte Kaufman, daß es ein Fußball war, bis er ihn sich genauer ansah und einen Menschenkopf in ihm erkennen mußte: den Kopf des Schlächters. Die Gesichtshaut war streifenweise abgeschält. So lag er vor seinem Herrn und glänzte in blutiger Nässe.

Kaufman schaute weg und ging zum Waggon zurück. Jeder Teil seines Körpers schien zu weinen, bis auf die Augen. Sie brannten noch von dem Anblick, der jetzt hinter ihm lag, in ihrer Hitze verkochten seine Tränen.

Drinnen hatten sich die Kreaturen bereits über ihr Nachtmahl hergemacht. Eine, sah er, zerrte gerade den blauen süßen Happen eines Frauenauges aus der Höhle. Eine andere hatte eine Hand im Mund. Kaufman zu Füßen lag der kopflose Leichnam des Schlächters, und dort, wo man ihm den Hals durchbissen hatte, rann noch überreich das Blut heraus.

Der schmächtige Vater, der anfangs das Wort an ihn gerichtet hatte, stand vor Kaufman. »Dienst du uns?« fragte er sanft, etwa so, wie man eine Kuh auffordert, einem zu folgen.

Kaufman starrte das Hackmesser an, das Amtssymbol des Schlächters. Die Geschöpfe verließen jetzt den Waggon und zogen die halb verspeisten Leichen hinter sich her. Als sich die Fackeln entfernten, kehrte die Dunkelheit zurück.

Aber bevor die Lichter ganz verschwunden waren, streckte der Vater die Hand aus, bekam Kaufmans Gesicht zu fassen und stieß ihn herum, damit er sich in der verschmierten Fensterscheibe selbst anschaute.

Die Spiegelung war nur schemenhaft, aber Kaufman konnte durchaus deutlich sehen, wie verwandelt er war. Weißer, als ein Lebender sein darf, voller Schmutz und Blut.
Der Vater hielt noch immer Kaufmans Gesicht fest, und sein Zeigefinger hakte sich in dessen Mund hinein und den Schlund hinunter. Der Nagel schlitzte den Rachen auf. Kaufman umwürgte voller Brechreiz den Eindringling, hatte aber zur Abwehr der Attacke keinen Willensrest mehr übrig.
»Diene«, sagte das Geschöpf. »In Verschwiegenheit.«
Zu spät begriff Kaufman die Absicht des Fingers...
Plötzlich wurde seine Zunge eisenhart gepackt und am Wurzelgrund herausgedreht. Zu Tod erschrocken, ließ er das Hackmesser fallen. Er versuchte zu schreien, aber es kam kein Laut. Blut füllte ihm den Rachen, er hörte sein Fleisch reißen, und unerträgliche Schmerzen durchkrampften ihn.
Dann war die Hand aus seinem Mund heraus, und die scharlachroten, speichelbedeckten Finger hielten ihm zwischen Daumen und Zeigefinger seine Zunge vors Gesicht.
Kaufman war sprachlos.
»Diene«, sagte der Vater, stopfte sich die Zunge in den Mund und kaute offenkundig zufrieden auf ihr herum. Kaufman fiel auf die Knie und kotzte sein Sandwich aus.
Schon schlurfte der Vater in die Dunkelheit davon; die restlichen Altvordern waren in ihren Labyrinthen verschwunden bis zur nächsten Nacht.
Die Lautsprecher knisterten.
»Nach Hause«, sagte der Fahrer.
Die Türen zischten zu, und das Geräusch des plötzlichen Energieschubs durchströmte den Zug. Die Lichter gingen flakkernd an, dann aus, dann wieder an.
Der Zug setzte sich in Bewegung.

Kaufman lag am Boden, und die Tränen liefen ihm übers Gesicht, Tränen der Vernichtung und der Ergebung. Bestimmt würde er verbluten, hier, wo er lag. Es machte nichts, wenn er starb. Die Welt war sowieso schlecht und gemein.

Der Fahrer weckte ihn. Kaufman öffnete die Augen. Das Gesicht, das auf ihn runterschaute, war schwarz und nicht unfreundlich. Der Mann grinste. Kaufman versuchte, etwas zu sagen, aber sein Mund war mit vertrocknetem Blut versiegelt. Wie ein sabbriger Quasselbruder stieß er ruckartig den Kopf herum und versuchte, ein Wort auszuspucken. Nur Gegrunze kam.

Tot war er nicht. Verblutet war er nicht.

Der Fahrer zog ihn hoch, daß er auf die Knie kam, und sprach mit ihm wie mit einem Dreijährigen.

»Hast 'ne Mordsaufgabe, mein Guter: Sie sind echt angetan von dir.«

Der Fahrer hatte sich die Finger naßgeleckt und rieb mit ihnen über Kaufmans geschwollene Lippen, versuchte, sie voneinander zu lösen.

»Gibt 'ne Menge zu lernen bis morgen nacht...«

Menge zu lernen. Menge zu lernen.

Er führte Kaufman aus dem Zug hinaus. Sie waren in einer Station, die er niemals zuvor gesehen hatte. Sie war weiß gekachelt und makellos rein; das Nirwana eines jeden Stationsvorstehers. Kein Graffito entstellte die Wände. Es gab keine Fahrmünzautomaten, aber schließlich gab es auch keine Eintrittsschleusen und Passagiere. Dies hier war ein Grenzposten, der nur einen einzigen Gegenstand der Wartung vorsah: den Fleischzug.

Eine Frühschicht Putzleute war bereits damit beschäftigt, das

Blut von den Sitzbänken und vom Boden des Zuges mit Schläuchen wegzuspritzen. Jemand zog den Leichnam des Schlächters bis auf die Haut aus, um ihn für den Transport nach New Jersey vorzubereiten. Rings um Kaufman war alles bei der Arbeit.

Ein Regen morgendlichen Lichts ergoß sich durch einen Gitterrost in der Decke der Station. Staubteilchen schwebten in den Strahlen und wirbelten im Ringelreihen. Kaufman sah ihnen hingerissen zu. So etwas Schönes hatte er seit seinen Kindertagen nicht mehr gesehen. Wunderschöner Staub. Rundum im Ringelreihen, rundherum.

Dem Fahrer war es gelungen, Kaufmans Lippen voneinander zu trennen. Der Mund war zu schwer verletzt, um ihn zu bewegen, aber zumindest fiel so das Atmen leichter. Und der Schmerz begann schon abzuklingen.

Der Fahrer lächelte ihn an und wandte sich dann an die Arbeiter der Station.

»Möcht' euch gern Mahoganys Ersatz vorstellen: unser neuer Schlächter«, gab er bekannt.

Die Arbeiter schauten Kaufman an. In ihren Gesichtern zeichnete sich eine gewisse Hochachtung ab, was er recht ansprechend fand.

Kaufman sah zum Sonnenlicht hinauf, das jetzt rings um ihn herabfiel. Er ruckte mit dem Kopf, um anzudeuten, daß er raufgehen wollte, raus ins Freie. Der Fahrer nickte und führte ihn eine steile Treppenflucht hinauf, weiter durch eine schmale Passage und auf diesem Weg hinaus auf den Bürgersteig.

Es war ein schöner Tag. Den Himmel über New York durchmaserten blasse, pinkfarbene Wolkenfädchen, und die Luft roch morgendlich.

Die Straßen und Avenues waren so gut wie leer. In einiger

Entfernung überquerte ein vereinzeltes Taxi eine Kreuzung, der Motor klang wie ein Gewisper. Drüben auf der anderen Straßenseite quälte sich ein Jogger vorbei.
Sehr bald würden diese verlassenen Gehsteige voll sein mit sich drängenden Menschenmassen. In völliger Ahnungslosigkeit würde die Stadt zur Tagesordnung übergehen – und niemals wissen, worauf sie erbaut war oder wem sie ihr Leben verdankte. Ohne Zögern fiel Kaufman auf die Knie, küßte den verdreckten Beton mit seinen blutigen Lippen und schwor stumm ihrem Fortbestand ewige Treue.
Kommentarlos nahm die Hochburg der Wonnen den Huldigungsakt entgegen.

Das Geyatter und Jack

Weshalb es die Mächte (lang mögen sie hofhalten; lang mögen sie Licht scheißen auf die Scheitel der Verdammten) von der Hölle ausgesandt hatten zur Pirschjagd auf Jack Polo, war dem Geyatter einfach unerfindlich. Jedesmal, wenn es übers Netzsystem an seinen Herrn und Meister eine schüchterne Anfrage des simplen Inhalts: »Was habe ich denn hier verloren?« expedierte, erteilte man ihm seiner Neugier wegen unverzüglich einen Rüffel. Das sei nicht seine Sache, kam die Antwort, seine Sache sei die reine Durchführung, notfalls sein Tod beim Sich-drum-Bemühen. Sechs Monate war das Geyatter nun schon hinter Polo her, und allmählich sah es im Untergang eine durchaus annehmbare Alternative. Dieses endlose Versteckspiel war zu niemands Nutzen und stürzte das Geyatter in tiefste Frustration. Es befürchtete Magengeschwüre, es befürchtete psychosomatischen Aussatz (ein Leiden, für das niederere Dämonen wie seinesgleichen anfällig waren) und was das Schlimmste war: Es befürchtete, vollständig die Geduld zu verlieren und in einem unbezähmbaren Anfall von Verärgerung den Mann glattweg abzuschlachten.

Und überhaupt: Wer war schon dieser Jack Polo?

Ein Gewürzgurken-Importeur; bei den Eiern des Leviathan, Gewürzgurken-Importeur war er, schlicht und ergreifend. Sein Leben war ramponiert, seine Familie war belanglos, seine politische Einstellung simpel und seine Theologie nicht existent. Der Mann war eine Null, eins von den ganz faden Kinkerlitzchen der Natur – wozu sich abgeben mit seinesgleichen? Das war kein Faust: Der hier schloß keinen Pakt oder verkaufte seine Seele. Der bräuchte bei der Aussicht auf göttliche Erleuchtung nicht groß zu überlegen: Kurz schniefen würde er, die Achseln zucken und weiter seine Gurken importieren.

Aber das Geyatter war an dies Haus gefesselt, die lange Nacht, den lieben langen Tag, bis es den Mann in den Wahnsinn getrieben hätte, mehr oder minder jedenfalls. Das erwies sich nachgerade als ein zeitraubendes, wenn nicht gar nie endendes Vorhaben. Ja, es gab Momente, in denen es selbst psychosomatischen Aussatz in Kauf genommen hätte, sofern damit nur eine invaliditätsbedingte Entlassung aus dieser unmöglichen Mission verbunden gewesen wäre.

Was nun Jack J. Polo anging, so blieb dieser weiterhin ein Ausbund an Ahnungslosigkeit. Das war er schon immer gewesen, und sein Lebensweg war tatsächlich mit den Opfern seiner Naivität gepflastert. Als ihn seine jüngst entschlafene Gattin betrog (bei mindestens zwei Fehltritten war er, fernsehenderweise, im Haus gewesen), war er der letzte, der's rausfand. Und das trotz der Spuren, die die beiden hinterlassen hatten! Ein blinder Taubstummer wäre mißtrauisch geworden. Jack nicht. Er wurstelte in seiner stumpfsinnigen Arbeit herum, ohne jemals das penetrante Kölnisch des Ehebrechers zu bemerken und ebensowenig die ungewöhnliche Regelmäßigkeit, mit der seine Frau die Bettlaken wechselte.

Das gleiche Desinteresse an dem, was um ihn vorging, zeigte er, als ihm seine jüngste Tochter Amanda ihre lesbische Veranlagung gestand. Seine Reaktion: ein Seufzer und ein leicht konfuser Blick.

»Also, solang du nicht schwanger wirst, Schätzchen«, antwortete er und schlenderte fort in den Garten, unbekümmert wie immer.

Was konnte ein Furienwesen bei einem solchen Mann schon ausrichten?

Einem Geschöpf, das darauf dressiert war, seine vorwitzigen Finger in die Wunden der menschlichen Psyche zu legen, bot Polo eine so eisglatte, eine jedes Merkmal entbehrende Oberfläche, als sollte der bösen Tücke jedweder Halt verweigert werden.

Vorkommnisse schienen in seiner vollkommenen Teilnahmslosigkeit keinerlei Spuren zu hinterlassen. Die Katastrophenfälle seines Lebens schienen sein Gemüt nicht im geringsten mit Narben zu verunstalten. Als er schließlich mit der Untreue seiner Frau tatsächlich und unzweideutig konfrontiert wurde (er erwischte die beiden zufällig beim Vögeln im Bad), brachte er es einfach nicht fertig, verletzt oder gedemütigt zu sein.

»So was passiert eben«, sagte er sich und drückte sich aus dem Badezimmer, um die beiden beenden zu lassen, was sie angefangen hatten.

»*Che sera, sera.*«

Che sera, sera. Der Mann bediente sich dieser verdammten Floskel mit monotoner Regelmäßigkeit. Aus dieser fatalistischen Philosophie heraus schien er zu leben, und er ließ Angriffe auf seine Männlichkeit, seinen Ehrgeiz und seine Würde von seinem Ego abperlen wie das Regenwasser von seinem Glatzkopf.

Das Geyatter hatte gehört, wie Polos Frau ihrem Mann alles gestand (es hing verkehrt herum am Beleuchtungskörper, unsichtbar wie immer), und die Szene hatte es zusammenzukken lassen. Da stand die aufgewühlte Sünderin, bettelte darum, angeklagt, angeschrien, ja geschlagen zu werden, und statt ihr gehässig Genugtuung zu geben, hatte Polo nur mit den Achseln gezuckt und sie, ohne sie mit einem Wort zu unterbrechen, ihren Fall darlegen lassen, bis sie nichts mehr zu enthüllen hatte. Endlich war sie dann gegangen, mehr aus Frustration und Kummer als aus Schuldgefühl; das Fehlen jeglicher rechtschaffener Wut bei ihrem Mann hatte sie schwer gekränkt; das Geyatter hatte es gehört, wie sie es dem Badezimmerspiegel erzählte. Kurze Zeit später stürzte sie sich vom Balkon des Roxy-Kinos.

In mancherlei Hinsicht kam dem Furienwesen ihr Selbstmord ganz gelegen. Jetzt, da die Frau tot war und die Töchter das Zuhause verlassen hatten, konnte es durchdachtere Tricks aushecken, um sein Opfer zu entnerven, ohne immer drauf achten zu müssen, seine Gegenwart vor Geschöpfen geheimzuhalten, auf die es die Mächte nicht abgesehen hatten.

Aber die Abwesenheit der Frau hatte zur Folge, daß das Haus tagsüber leerstand, und das wurde bald zu einer Stumpfsinnslast, die das Geyatter kaum erträglich fand. Die Stunden von neun bis fünf, sie schienen endlos, wenn man allein im Haus war. Vermotzt, trübselig stromerte es dann herum und dachte sich verstiegene und abstruse Racheakte aus für den Polo-Mann, schritt totentraurig die Zimmer ab, nur begleitet von den klickenden und surrenden Geräuschen des Hauses, wenn die Heizkörper abkühlten oder der Kühlschrank sich ein- und ausschaltete. Rasch wurde die Lage derart desperat, daß das Eintreffen der Mittagspost zum Höhepunkt des Tages wurde, und unerschütterliche Melancholie senkte sich jedesmal auf das Geyatter herab, wenn der Postbote nichts einzuwerfen hatte und einfach zum nächsten Haus weiterging.

Mit der Rückkehr Jacks gingen die Spiele dann ernstlich los.

Die übliche Aufwärmroutine: Jack an der Tür abfangen und verhindern, daß sein Schlüssel sich im Schloß umdreht. Das Kräftemessen dauerte so ein, zwei Minuten, bis Jack zufällig den Blockierungsschwerpunkt des Geyatters herausfand und für diesen Tag Sieger blieb. Drinnen dann brachte es alle Lampenschirme zum Schwingen. Normalerweise nahm der Mann diese Darbietung nicht zur Kenntnis, ganz gleich, wie heftig das Geschaukel auch war. Allenfalls zuckte er eventuell mit den Achseln, murmelte im Flüsterton was vom Sichsenken der Grundmauern und hängte unweigerlich sein »*Che sera, sera*« dran.

Im Badezimmer hatte das Geyatter bereits den Toilettensitz rundum mit Zahnpasta garniert und die Handbrause mit durchweichtem Toilettenpapier verstopft. Er duschte sogar gemeinsam mit Jack, hing dabei ungesehn an der Stange, die den Duschvorhang hielt, und raunte ihm obszöne Eingebungen ins Ohr. Das funktioniere immer, schärfte man den Dämonen auf der Akademie ein. Unfehlbar verstörten die eingeflüsterten Obszönitäten die Klienten, machten sie glauben, daß sie sich diese verabscheuungswürdigen Akte selbst ausdachten und trieben sie zum Ekel vor sich selbst, dann zur Ablehnung ihrer selbst und schließlich zum Wahnsinn. In wenigen Fällen gerieten die Opfer durch diese geraunten Eingebungen sogar derart in Erregung, daß sie auf die Straße liefen und sie ausagierten. Unter solchen Umständen wurde das Opfer häufig verhaftet und eingesperrt. Das Gefängnis führte dann zu weiteren Verbrechen und zum langsamen Hinschwinden der moralischen Reserven – der Sieg war auf diesem Weg sicher. Und auf diese oder eine andere Art kam letztlich der Irrsinn zum Vorschein.

Nur daß sich aus irgendeinem Grund diese Regel auf Polo

nicht anwenden ließ; er war nicht zu beunruhigen: ein Bollwerk der Anständigkeit.
In der Tat fiel, wie die Dinge lagen, dem Geyatter die Rolle dessen, der zusammenbrach zu. Es war müde; sosehr müde. Endlose Tage lang die Katze quälen, die Witzseiten aus der gestrigen Zeitung lesen, die Spielserien im Fernsehen beglotzen: das laugte das Furienwesen aus. Neuerdings hatte es eine Leidenschaft für die Frau entwickelt, die Polo gegenüber auf der anderen Straßenseite wohnte. Sie war eine junge Witwe und verbrachte augenscheinlich den größten Teil ihres Lebens damit, splitternackt ums Haus zu stolzieren. Manchmal, zur Mittagszeit, wenn sich der Postbote wieder mal nicht blicken ließ, war es für das Geyatter fast unerträglich, die Frau drüben vor Augen zu haben und zu wissen, daß es niemals die Schwelle von Polos Haus überschreiten konnte.
So lautete das Gesetz. Das Geyatter war ein subalterner Dämon, und seine Seelenfängerei war strikt auf den häuslichen Umkreis seines Opfers eingegrenzt. Ein Schritt darüber hinaus bedeutete die Preisgabe aller Macht über das Opfer: ein Sichausliefern an die Gnade und Ungnade der Menschennatur. Den ganzen Juni und Juli und fast den ganzen August schwitzte es in seinem Gefängnis, und all diese strahlenden, heißen Monate über bewahrte Jack Polo seine vollkommene Ungerührtheit gegenüber den Attacken des Geyatters.
Es war zutiefst verwirrend und zerstörte nach und nach das Selbstvertrauen des Dämons, mit ansehen zu müssen, wie dieses kühl-glatte Opfer jeden Anschlag und Trick überlebte.
Das Geyatter weinte.
Das Geyatter zeterte.
In einem Anfall zügelloser Qual brachte es das Wasser im Aquarium zum Kochen und pochierte dabei die Guppies.

Polo hörte nichts, sah nichts.
Schließlich, Ende September, brach das Geyatter eine der Grundregeln seines Standes und wandte sich direkt an seine Meister.
Der Herbst ist die Jahreszeit der Hölle; und die Dämonen der höheren Herrschaftsränge fühlten sich milde gesinnt. Sie geruhten, mit ihrer Kreatur zu sprechen.
»Was willst du?« fragte Beelzebub, und seine Stimme schwärzte die Luft im Wohnzimmer.
»Dieser Mann...« begann das Geyatter nervös.
»Ja?«
»Dieser Polo...«
»Ja?«
»Ich bring's zu keinem Ergebnis bei ihm. Ich kann keine Panik bei ihm auslösen, ich kann keine Angst, nicht einmal leichte Beunruhigung bei ihm hervorbringen. Fruchtlos bin ich, o Herr der Fliegen, und ich wünsche, daß man mich von meinem Elend befreit.«
Einen Augenblick lang nahm Beelzebubs Gesicht im Spiegel über dem Kaminsims Gestalt an.
»*Was* willst du?«
Beelzebub war halb Elefant, halb Wespe. Das Geyatter fürchtete sich schrecklich.
»Ich... will sterben.«
»Du kannst nicht sterben.«
»Fort aus dieser Welt. Nur von dieser Welt wegsterben. Dahinschwinden. Ausgetauscht werden.«
»Du wirst nicht sterben.«
»Aber ich kann ihn nicht zugrunde richten!« kreischte unter Tränen das Geyatter.
»Du mußt es.«

»Warum?«
»Weil Wir's dich heißen.« Immer gebrauchte Beelzebub den Pluralis majestatis, obwohl ihm das gar nicht zustand.
»Laßt mich wenigstens wissen, weshalb ich in diesem Haus bin«, bat das Geyatter dringlich. »Was ist er denn schon? Nichts! Ein Nichts ist er!«
Beelzebub fand das gelungen. Er lachte, summte, trompetete.
»Jack Johnson Polo ist das Kind eines praktizierenden Mitglieds der Kirche des Verlorenen Heils. Er gehört Uns.«
»Aber was bitte wollt Ihr denn mit ihm? Er ist so fad.«
»Wir wollen ihn, weil man Uns seine Seele versprochen und seine Mutter sie nicht ausgeliefert hat. Oder selber nicht so weit gekommen ist. Sie hat Uns betrogen. Tod in den Armen eines Priesters, und sicheres Geleit zum...«
Das darauffolgende Wort war mit dem Bannfluch belegt. Der Herr der Fliegen brachte es kaum über sich, es auszusprechen.
»...Himmel«, sagte Beelzebub mit unendlicher Trauer über den Verlust in der Stimme.
»Himmel«, sagte das Geyatter und wußte nicht recht, was mit dem Wort gemeint war.
»Auf Geheiß des Alten höchstpersönlich ist Polo mit Furien zu hetzen und zu bestrafen für die Verbrechen seiner Mutter. Keine Tortur ist grausam genug für eine Familie, die Uns betrogen hat.«
»Ich bin am Ende«, setzte das Geyatter inständig dagegen und wagte es, sich dem Spiegel zu nähern. »Bitte. Ich fleh' Euch an.«
»Bring diesen Mann zur Strecke«, sagte Beelzebub, »oder du leidest an seiner Statt.«
Die Gestalt im Spiegel winkte mit ihrem schwarzgelben Rüssel und verblaßte.

»Wo bleibt dein Stolz?« sagte die Stimme des Meisters noch und verhallte in der Ferne. »Stolz, Geyatter, Stolz!«

Dann war er fort.

In seiner Frustration griff sich das Geyatter den Kater und warf ihn ins Kaminfeuer, wo er rasch eingeäschert wurde. Wenn das Gesetz doch nur gestattete, menschliches Fleisch mit einer solch einfachen Quälerei heimzusuchen, dachte es. Ja, wenn nur. Wenn nur – dann würde es Polo solche Torturen erdulden lassen. Aber nein. Das Geyatter kannte die Gesetze so gut wie seinen Handrücken; von seinen Lehrern waren sie ihm als gerade flügge gewordenem Dämon auf den Balg gebleut worden. Und Gebot eins bestimmte: »Du sollst nicht an deine Opfer Hand anlegen.«

Man hatte ihm nie gesagt, weshalb dieses Gebot Geltung beanspruchte, aber das tat es.

»Du sollst nicht...«

Also ging die peinliche Prozedur weiter. Tagein, tagaus, und noch immer zeigte der Mann kein Symptom des Weichwerdens. Im Verlauf der nächsten Wochen murkste das Geyatter zwei weitere Kater ab, die Polo als Ersatz für seinen hochgeschätzten Freddy (nunmehr Asche) heimbrachte.

Das erste dieser armen Opfer wurde an einem unproduktiven Freitagnachmittag in der Kloschüssel ertränkt. Es war immerhin eine Genugtuung, den Ausdruck des Ekels auf Polos Gesicht sich abzeichnen zu sehen, als er den Reißverschluß seiner Hose öffnete und runterschaute. Aber jegliches Vergnügen, das das Geyatter an Jacks Fassungslosigkeit fand, wurde durch die unbekümmert souveräne Art wieder aufgehoben, in der der Mann mit dem toten Kater fertig wurde: Er hievte das triefende Fellbündel aus dem Becken, wickelte es in ein Handtuch und begrub es im Garten praktisch ohne einen Mucks.

Der dritte Kater, den Polo nach Hause brachte, war über die unsichtbare Gegenwart des Dämons von Anfang an im Bilde, und so wurde dann auch Mitte November das Leben für das Geyatter eine unterhaltsame Woche lang, in der es Katz und Maus mit Freddy III. spielte, geradezu interessant. Freddy spielte die Maus. Da Katzen keine besonders hellen Tiere sind, war der Zeitvertreib schwerlich eine große intellektuelle Herausforderung, aber er brachte Abwechslung in die endlosen Tage des Wartens, Verfolgens und Scheiterns. Zumindest akzeptierte das Tier die Gegenwart des Geyatters. Zu guter Letzt jedoch, in einer scheußlichen Stimmung (ausgelöst durch die Wiederverheiratung der nackten Witwe von gegenüber) verlor der Dämon seine Geduld mit dem Kater. Der wetzte seine Krallen auf dem Nylonteppich, kratzte stundenlang mit den Klauen am Velours. Das Geräusch tötete dem Dämon den metaphysischen Nerv: ein einziger kurzer Blick auf den Kater, und der zersprang in Stücke, als hätte er eine scharfe Granate verschluckt.
Die Wirkung war imposant, die Ergebnisse kraß: überall Katzenhirn, Katzenfell und Katzeneingeweide.
Polo kam an diesem Abend erschöpft nach Hause, stand unter der Tür des Eßzimmers und musterte mit zutiefst angeekeltem Gesicht das Blutbad, in das sich Freddy III. verwandelt hatte.
»Elende Hunde«, sagte er. »Elende Hundsviecher, elende.«
Wut war in seiner Stimme. Ja, frohlockte das Geyatter, regelrechte Wut. Der Mann war durcheinander: In seinem Gesicht zeigten sich eindeutig feststellbare Anzeichen von Gefühl.
Hochgestimmt fegte der Dämon durchs Haus, wild entschlossen, seinen Sieg auszureizen. Er machte jede Tür auf und knallte sie zu, zertrümmerte Vasen, brachte die Lampenschirme zum Schwingen.

Polo kratzte lediglich feinsäuberlich den Kater zusammen.
Das Geyatter warf sich die Treppe runter, zerfetzte ein Kissen, schlüpfte auf dem Speicher in die Rolle eines kichernden Wesens mit Hinkefuß und Lust auf Menschenfleisch.
Polo begrub lediglich Freddy III. neben dem Grab von Freddy II. und der Asche von Freddy I. Dann legte er sich schlafen, ohne sein Kissen.
Der Dämon fühlte sich restlos aufgeschmissen. Welche Chance, bitte, blieb ihm denn, diesen Dreckskerl jemals zu knacken, wenn der Mann beim Explodieren seines Katers im Eßzimmer nicht mehr als den Funken einer Anteilnahme aufzubringen vermochte?
Eine letzte Möglichkeit stand noch aus.
Christi Geburtstag rückte näher, und Jacks Kinder würden heimkommen in den Schoß der Familie. Vielleicht konnten sie ihn überzeugen, daß mit der Welt doch nicht alles in Ordnung war; vielleicht konnten sie ihre Fingernägel unter seine makellose Gleichgültigkeit zwängen und anfangen, ihn niederzureißen. Hoffend, wo es nichts mehr zu hoffen gab, harrte das Geyatter die Wochen bis in den späten Dezember aus und plante seine Angriffe mit aller erfinderischen Bösartigkeit, die es aufbringen konnte.
Inzwischen ging Jacks Leben seinen gemächlichen Gang. Er schien abgetrennt von seiner Erfahrung zu leben, lebte sein Leben, wie ein Autor möglicherweise eine grotesk-abstruse Erzählung schreibt: indem er sich selbst nie zu tief in den Geschehensablauf verwickelt. Einige bezeichnende Umstände zeigten jedoch seine Begeisterung für den kommenden Feiertag. Er machte die Zimmer seiner Töchter tadellos sauber. Er bezog ihre Betten mit süß riechender Wäsche. Er entfernte jedes Fleckchen Katzenblut aus dem Teppich. Er stellte sogar

einen Christbaum im Wohnzimmer auf, behängt mit schillernden Kugeln, Lametta und Geschenken.
Hin und wieder, während er mit den Vorbereitungen zugange war, dachte Jack an das Spiel, das er spielte, und rechnete sich still die Nachteile aus. In den bevorstehenden Tagen würde er nicht nur sein Leiden, sondern auch das seiner Töchter gegen den möglichen Sieg abwägen müssen. Und immer, wenn er diese Berechnungen anstellte, schien die Chance des Sieges die Risiken aufzuwiegen.
Also fuhr er fort, sein Leben zu schreiben, und wartete.
Schnee stellte sich ein, sanftes Wattepochen gegen die Fenster, gegen die Tür. Kinder kamen, um Weihnachtslieder zu singen, und er war freigebig zu ihnen. Für eine kurze Zeitspanne war es möglich, an den Frieden auf Erden zu glauben.
Spätabends am dreiundzwanzigsten Dezember trudelten die Töchter ein, in einem Gestöber aus Koffern und Küssen. Die jüngere, Amanda, kam als erste. Aus seinem Beobachtungsposten auf dem Treppenabsatz taxierte das Geyatter erbost die junge Frau. Augenscheinlich nicht das ideale Material, um damit einen Zusammenbruch auszulösen. Genaugenommen wirkte sie bedrohlich. Gina folgte ein, zwei Stunden später; eine glatt-versierte Frau von Welt mit vierundzwanzig, die aufs Haar so einschüchternd wie ihre Schwester wirkte. Sie drängten ins Haus mit ihrer Hektik und ihrem Gelächter; sie stellten die Möbel um; sie beförderten alte Lebensmittel aus der Kühltruhe und gestanden einander (und ihrem Vater), wie sehr sie sich gegenseitig gefehlt hätten. Innerhalb weniger Stunden erstrahlte das bislang trist-graue Haus in den frischen Farben von Licht und Spaß und Liebe.
Das Geyatter wurde krank davon.
Wimmernd barg es den Kopf im Schlafzimmer, um sich gegen

das Zuneigungsgetöse abzuschirmen, aber die Stoßwellen hüllten es ein. Ihm blieb nur übrig, dazusitzen, zuzuhören und seine Rache zu verfeinern.

Jack freute sich, seine Schönen daheim zu haben. Amanda so engagiert und so stark wie ihre Mutter. Gina mehr wie *seine* Mutter: ausgeglichen, scharfsichtig. Die Gegenwart der beiden machte ihn so glücklich, daß er hätte weinen können. Und was tut der stolze Vater? Setzt sie beide einem solchen Risiko aus. Aber gab es eine Alternative? Wenn er die Weihnachtsfeier ausfallen ließ, würde das äußerst verdächtig wirken. Es würde womöglich seine ganze Strategie zu Fall bringen und den Feind auf das Manöver aufmerksam machen, das gegen ihn im Gange war.

Nein, er mußte eisern die Stellung halten. Den Dummen spielen, sich weiter so verhalten, wie es der Feind nachgerade von ihm erwartete.

Die Zeit zum Handeln würde kommen.

Am Weihnachtsmorgen um drei Uhr fünfzehn eröffnete das Geyatter die Feindseligkeiten, indem es Amanda aus dem Bett warf. Eine windige Nummer bestenfalls, aber sie hatte den gewünschten Effekt. Verschlafen rieb sie ihren angeschlagenen Kopf und kletterte zurück ins Bett, nur um zu erleben, daß dieses wie ein ungezähmtes Fohlen hochbockte, sich schüttelte und sie wiederum abwarf.

Der Lärm weckte die andern im Haus. Gina war als erste im Zimmer ihrer Schwester.

»Was ist los?«

»Es ist jemand unterm Bett.«

»Was?«

Gina griff sich einen Briefbeschwerer vom Toilettentisch und forderte den Angreifer auf herauszukommen. Das Geyatter saß, unsichtbar, auf der Bank unterm Fenster, machte obszöne Gebärden zu den Frauen hin und band sich Knoten in die Genitalien.

Gina schaute unters Bett. Das Geyatter klebte jetzt am Beleuchtungskörper, brachte ihn dazu, hin und her zu schwingen, und ließ so das Zimmer in Taumel geraten.

»Da ist nichts.«

»Doch.«

Amanda wußte Bescheid. O ja, sie wußte Bescheid.

»Irgendwas ist hier, Gina«, sagte sie. »Irgendwas ist hier bei uns im Zimmer, da bin ich ganz sicher.«

»Nein.« Gina war kategorisch. »Es ist leer.«

Amanda suchte gerade hinterm Kleiderschrank nach, als Polo eintrat.

»Was war 'n das für 'n Gerumpel?«

»Irgendwas ist im Haus, Daddy. Hat mich aus dem Bett geworfen.«

Jack sah die zerdrückten Bettlaken, die verschobene Matratze, dann Amanda an. Dies war der erste Test: Er mußte so unverkrampft lügen wie möglich.

»Hast wahrscheinlich schlimm geträumt, meine Schöne«, sagte er und trug ein unschuldiges Lächeln zur Schau.

»Es war was unterm Bett«, beharrte Amanda.

»Jetzt zumindest ist niemand hier.«

»Aber ich hab's deutlich gespürt.«

»Also, ich seh' mal sonst im Haus nach«, bot er ihnen an, ohne sich sonderlich für die Aufgabe zu erwärmen. »Ihr beide bleibt hier, für alle Fälle.«

Als Polo aus dem Zimmer ging, ließ das Geyatter den Beleuchtungskörper ein bißchen stärker schaukeln.

»Die Grundmauern werden sich gesenkt haben«, sagte Gina.

Es war kalt im Erdgeschoß, und Polo hätte gern darauf verzichtet, barfuß auf den Küchenfliesen rumzutappen, aber er war insgeheim zufrieden, daß der Kampf in so kleinkarierter Manier aufgenommen worden war. Er hatte schon halb befürchtet, daß der Feind in der unmittelbaren Nähe solch zarter Opfer in Raserei geraten könne. Aber nein: Er hatte die Wesensart des Geschöpfs ganz richtig eingeschätzt. Es war eins aus den niedereren Rängen. Stark durchaus, aber schwer von Begriff. Es ließ sich sicher über die Grenzen seiner Machtbefugnis hinauslocken. Nur schön vorsichtig, sagte er sich, nur schön vorsichtig.

Er latschte durchs ganze Haus, öffnete pflichtschuldigst Schrankfächer und guckte hinter die Möbel; dann kehrte er zu seinen Töchtern zurück, die auf dem oberen Treppenabsatz saßen. Amanda sah klein und blaß aus, nicht mehr wie die zweiundzwanzigjährige Erwachsene, sondern wieder wie ein Kind.

»Nichts zu machen«, sagte er lächelnd zu ihr. »'s ist Weihnachtsmorgen, kreuzquer durchs Haus...«

Gina reimte zu Ende: »Rührt sich rein gar nichts, nicht mal 'ne Maus.«

»Nicht mal 'ne Maus, meine Schöne.«

In diesem Augenblick fühlte sich das Geyatter irgendwie angesprochen und schleuderte eine Vase vom Kaminsims im Wohnzimmer.

Sogar Jack zuckte zusammen. »Scheiße«, sagte er. Er brauchte dringend etwas Schlaf, aber ganz offenkundig hatte das Geyatter keineswegs die Absicht, sie gerade jetzt in Ruhe zu lassen.

Unter *Che-sera-sera*-Gemurmel schaufelte er die Scherben der chinesischen Vase auf und gab sie in ein Stück Zeitungspa-

pier. »Wißt ihr, das Haus senkt sich 'n bißchen auf der linken Seite«, sagte er lauter. »Das geht jetzt schon Jahre so.«
»Wenn es absinkt«, sagte Amanda mit ruhiger Bestimmtheit, »wirft es mich unmöglich aus dem Bett.«
Gina sagte nichts. Die Wahlmöglichkeiten waren begrenzt. Die Alternative wenig reizvoll.
»Na, vielleicht war's der Weihnachtsmann«, sagte Polo und probierte die frivole Masche. Er packte die Vasenscherben ein und schlenderte in die Küche rüber, in der Gewißheit, daß man ihn dabei auf Schritt und Tritt beschattete. »Was soll es sonst gewesen sein?« fragte er leichthin über die Schulter und stopfte dabei das Zeitungspapier in den Abfalleimer. »Die einzige noch mögliche Erklärung«, hier kam er fast in Hochstimmung, so nah streifte er die Wahrheit, »die einzige noch mögliche Erklärung ist zu haarsträubend-abstrus, um sie auch nur auszusprechen.«
Es hatte etwas köstlich Ironisches, die Existenz der unsichtbaren Welt zu leugnen und sich völlig bewußt zu sein, daß ihm eben jetzt ihr rachsüchtiger Atem den Nacken hinabstrich.
»Meinst du Poltergeister?« fragte Gina.
»Ich mein' alles, was rumrumpelt in der Nacht. Aber schließlich sind wir erwachsene Menschen, nicht? Wir glauben an keine Schwarzen Männer.«
»Nein«, sagte Gina trocken, »tu ich nicht. Aber ebensowenig glaub' ich, daß das Haus sich absenkt.«
»Also, fürs erste muß es reichen«, sagte Jack mit nonchalanter Entschiedenheit. »Ab sofort haben wir Weihnachten. Das wollen wir uns doch nicht mit weiterem Gerede über Kobolde vermiesen.«
Sie lachten alle drei.
Kobolde. Das traf sicher tief, die Höllenausgeburt einen Kobold zu nennen.

Das Geyatter – halb krank vor Frustration, Säuretränen schäumten auf seinen Wangen – knirschte mit den Zähnen und verhielt sich ruhig.
Es würden schon noch Zeit und Gelegenheit kommen, dieses atheistische Lächeln aus Jack Polos glattem, feistem Gesicht herauszudreschen. Jede Menge Zeit. Keine halben Sachen mehr von jetzt ab. Keine feinen Unterschiede. Ein Großangriff würde es werden, der totale Krieg.
Zu Blut soll's kommen. Und zu Todesqual.
Kaputtgehen würden sie, allesamt.

Amanda war in der Küche beim Zubereiten des Weihnachtsessens, als das Geyatter seine nächste Attacke in Szene setzte. Durchs Haus zogen die Klänge des King's-College-Chors, »O stilles Städtchen Bethlehem, wie friedlich liegst du da...«
Die Geschenke waren ausgepackt, die Gin-Tonics wurden runtergekippt, das Haus war eine einzige liebevolle Umarmung vom Dach bis zum Keller.
In der Küche durchdrang ein plötzlicher Kälteschauer die Hitze und den Dampf und ließ Amanda frösteln; sie ging zum Fenster, das zur Durchlüftung einen Spaltbreit offen war, und schloß es. Vielleicht brütete sie irgendwas aus.
Das Geyatter sah sich ihren Rücken an, als sie hingegeben ihrer Küchenarbeit nachging und für einen Tag das häusliche Leben genoß. Amanda spürte den starren Blick ganz deutlich. Sie drehte sich um. Niemand, nichts. Sie fuhr fort, den Rosenkohl zu putzen und durchschnitt dabei einen mit einem eingerollten Wurm in der Mitte. Sie ersäufte ihn.
Der Chor sang weiter.
Im Wohnzimmer lachten Jack und Gina über irgendwas.
Dann der Lärm. Ein Rütteln zunächst, anschließend das Häm-

mern von Fäusten gegen eine Tür. Amanda ließ das Messer in die Rosenkohlschüssel fallen und wandte sich vom Ausguß weg, um dem Geräusch nachzugehen. Es wurde immer lauter. Als wäre etwas in einem der Geschirrschränke eingesperrt und versuchte verzweifelt rauszukommen. Eine Katze, die im Kasten festsaß, oder ein...

Vogel.

Es kam aus dem Ofen.

Amanda drehte sich der Magen um, als sie anfing, sich das Schlimmste vorzustellen. Hatte sie etwas in die Backröhre gesperrt, als sie den Truthahn hineingeschoben hatte? Sie rief nach ihrem Vater, griff sich zugleich hastig den Ofenlappen und ging zum Herd, den die Panik seines Gefangenen zum Schaukeln brachte. Sie halluzinierte eine fettüberbrühte Katze, die heraus- und auf sie lossprang, mit weggebranntem Fell, das Fleisch halb durchgebraten.

Jack stand in der Küchentür.

»Es ist was im Ofen«, sagte sie zu ihm, als wäre das noch nötig gewesen. Der Herd war außer Rand und Band; sein explosiv herumhämmernder Inhalt hatte schon fast die Tür rausgedroschen.

Er nahm ihr den Ofenlappen aus der Hand. Das ist was Neues, dachte er. Bist besser, als ich dir zugetraut hab'. Ziemlich gewieft ist das. Und originell.

Jetzt war auch Gina in der Küche. »Bloß nichts anbrennen lassen!« flachste sie.

Der Witz ging aber unter, da der Herd jetzt zu tanzen anfing und die Tiegel voll kochendem Wasser von den Flammen gestoßen und auf den Boden geschnellt wurden. Siedendheißes Wasser verbrühte Jack am Bein. Er schrie auf, stolperte rückwärts in Gina hinein, um dann, mit einem Schlachtruf, der

einem Samurai keine Schande gemacht hätte, Richtung Herd zu hechten.
Der Backrohrgriff war glitschig vor Hitze und Fett, aber er packte ihn und riß die Tür auf.
Ein Schwall aus Dampf und blasenziehender Hitze wälzte sich aus dem Ofen und duftete herzhaft nach Truthahnfett. Aber der Vogel da drinnen hatte allem Anschein nach keinerlei Absichten, sich essen zu lassen. Er warf sich auf dem Bratblech von einer Seite auf die andere und schleuderte Soßenspritzer in alle Richtungen. Seine knusprig braunen Flügel wedelten und flatterten jämmerlich, seine wirbelnden Schlegel trommelten gegen die Bratrohrabdeckung.
Dann schien er die offene Tür zu wittern. Seine Flügel streckten sich zu beiden Seiten seiner gefüllten Rumpfmasse aus, und halb fiel, halb hüpfte er – in Nachäffung seines unversehrten lebendigen Selbst – hinaus auf die Ofentür. Kopflos, Fülle und Zwiebeln absondernd, plumpste und klatschte er herum, als hätte der Teufelsbraten noch nie etwas davon gehört, daß er tot war; und noch immer brutzelte das Fett auf seinem speckbestreuten Rücken.
Amanda schrie.
Jack bückte sich nach der Ofentür, da schlingerte der Vogel schon blind, aber rachgierig in die Luft. Was er zu tun beabsichtigte, sobald er seine drei zusammengekauerten Opfer erreicht hätte, wurde nie herausgefunden. Gina zerrte Amanda in die Eingangshalle, ihr Vater folgte dichtauf, und die Tür wurde zugeworfen, gerade noch rechtzeitig, denn schon schleuderte sich der Vogel gegen die Füllung und schlug mit seiner ganzen Kraft darauf. Bratensaft sickerte dunkel und fettig durch den Spalt an der Schwelle.
Die Tür hatte keinen Riegel, aber Jack folgerte, daß der Vogel

außerstande war, den Griff zu drehen. Atemlos räumte er die Gefahrenzone und verfluchte sein Selbstvertrauen. Die gegnerische Seite hatte mehr auf Lager, als er angenommen hatte.

Amanda lehnte an der Wand und schluchzte; dicke Kleckser Truthahnfett befleckten ihr Gesicht. Sie konnte, so schien es, nur noch eines tun: abstreiten, was sie gesehen hatte. Sie schüttelte den Kopf und murmelte wieder und wieder ihr »Nein« wie eine Zauberformel gegen den lächerlichen Horror, der sich noch immer gegen die Türfüllung warf. Jack geleitete sie ins Wohnzimmer. Das Radio säuselte noch immer Weihnachtslieder, die das Gepolter des Vogels auslöschten, aber ihre Frohbotschaft des guten Willens schien nur ein geringer Trost zu sein.

Gina schenkte ihrer Schwester einen überdimensionalen Brandy ein und setzte sich neben sie aufs Sofa, um ihr Hochprozentiges und Beruhigung zu etwa gleichen Teilen aufzunötigen. Beide machten auf Amanda wenig Eindruck.

»Was bitte *war* das?« fragte Gina ihren Vater in einem Ton, der eine Antwort verlangte.

»Ich weiß nicht, was es war«, erwiderte Jack.

»Massenhysterie?« Ginas Ungehaltenheit war offensichtlich. Ihr Vater hatte ein Geheimnis: Er wußte, was im Haus vor sich ging, aber aus irgendeinem Grund weigerte er sich, damit rauszurücken.

»Wen soll ich kommen lassen: die Polizei oder einen Exorzisten?«

»Niemand.«

»Also, um Himmels willen...«

»*Nichts* ist im Gang, Gina. Wirklich.«

Ihr Vater wandte sich ab vom Fenster und sah sie an. Seine

Augen sprachen aus, was sein Mund zu sagen sich weigerte: daß es sich um Krieg handelte.

Jack hatte Angst.

Das Haus war plötzlich ein Gefängnis. Das Spiel war plötzlich tödlich. Der Feind zog nicht mehr alberne Spielchen durch, sondern hatte Schlimmes im Sinn, wirklich Schlimmes für sie alle.

In der Küche hatte sich der Truthahn endlich geschlagen gegeben. Die Weihnachtslieder im Radio waren zu einer Predigt über die Segnungen Gottes geronnen.

Was süß gewesen war, war jetzt sauer und gefährlich. Er betrachtete Amanda und Gina am anderen Ende des Zimmers. Beide zitterten, jede hatte ihre eigenen Gründe. Polo wollte ihnen sagen, wollte ihnen erklären, was vor sich ging. Aber das Wesen mußte hier sein, ganz sicher, und sich hämisch freuen.

Er irrte sich. Das Geyatter hatte sich, hochzufrieden mit seinen Bemühungen, auf den Dachboden zurückgezogen. Der Vogel, das fühlte es, war ein Geniestreich gewesen. Jetzt konnte es eine Weile ausruhen: sich erholen. Sollen sich nur die Nerven des Feindes in schlimmen Vorahnungen zerfetzen. Und dann, wenn's ihm gerade paßte, würde er den Gnadenstoß verabreichen.

Ganz beiläufig fragte es sich, ob wohl irgendeiner von den Kontrolleuren seine Arbeit mit dem Truthahn gesehen hatte. Vielleicht wären sie jetzt von seiner Originalität hinreichend beeindruckt, um seine Berufsaussichten zu verbessern. Es hatte diese ganzen Ausbildungsjahre bestimmt nicht durchgemacht, um lediglich schwachsinnige Trottel wie Polo zu hetzen. Eine herausforderndere Aufgabe als diese mußte drin sein. Das Geyatter fühlte Sieg in seinen unsichtbaren Knochen, und das war ein gutes Gefühl.

Die Jagd auf Polo würde jetzt bestimmt an Dramatik gewinnen. Seine Töchter würden ihn überzeugen (falls er es nicht jetzt schon völlig war), daß etwas Schreckliches vor sich ging. Er würde zusammenkrachen. Er würde zerbröckeln. Womöglich würde er auf die klassische Art verrückt werden: sich die Haare ausraufen, sich die Kleider runterfetzen, sich mit dem eigenen Kot beschmieren.

O ja, der Sieg war nahe. Und hätte es dann nicht das volle Wohlwollen seiner Meister? Würde man es nicht mit Lobpreis überschütten und mit Macht?

Lediglich eine einzige Manifestation war erforderlich. Ein endgültiger, zündend genialischer Eingriff, und Polo wäre nur noch flennendes Fleisch.

Müde, aber seiner Sache ziemlich sicher stieg das Geyatter zum Wohnzimmer hinab.

Amanda lag in voller Länge eingeschlafen auf dem Sofa. Offensichtlich träumte sie von dem Truthahn. Sie rollte die Augen unter den hauchzarten Lidern, ihre Unterlippe zitterte. Gina saß neben dem Radio, das jetzt zum Schweigen gebracht war. Sie hatte ein aufgeschlagenes Buch auf dem Schoß, aber sie las nicht.

Der Gewürzgurken-Importeur war nicht im Zimmer. War das nicht sein Schritt auf der Treppe? Ja, er ging nach oben, seine brandyvolle Blase erleichtern.

Ideales Timing.

Das Geyatter durchquerte das Zimmer. Im Schlaf sah Amanda etwas Dunkles über ihr Traumbild huschen, etwas Bösartiges, etwas, das bitter schmeckte in ihrem Mund.

Gina sah von ihrem Buch auf.

Die silbernen Kugeln am Baum schaukelten sanft. Nicht bloß die Kugeln. Auch das Lametta und die Zweige. Genaugenom-

men, der Baum. Der ganze Baum schaukelte, als hätte ihn gerade jemand in die Hand genommen.
Gina wurde es äußerst mulmig bei dem Anblick. Sie stand auf. Das Buch glitt auf den Boden.
Der Baum begann, sich zu drehen.
»Um Go…«, sagte sie, »um Gottes willen!«
Amanda schlief weiter.
Der Baum verstärkte seine Schwungkraft.
So ungerührt und ruhig wie sie konnte, ging Gina zum Sofa und versuchte, ihre Schwester wachzurütteln. In ihren Träumen gefangen, widersetzte sich Amanda einen Augenblick.
»Vater«, sagte Gina. Ihre Stimme war kräftig und reichte hinaus bis in die Halle; sie weckte auch Amanda.
Von unten hörte Polo ein Geräusch wie von einem winselnden Hund. Nein, von zwei winselnden Hunden. Als er die Treppe runterrannte, wurde aus dem Duett ein Trio. Er stürzte ins Wohnzimmer und war schon halbwegs darauf gefaßt, alle Heerscharen der Hölle hier anzutreffen, die hundsköpfig auf seinen zwei Schönen tanzten.
Aber nein. Der Christbaum war's, der winselte, winselte wie eine Hundemeute und dabei unaufhörlich im Kreis herumwirbelte.
Die Kerzen waren schon längst aus ihren Fassungen geflogen. Die Luft stank nach angeschmortem Kunststoff und Kiefernharz. Der Baum wirbelte herum wie ein Kreisel und schleuderte Schmuck und Geschenke mit der Freigebigkeit eines umnachteten Königs von seinen geschundenen Zweigen.
Jack riß sich vom Anblick des Baumspektakels los und fand Gina und Amanda auf allen vieren, tödlich verschreckt, hinterm Sofa.
»Raus hier«, gellte er.

Gerade, als er das rief, richtete sich der Fernseher unverschämt auf einem Bein auf und begann, sich mit rasch zunehmender Schwungkraft wie der Baum zu drehen.

Auch die Uhr auf dem Kaminsims machte mit beim Pirouettentanz. Ebenso die Schürhaken neben dem Kaminfeuer. Die Sitzkissen. Die Zier- und Kunstgegenstände. Jedes Ding trug seinen ganz unverwechselbaren Ton zur Orchestrierung des Gewinsels bei, das sich innerhalb von Sekunden zu einem ohrenbetäubenden Geräuschpegel hinaufschraubte. Der Geruch brennenden Holzes durchdrang die Luft, als die Reibung die sausenden Kreisel bis zum Flammpunkt erhitzte. Rauch wirbelte durchs Zimmer.

Gina erwischte Amanda am Arm und zog sie Richtung Tür. Sie deckte ihr Gesicht gegen den Hagel aus Kiefernnadeln ab, die der immer noch schneller werdende Baum von sich warf.

Jetzt kreiselten auch die Beleuchtungskörper.

Die Bücher waren von den Regalbrettern gesprungen und reihten sich in die Tarantella ein.

Jack konnte den Feind vor seinem geistigen Auge sehen, wie er gleich einem Jongleur, der Teller auf Stockspitzen kreisen läßt, zwischen den Gegenständen hin und her raste und versuchte, sie alle zugleich in Bewegung zu halten. Muß äußerst aufreibend sein, dachte er. Wahrscheinlich steht der Dämon kurz vor dem Zusammenbruch. Cool, konsequent ist er jedenfalls nicht. Übermäßig erregt. Zu impulsiv. Verletzbar. Wenn's je einen gab – dies mußte der richtige Zeitpunkt sein, den Kampf endlich aufzunehmen, dem Wesen gegenüberzutreten, sich ihm zu widersetzen und es aufs Kreuz zu legen.

Was das Geyatter anbelangte, so genoß es seine Orgie der Zerstörung. Es schleuderte jeden mobilen Gegenstand ins Getümmel und versetzte alles in kreiselnde Bewegung.

Voll Genugtuung sah es zu, wie die verstörte Tochter herumzuckte und -trippelte; es schüttelte sich vor Lachen beim Anblick des alten Mannes, der mit Stielaugen dies irrwitzige Ballett begaffte.

Bestimmt war er bereits dem Wahnsinn nahe, oder?

Die beiden Schönen hatten die Tür erreicht, Haut und Haar voller Nadeln. Polo sah sie nicht rausgehn. Er rannte durchs Zimmer, wich dabei notgedrungen einem Regen aus Ziergegenständen aus und nahm eine Messingtoastgabel an sich, die der Feind übersehen hatte. Nippes füllten die Luft um seinen Kopf, tanzten mit übelkeiterregender Geschwindigkeit herum. Sein Fleisch wurde gequetscht, gestoßen und durchbohrt. Aber die Hochstimmung seines Kampfeintritts hatte alles andere verdrängt in ihm, und er machte sich daran, die Bücher und die Uhren und das Porzellan kurz und klein zu schlagen. Wie ein Mann in einem Heuschreckenschwarm rannte er im Zimmer herum und holte seine Lieblingsbücher in einem Wirrwarr durcheinanderflatternder Seiten herunter, zerschmetterte herumwirbelndes Meißner Porzellan, zertrümmerte die Lampen. Ein Wust zerbrochener Besitztümer überschwemmte den Boden, manches drunter zuckte noch, als das Leben aus den Überresten wich. Aber für jeden zu Boden gestreckten Gegenstand hielten sich immer noch ein Dutzend Kreisler und Winsler in der Luft.

Er konnte Gina an der Tür hören, wie sie ihm zuschrie, rauszugehn, alles sein zu lassen.

Aber es machte ihm Spaß, direkter, unverblümter gegen den Feind zu spielen, als er sich's je zuvor erlaubt hatte. Er wollte nicht aufgeben.

Er wollte, daß sich der Dämon zeigte, seine Identität preisgab, sich genau zu erkennen gab.

Er wollte zum ersten und letzten Mal die Konfrontation mit dem Abgesandten des Alten.
Ohne Vorwarnung gab der Baum den Gesetzen der Fliehkraft nach und explodierte. Der Lärm glich einem Geheul des Untergangs. Zweige, Ästchen, Nadeln, Kugeln, Kerzen, Draht und Bänder flogen durchs Zimmer. Jack, mit dem Rücken zur Explosion, spürte, wie ihm der Energieschwall einen schweren Schlag versetzte, und wurde zu Boden geschleudert. Sein Nacken und seine Kopfhaut wurden über und über mit Kiefernnadeln gespickt. Ein Zweig, des Grüns entkleidet, schoß an seinem Kopf vorbei und durchbohrte das Sofa. Baumbruchstücke prasselten um ihn herum auf den Teppich.
Jetzt überschritt die Zentrifugalkraft die Belastbarkeit der anderen Gegenstände im Raum, und sie zerplatzten wie der Baum. Der Fernseher explodierte und sandte eine todbringende Welle Glas durchs Zimmer, von der sich ein Großteil in die gegenüberliegende Wand grub. Bruchstücke aus dem Innern des Fernsehers, die so heiß waren, daß sie die Haut versengten, fielen auf Jack, als er wie ein Soldat beim Bombeneinsatz zur Tür robbte.
So dicht war der Scherbenhagel im Zimmer, daß er wie ein Nebel wirkte. Die Sitzkissen steuerten ihre Daunen zu der Szene bei; sie schneiten auf den Teppich. Porzellantrümmer – ein schönglasierter Arm, der Kopf einer Kurtisane – prallten vor seiner Nase auf den Boden.
Gina kauerte bei der Tür, die Augen wegen des Geprassels zu Schlitzen verengt, und drängte ihn flehentlich, sich zu beeilen. Als Jack die Tür erreichte und ihre Arme um sich spürte, hätte er schwören können, im Wohnzimmer jemand lachen gehört zu haben. Ein schallendes, deutlich vernehmbares Gelächter, satt und zufrieden.

Amanda stand in der Halle, das Haar voll Kiefernnadeln, und starrte ihn an, während er die Beine über die Türschwelle zog, und Gina warf die Tür gegen das Zerstörungswerk ins Schloß.
»Was ist es, sag!« wollte sie wissen. »Ein Poltergeist? Ein Gespenst? Mutters Gespenst?«
Die Vorstellung, seine tote Frau solle für eine derartige Massenvernichtung verantwortlich sein, kam Jack reichlich komisch vor.
Amanda lächelte andeutungsweise. Gut, dachte er, sie rappelt sich schon wieder hoch. Dann begegnete er dem abwesenden Blick in ihren Augen und war eines anderen belehrt. Sie war innerlich gebrochen, ihr gesunder Verstand hatte dort Zuflucht gefunden, wo ihm diese Phantasmagorie nichts anhaben konnte.
»Was ist da drinnen?« fragte Gina und drückte seinen Arm so fest, daß es ihm das Blut abschnürte.
»Ich weiß es nicht«, log er. »Du, Amanda?«
Amandas Lächeln war wie gefroren. Sie starrte ihn nur weiter an, durch ihn hindurch.
»Freilich weißt du's.«
»Nein.«
»Das ist gelogen.«
»Ich glaub'...«
Er raffte sich vom Boden auf und wischte sich die Porzellanscherben, die Federn und das Glas von Hemd und Hose.
»Ich glaub'... ich geh' jetzt erst mal spazieren.«
Hinter ihm, im Wohnzimmer, war das letzte Gewinsel verstummt. Die Luft in der Eingangshalle vibrierte von unsichtbaren Präsenzen. Es war ganz dicht bei ihm, unsichtbar wie immer, aber ganz, ganz nah. Dies war der gefährlichste Zeitpunkt. Er durfte jetzt nicht die Nerven verlieren. Er mußte

standhalten, als ob nichts geschehen wäre; er mußte Amanda in Ruhe lassen, Erklärungen und Vorwürfe unterdrücken, bis alles ganz vorbei und aus der Welt war.

»Spazieren?« sagte Gina und wollte es nicht glauben.

»Ja... spazieren... Ich brauch' etwas frische Luft.«

»Du kannst uns unmöglich hier allein lassen!«

»Ich hol' jemand, der uns beim Aufräumen hilft.«

»Und was ist mit Mandy?«

»Die fängt sich schon wieder. Laß sie nur gehen.«

Das war hart. Das war fast unverzeihlich. War aber jetzt nicht mehr rückgängig zu machen.

Schwankend schritt er auf die Haustür zu, ihm war ganz übel nach so viel Herumgekreisel.

Gina hinter ihm geriet in Rage. »Du kannst doch nicht einfach weggehen! Du bist wohl verrückt geworden?«

»Ich brauche frische Luft«, sagte er so beiläufig, wie sein hämmerndes Herz und sein ausgedörrter Hals es zuließen. »Ich geh' bloß auf 'nen Sprung nach draußen.«

Nein, sagte das Geyatter. Nein, nein, nein.

Es war ihm auf den Fersen, Polo konnte es spüren. So wütend jetzt, so drauf und dran, ihm den Kopf auszureißen. Nur daß es ihm nicht erlaubt war, ihn jemals zu berühren. Aber er konnte den Groll des Dämons wie etwas körperlich Anwesendes spüren.

Er machte einen weiteren Schritt auf die Haustür zu. Es war immer noch bei ihm, klebte an jedem seiner Schritte – sein Schatten, sein Geisterbild; unerschütterlich.

Gina kreischte ihn an: »Du Scheißkerl, schau dir Mandy an! Sie hat den Verstand verloren!«

Nein, er durfte Mandy nicht anschauen. Wenn er Mandy ansähe, würde er womöglich zu weinen anfangen, würde er womöglich zusammenklappen, wie es dieses Wesen von ihm haben wollte, und dann wäre alles verloren.

»Sie kommt wieder in Ordnung«, sagte er, beinah schon flüsternd.

Er griff nach der Haustürklinke. Das Dämonenwesen verriegelte die Tür, rasch und laut. Jetzt war's aus mit jeder List und Verstellung.

Jack, der seine Bewegungen so ruhig und gelassen wie möglich durchführte, riegelte die Tür auf, oben und unten.

Es riegelte wieder zu.

Erregend war dieses Spiel, aber auch tief beängstigend. Wenn er's noch weiter trieb, würde sicher die Frustration des Dämons zunichte machen, was man ihm eingebleut hatte.

Ruhig, gewandt riegelte er die Tür wieder auf. Genauso ruhig, genauso gewandt verriegelte das Geyatter sie wieder.

Jack fragte sich, wie lange er wohl damit weitermachen konnte. Irgendwie mußte er nach draußen gelangen: Er mußte es über die Schwelle locken. Nur einen Schritt verlangte, seinen Nachforschungen zufolge, das Gesetz: einen einzigen, einfachen Schritt.

Riegel auf. Riegel zu. Riegel auf. Riegel zu.

Gina stand zwei, drei Meter hinter ihrem Vater. Sie verstand nicht, was sie da sah, aber ganz offenkundig kämpfte ihr Vater mit jemand oder mit etwas.

»Daddy...« fing sie an.

»Sei ruhig«, sagte er milde und lächelte, als er die Tür zum siebten Mal entriegelte. Ein Schuß Irrsinn lag in dem Lächeln, es war zu breit und zu ungezwungen.

Unerklärlicherweise erwiderte sie das Lächeln. Es war grimmig, aber ohne Falsch. Ganz gleich, worum es hier ging, sie liebte ihn.

Polo wollte einen Ausbruchsversuch durch die Hintertür machen. Der Dämon war ihm drei Schritte voraus, flitzte durch das Haus wie ein Sprinter und verriegelte auch die, bevor Jack noch die Klinke erreichen konnte. Der Schlüssel wurde im Schloß von unsichtbaren Händen umgedreht und dann in der Luft zu Staub zerrieben.

Jack täuschte eine Bewegung zum Fenster neben der Hintertür vor, und schon wurden die Jalousien heruntergelassen und die Läden zugeworfen. Dem Geyatter, das so mit dem Fenster beschäftigt war, daß es Jack nicht mehr genau im Auge behalten konnte, entging, wie dieser durchs Haus zur Vorderseite zurücksauste.

Als es den Trick durchschaute, stieß es einen schrillen Kiekser aus, nahm die Verfolgung auf und schlitterte auf dem glattgebohnerten Boden fast in Jack hinein. Es umging den Zusammenstoß nur durch ein bravouröses Ballettmanöver. Das wäre nun wirklich fatal gewesen: den Mann in der Hitze des Gefechts zu berühren.

Polo war wieder bei der Haustür; und Gina, als wäre sie über die Strategie ihres Vaters im Bilde, hatte diese, während das Geyatter und Jack an der Hintertür kämpften, aufgeriegelt. Jack hatte inständig gehofft, daß sie die Gelegenheit nutzen würde, und richtig: Die Tür stand einen Spaltbreit offen. Die eiskalte Luft des frostigen Nachmittags kroch kräuselnd in die Eingangshalle.

Jack legte die letzten Meter zur Tür in Windeseile zurück und spürte, ohne es zu hören, das Klagegeheul, das das Geyatter ausstieß, als es mit ansehen mußte, wie sein Opfer nach draußen entkam.

Es war ja kein anspruchsvolles Geschöpf. Im Augenblick hatte es, über jeden sonstigen Traum hinaus, nur einen Wunsch: den

Schädel dieses Menschenkerls zwischen die Handflächen zu nehmen und in einen Haufen Unrat zu verwandeln; ihn zu Pampe zu zerquetschen und den noch heißen Grips in den Schnee rinnen zu lassen; auf immer und ewig mit Jack J. Polo fertig zu sein.

War das denn zuviel verlangt?

Polo war in den quietschend-frischen Schnee getreten; Hausschuhe und Hosenenden steckten begraben in der Kälte. Bis die Furie die Türstufe erreichte, war Jack schon drei, vier Meter entfernt und marschierte den Weg zum Gartentor entlang. Er entwischte. Er entkam.

Das Geyatter heulte erneut auf und vergaß seine jahrelange Ausbildung. Jede Lektion, die es gelernt hatte, jede seinem Schädel eingeprägte Kampfregel war angesichts der nackten Gier nach Polos Leben vergessen.

Es schritt über die Schwelle und nahm die Verfolgung auf. Das war eine unverzeihliche Übertretung. Irgendwo in der Hölle fühlten die Mächte (lang mögen sie hofhalten; lang mögen sie Licht scheißen auf die Scheitel der Verdammten) den Fehltritt und wußten, daß die Schlacht um Polos Seele verloren war.

Jack fühlte es auch. Er hörte das Geräusch von kochendem Wasser, als die Tritte des Dämons den Schnee auf dem Weg zu Dampf schmolzen. Es folgte ihm tatsächlich! Das Wesen hatte das oberste Gebot seines Daseins gebrochen. Und dies verwirkt. Das Siegesgefühl durchrieselte Jacks Rückgrat und Magen.

Der Dämon holte ihn am Gartentor ein. Man konnte deutlich seinen Atem in der Luft sehen, obwohl der Körper, aus dem er quoll, noch nicht sichtbar geworden war.

Jack versuchte, das Tor zu öffnen, aber das Geyatter warf es ins Schloß.

»*Che sera, sera*«, sagte Jack.
Das Geyatter konnte es nicht länger ertragen. Es nahm Jacks Kopf in seine Hände, um die fragile Knochenkapsel zu Staub zu zermalmen.
Die Berührung war sein Fehltritt Nummer zwei; und ein Schmerzschock peinigte das Geyatter bis zur Unerträglichkeit. Es heulte auf wie ein Würgeengel und taumelte weg aus dem Feindkontakt, ruschte dabei im Schnee aus und fiel auf den Rücken.
Es kannte seinen Fehler. Die Lehren, die man ihm eingebleut hatte, kamen ihm blitzschnell zur Besinnung. Es kannte auch die Strafe fürs Hausverlassen und fürs Mannanfassen. Es war an einen neuen Herrn gefesselt, Sklave dieses Idiotenwesens da, das über ihm stand.
Polo hatte gewonnen.
Lachend sah er zu, wie die Umrisse des Dämons im Schnee auf dem Gartenpfad Gestalt annahmen. Ähnlich, wie sich ein Fotoabzug auf einem Blatt Papier entwickelt, kam das Bild der Furie klar und deutlich zum Vorschein. Das Gesetz forderte seinen Tribut. Nie mehr wieder konnte sich das Geyatter vor seinem Meister verbergen. Und da lag es kraß und ungeschönt vor Polos Augen in seiner ganzen reizlosen Herrlichkeit: kastanienbraunes Fleisch und glänzendes, lidloses Auge, herumschlegelnde Arme, dazu ein Schwanz, der den Schnee zu Matsch zerdrosch.
»Du Sauhund«, sagte es. Sein Akzent hatte australischen Einschlag.
»Du sprichst nur, wenn man dich dazu auffordert«, sagte Polo mit ruhiger, aber uneingeschränkter Herrscherwürde. »Verstanden?«
Das lidlose Auge trübte sich in Demut.

»Ja«, sagte das Geyatter.
»Ja, Mister Polo.«
»Ja, Mister Polo.«
Sein Schwanz glitt ihm zwischen die Beine wie der eines geprügelten Hundes.
»Du kannst aufstehen.«
»Danke, Mister Polo.«
Aufrecht stand es da. Kein angenehmer Anblick, aber trotzdem war Jack hocherfreut darüber.
»Die kriegen Sie doch noch«, sagte das Geyatter.
»Wer?«
»Sie wissen schon«, sagte es zögerlich.
»Nenn sie mir!«
»Beelzebub«, antwortete es voll Stolz, seinen alten Meister beim Namen zu nennen. »Die Mächte. Mit einem Wort: die Hölle selbst.«
»Das glaub' ich nicht«, sagte Polo nachdenklich. »Nicht, wo du jetzt an mich gefesselt bist – das ist doch der schlagendste Beweis für meine Fähigkeiten. Sind Wir ihnen nicht überlegen?«
Der Blick des Auges verdüsterte sich.
»Na, sind Wir's nicht?«
»Doch«, räumte es verbittert ein. »Doch. Ihr seid ihnen überlegen.«
Es hatte zu zittern angefangen.
»Ist dir kalt?« fragte Polo.
Es nickte, nahm den Ausdruck eines verirrten Kindes an.
»Dann brauchst du etwas Bewegung«, sagte er. »Am besten, du gehst ins Haus und fängst an aufzuräumen.«
Augenscheinlich bestürzte, ja enttäuschte diese Anweisung das Furienwesen.

»Sonst nichts?« fragte er ungläubig. »Keine Wunder? Keine schöne Helena? Auch nicht fliegen?«

Die Vorstellung, an einem schneedurchschauerten Nachmittag wie diesem in der Gegend rumzufliegen, ließ Polo kalt. Er war von Natur aus alles andere als anspruchsvoll in seinen Neigungen: Wunschlos glücklich machten ihn die Liebe seiner Kinder, ein angenehmes Zuhause und ein profitabler Handelspreis für Gewürzgurken.

»Fliegen? Nein«, sagte er.

Während das Geyatter den Gartenpfad Richtung Haustür entlanglatschte, schien ihm unvermutet ein neues Unheil einzufallen.

Es machte kehrt und wandte sich kriecherisch, aber unverkennbar blasiert an Polo.

»Wenn ich vielleicht was sagen dürfte?« fragte es.

»Rede!«

»Es ist nur fair, daß ich Euch davon in Kenntnis setze, daß man es für sündhaft hält, irgendeine Verbindung mit meinesgleichen einzugehen, ja sogar für ketzerisch.«

»Wirklich wahr?«

»O ja«, sagte das Geyatter und erwärmte sich für seine Prophezeiung. »Es sind schon Menschen aus geringerem Anlaß verbrannt worden.«

»Heutzutage nicht mehr«, entgegnete Polo.

»Aber die Seraphim sehen es sicher«, sagte es. »Und deshalb kommt Ihr dann nie an den Ort.«

»An welchen Ort?«

Das Geyatter kramte in seinem Hirn nach dem Fachausdruck, den es Beelzebub hatte verwenden hören.

»Den Himmel«, sagte es triumphierend. Ein widerliches Grinsen hatte sich auf seinem Gesicht breitgemacht; dies war das

raffinierteste Manöver, an das es sich je gewagt hatte: Es mauschelte hier sage und schreibe mit der Theologie.
Jack nickte nachdenklich und nagte an seiner Unterlippe. Vermutlich sagte das Geschöpf die Wahrheit: Der Umgang mit ihm oder seinesgleichen fände vor den Augen des Hausherrn aller Heiligen und Engel keine Milde. Wahrscheinlich war ihm tatsächlich der Zugang zu den Gefilden des Paradieses untersagt.
»Na schön«, sagte er. »Du weißt, was ich dazu zu sagen habe, ja?«
Das Geyatter glotzte ihn stirnrunzelnd an. Nein, nichts wußte es. Dann, als ihm mit einem Mal dämmerte, worauf Polo hinauswollte, erstarb sein ostentatives süffisantes Grinsen.
»Na, was sag' ich?« fragte Polo.
Zerschmettert murmelte das Geyatter die Floskel: *»Che sera, sera«.*
Polo lächelte. »Du hast noch eine Chance«, sagte er, ging über die Schwelle voran und schloß die Tür mit so etwas wie heiterer Gemütsruhe im Gesicht.

Schweineblut-Blues

Man konnte die Kids riechen, noch ehe sie zu sehen waren; ihr jugendlicher Schweiß wurde schal in den Gitterfenster-Gängen, ihr abgeblockter Atem sauer, ihre Köpfe muffig. Dann ihre Stimmen, von den Gewahrsamsregeln klein gehalten.

Laufen verboten. Schreien verboten. Pfeifen verboten. Raufen verboten.

Sie nannten es Verwahrungszentrum für jugendliche Gewalttäter, aber es kam verdammt auf Gefängnis raus: letztlich hinter Schloß und Riegel, Wachpersonal inklusive. Liberale Gesten leistete man sich nur sporadisch, wie man überhaupt im Kaschieren der Wahrheit nicht sonderlich erfolgreich war; Tetherdowne war nur dem schönen Namen nach kein Gefängnis, und die Insassen wußten das.

Nicht, daß sich Redman irgendwelche Illusionen über seine angehenden Schüler gemacht hätte. Es waren harte Burschen, und man hatte sie nicht grundlos eingesperrt. Die meisten von ihnen hätten einen mir nichts dir nichts ausgeraubt, wenn man ihnen nur untergekommen wäre, oder einen zum Krüppel geschlagen, wenn's ihnen in den Kram gepaßt hätte, ganz locker. Er hatte zu viele Jahre im Polizeidienst hinter sich, um noch an die soziologische Lüge zu glauben. Er kannte die Opfer, und er kannte die Kids. Sie waren keine unverstandenen Schwachköpfe, sie waren fix und scharf und ohne Moral wie die Rasierklingen, die sie unter der Zunge versteckten. Für Gefühlsduselei hatten sie nichts übrig, sie wollten einfach raus.

»Willkommen in Tetherdowne.«

Hieß die Frau jetzt Leverton oder Leverfall oder...

»Ich bin Doktor Leverthal.«

Leverthal. Richtig. Ausgekochtes Luder, habe sie kennengelernt bei...

»Wir haben uns beim Vorstellungsgespräch kennengelernt.«

»Richtig.«

»Schön, Sie bei uns zu sehen, Mr. Redman.«

»Neil; nennen Sie mich doch Neil.«

»Die Anrede mit Vornamen versuchen wir vor den Jungen tunlichst zu vermeiden; wir finden, sie glauben sonst, einen Zipfel von unserem Privatleben zu fassen gekriegt zu haben. Es wäre mir deshalb lieber, wenn Sie die Taufnamen nur nach Dienst verwenden würden.«

Ihren hatte sie nicht mal genannt. Wahrscheinlich irgendwas Beinhartes: Yvonne. Lydia. Er würde sich einen passenden ausdenken. Sie sah aus wie fünfzig und war wahrscheinlich zehn Jahre jünger. Kein Make-up, das Haar so straff zurückgebunden, daß er sich wunderte, wieso es ihr die Augen nicht raustrieb.

»Sie beginnen übermorgen mit dem Unterricht. Der Direktor hat mich gebeten, Sie in seinem Namen am Zentrum willkommen zu heißen und Sie um Verständnis zu bitten, daß er nicht persönlich hier sein kann. Wir haben Finanzierungsprobleme.«

»Hat man die nicht immer?«

»Bedauerlicherweise, ja. Ich fürchte, wir schwimmen hier gegen den Strom; der landesweite Trend ist weitestgehend auf Law and Order ausgerichtet.«

Was wollte sie ihm da durch die Blume hinreiben? Daß die Scheiße aus einem Kid rauszuprügeln soviel einbrachte wie'n harmloses Verkehrsdelikt? Richtig, er selbst hatte es in seiner Dienstzeit so gehalten und sich schön schlimm da drin verrannt; war in jeder Hinsicht genauso falsch, wie sich Gefühle zu leisten.

»Tatsache ist, daß wir Tetherdowne möglicherweise ganz verlieren«, sagte sie, »und das wäre ein Skandal. Sicher, es sieht nicht gerade danach aus...«

»...aber 'n Zuchthause ist es doch.« Er lachte. Der Witz war für die Katz. Sie schien ihn nicht mal gehört zu haben.

»Sie«, ihr Tonfall wurde schärfer, »Sie bringen einen soliden (sagte sie: so rüden?) Background aus dem Polizeidienst mit. Unsere Hoffnung geht dahin, daß Ihre Anstellung von den Finanzierungsbehörden sehr begrüßt werden wird.«

Also das war's: Expolizist, pro forma zur Beschwichtigung der maßgeblichen Regierungsstellen ins Spiel gebracht und um Bereitwilligkeit gegenüber der Strafvollzugsbehörde zu bekunden. In Wirklichkeit wollten sie ihn hier gar nicht. Sie wollten irgendeinen Soziologen, der umfassende Berichte über den Einfluß der Klassengesellschaft auf Gewalttaten Jugendlicher verfaßte. Zwischen den Zeilen gab sie ihm zu verstehen, daß er unerwünscht war, das fünfte Rad am Wagen.

»Ich hab' Ihnen bereits gesagt, weshalb ich von der Polizei weg bin.«

»Sie erwähnten so was. Als Invalide entlassen.«

»Ich hab' keinen Bürojob annehmen wollen, so einfach war das; und sie wollten mich nicht tun lassen, was ich am besten konnte. Selbstgefährdung nannten's einige von ihnen.«

Seine Erklärung machte sie anscheinend etwas verlegen. War doch eine Psychologin; das Zeugs hätte eigentlich ein Fressen

für sie sein müssen, es war seine persönliche Kränkung, die er hier publik machte. Er war geständig, weiß Gott.
»So saß ich auf dem Hintern, nach vierundzwanzig Jahren.« Er zögerte, dann sagte er, worauf es ihm ankam: »Ich bin kein Pro-forma-Polizist; ich bin überhaupt kein Polizist. Der Dienst und ich sind geschiedene Leute. Sie verstehen, was ich meine?«
»Ja, sehr gut.« Sie verstand nicht die Bohne. Er probierte einen anderen Einstieg.
»Möcht' gern wissen, was man den Jungs erzählt hat.«
»Erzählt hat?«
»Über mich.«
»Also ... einiges über Ihren Background.«
»Aha.« Man hat sie gewarnt. Bullenschweine im Anmarsch.
»Es schien mir wichtig.«
Er brummte.
»Sehen Sie, viele dieser Jungen haben echte Aggressionsprobleme. Daraus erwachsen so vielen Schwierigkeiten. Sie haben sich selbst nicht unter Kontrolle, und infolgedessen leiden sie.«
Er machte keinen Einwand, aber sie sah ihn streng an, als hätte er einen gemacht.
»O ja, sie leiden. Deswegen geben wir uns solche Mühe, wenigstens etwas Aufgeschlossenheit für ihre Situation zu zeigen, ihnen beizubringen, daß es Alternativen gibt.«
Sie ging zum Fenster hinüber. Vom zweiten Stock aus hatte man einen ziemlich genauen Überblick über die Anlagen. Tetherdowne war eine Art Landsitz gewesen, und zum Hauptgebäude gehörte eine beträchtliche Menge Grund. Da war ein Sportplatz, dessen Gras in der hochsommerlichen Hitze verdorrte. Dahinter eine Gruppe Nebengebäude, einige

ausgemergelte Bäume, Buschwerk und dann rohes Ödland bis hin zur Mauer. Er hatte die Mauer schon von außen gesehen. Alcatraz wäre stolz auf sie gewesen.

»Wir versuchen, ihnen ein bißchen Freiheit zu geben, ein bißchen Erziehung, ein bißchen Mitgefühl. Sie kennen wahrscheinlich die landläufige Vorstellung, daß Straffälligen ihr kriminelles Verhalten Spaß macht? Ich selber hab' das in keiner Weise bestätigt gefunden. Zu mir kommen sie schuldbewußt, innerlich gebrochen...«

Ein innerlich gebrochenes Opfer zückte hinter dem Rücken der Leverthal die Finger zum »V«, als er den Gang runter schlenderte. Seine angeklatschten Haare waren dreifach gescheitelt, die Eigenbautätowierungen auf seinem Unterarm unvollständig.

»Immerhin – sie haben Straftaten begangen«, beharrte Redman.

»Ja, aber...«

»Und diese Tatsache muß man ihnen doch wohl vor Augen halten.«

»Ich glaube nicht, daß man ihnen irgendwas vor Augen halten muß, Mr. Redman. Ich glaube, sie fühlen brennende Schuld.«

Auf Schuld war sie versessen; das überraschte ihn nicht. Hatten sich die Kirchenkanzel unter den Nagel gerissen, diese Analytiker. Hatten da droben die Stelle der Bibelfritzen eingenommen, mit dem fadenscheinigen Gepredige übers Höllenfeuer, bloß mit etwas weniger farbenprächtigem Vokabular. War aber im Grund genommen genau dieselbe Geschichte mitsamt den Verheißungen der Genesung, wenn man sich nur brav an die Rituale hielt. Und siehe, der Gerechte soll eingehen ins Himmelreich.

Er bemerkte, daß auf dem Sportplatz eine Verfolgungsjagd

stattfand. Eine Verfolgung, und jetzt eine Überwältigung. Ein Opfer traktierte ein anderes, kleineres äußerst heftig mit den Stiefeln; ein ziemlich erbarmungsloses Schauspiel.
Die Leverthal erfaßte die Situation zur gleichen Zeit wie Redman.
»Sie entschuldigen. Ich muß...«
Schon war sie auf dem Weg die Treppe runter.
»Zu Ihrer Werkstatt geht's die dritte Tür links, wenn Sie schon mal reinschauen möchten«, rief sie über die Schulter. »Ich bin gleich wieder da.«
Einen Dreck wär' sie das. Nach dem zu urteilen, wie sich die Szene auf dem Platz entwickelte, würde man drei Stemmeisen brauchen, um die beiden auseinanderzubringen.
Redman schlenderte zu seiner Werkstatt. Die Tür war abgesperrt, aber durch das Drahtglas konnte er die Hobelbänke, die Schraubstöcke und das Werkzeug sehen. Gar nicht so übel. Er könnte ihnen sogar einigermaßen das Schreinern beibringen, wenn man ihm nur lang genug freie Hand ließ.
Er war ein bißchen enttäuscht, daß er nicht rein konnte. Er machte kehrt, ging den Flur zurück und folgte der Leverthal nach drunten. Schnell gelangte er hinaus auf den sonnenbeschienenen Sportplatz. Eine kleine Zuschauertraube hatte sich um das Kampfgeschehen oder das Gemetzel gebildet. Jetzt war es ruhig. Die Leverthal stand da und blickte zu dem Jungen am Boden runter. Einer vom Wachpersonal kniete neben dem Kopf des Jungen; die Verletzungen sahen böse aus.
Etliche der Zuschauer schauten auf, als Redman näherkam, und begafften das neue Gesicht. Geflüster machte die Runde, hie und da ein Lächeln. Redman sah den Jungen an. Sechzehn vielleicht, er lag mit der Wange gegen den Boden, als ob er auf irgendwas in der Erde horchte.

»Lacey.« Die Leverthal nannte den Namen des Jungen für Redman.
»Hat's ihn schlimm erwischt?«
Der Mann, der neben Lacey kniete, schüttelte den Kopf. »Nicht besonders schlimm. Bißchen gestürzt. Nichts gebrochen.«
Blut war im Gesicht des Jungen, von seiner gequetschten Nase. Seine Augen waren geschlossen. Friedlich. Er hätte tot sein können.
»Wo ist die verdammte Bahre?« fragte der Wachmann. Es war ihm offenkundig unbehaglich auf dem hitzegehärteten Boden.
»Kommt schon, Sir«, sagte jemand. Redman hielt ihn für den Schläger. Ein dünner Bursche um die neunzehn. Die Art Blick, die Milch auf zwanzig Schritt Entfernung sauer werden läßt.
Tatsächlich tauchte jetzt eine kleine Schar Jungen aus dem Hauptgebäude auf, sie trugen eine Bahre und eine rote Decke. Jeder grinste übers ganze Gesicht.
Die Zuschauergruppe begann sich zu verlaufen, jetzt, wo das Beste vorbei war. Es macht nicht viel Spaß, die Scherben aufzulesen.
»Moment, Moment«, sagte Redman. »Braucht's denn hier keine Zeugen? Wer war es denn?«
Ein paar zuckten mit den Achseln, aber die meisten stellten sich taub. Sie schlenderten davon, als hätte niemand etwas gesagt.
Redman fuhr fort: »Wir haben's gesehen. Vom Fenster aus.«
Die Leverthal kam ihm nicht zu Hilfe.
»Es war doch so, oder?« fragte er sie herausfordernd.
»Es war zu weit weg, um irgend jemand eine Schuld geben zu können, glaub' ich. Aber daß mir nie mehr eine solche schikanöse Schinderei vor Augen kommt, verstanden?«
Sie hatte Lacey gesehen und mußte ihn aus jener Entfernung

unschwer erkannt haben. Warum nicht auch den Schläger? Redman hätte sich ohrfeigen können, weil er sich nicht besser konzentriert hatte. Ohne die dazugehörigen Namen und Personalien war es schwierig, die Gesichter auseinanderzuhalten. Die Wahrscheinlichkeit, den Falschen zu beschuldigen, war hoch, wenngleich er fast sicher war, daß nur der Junge mit dem Gerinnungsblick in Betracht kam. Zum Fehlermachen war jedoch jetzt ganz entschieden nicht der rechte Zeitpunkt; diesmal mußte er die strittige Frage auf sich beruhen lassen.

Die Leverthal blieb anscheinend von der ganzen Sache ungerührt. »Lacey«, sagte sie ruhig. »Immer ist es Lacey.«

»Er will's nicht anders«, sagte einer der Jungen, die die Bahre gebracht hatten, und strich sich eine Garbe weißblonden Haares aus den Augen. »Er kapiert es nicht.«

Die Leverthal nahm die Aussage nicht zur Kenntnis, beaufsichtigte, wie Lacey auf die Bahre gelegt wurde, und schon war sie wieder auf dem Rückweg zum Hauptgebäude, Redman im Schlepptau. All das geschah so beiläufig, beinahe wie Routine.

»Nicht gerade gut, Lacey«, sagte sie dunkel, als wolle sie etwas erklären; und damit hatte es sich. Darin erschöpfte sich ihr Mitgefühl.

Redman schaute sich flüchtig um, als sie den regungslosen Lacey in die rote Decke wickelten. Da geschah zweierlei fast gleichzeitig. Erstens: Einer sagte: »Das ist das Schwein.« Zweitens: Lacey öffnete die Augen und richtete den Blick geradewegs auf Redman, weit, klar und ohne Falsch.

Redman verbrachte einen guten Teil des nächsten Tages damit, seine Werkstatt in Ordnung zu bringen. Viele der Werkzeuge waren zerstört oder durch unsachgemäße Verwendung unbrauchbar geworden: Sägen ohne Zähne, Meißel, die angeschlagen und ohne Schneide waren, zerbrochene Schraubstöcke. Er würde Geld benötigen, um die Werkstatt wieder mit dem grundlegenden Inventar auszustatten, aber jetzt war nicht der richtige Zeitpunkt, ein Gesuch einzureichen. Gescheiter, man wartete ab und bewies zunächst, daß man anständige Arbeit verrichtete. Solche Verhaltensregeln in Institutionen war er durchaus gewohnt; nicht umsonst kam er vom Polizeidienst.

Gegen halb fünf fing ziemlich weit von der Werkstatt entfernt eine Klingel an zu läuten. Er nahm sie nicht zur Kenntnis, aber nach einer Weile gewannen seine Instinkte doch die Oberhand. Klingeln waren Alarmvorrichtungen, und Alarmvorrichtungen wurden betätigt, um Menschen vor irgendeiner Gefahr zu warnen. Er ließ seine Aufräumarbeit liegen, schloß die Werkstatt hinter sich ab und ließ sich von seinem Gehör leiten.

Die Klingel läutete in den Räumen, die man lächerlicherweise den Krankenhaustrakt nannte. Das waren zwei oder drei Zimmer, die vom Haupttrakt abgetrennt und mit ein paar Bildern sowie Vorhängen an den Fenstern aufgemotzt worden waren. Da keine Rauchspuren in der Luft waren, handelte es sich offensichtlich nicht um einen Feueralarm. Aber er hörte ein Geschrei. Mehr als ein Geschrei: ein Geheul.

Er beschleunigte seine Schritte durch die endlosen Gänge, und als er vor der Abteilung um die Ecke bog, rannte eine kleine Gestalt direkt in ihn hinein. Der Zusammenprall nahm ihnen beiden den Atem, aber Redman kriegte den Burschen am Arm zu fassen, noch ehe dieser sich wieder davonmachen konnte. Der Gefangene reagierte blitzschnell und schlug mit den bloßen Füßen gegen Redmans Schienbein aus. Aber der hatte ihn fest im Griff.

»Loslassen, du Scheiß...«

»Nur ruhig! Schön ruhig!«

Seine Verfolger waren in unmittelbarer Nähe. »Festhalten!«

»Du Wichser! Du Wichser? Du Wichser! Du Wichser!«

»Festhalten!«

Es war wie der Ringkampf mit einem Krokodil: Der Junge hatte die volle Stärke, die einem nur die Angst verleihen kann. Aber der Großteil seiner Raserei war schon verbraucht. Tränen schossen ihm in die von Blutergüssen umrandeten Augen, als er Redman ins Gesicht spuckte. Lacey war es, in seinen Armen, der ungute Lacey.

»Okay. Wir haben ihn.«

Redman trat zurück, als der Wachmann seine Stelle einnahm und Lacey in einen Kontrollgriff zwang, der geeignet schien, dem Kind den Arm zu brechen. Zwei, drei andere Personen kamen um die Ecke. Zwei Jungen und eine Krankenschwester, ein reiz- und liebloses Neutrum.

»Loslassen... Loslassen...« gellte Lacey, aber aller Kampfgeist hatte ihn verlassen. Sein Gesicht verzog sich zu einer Schnute, als er sich geschlagen gab, und noch immer blickten die kuhsanften Augen verdreht und vorwurfsvoll zu Redman hinauf, groß und braun. Lacey sah jünger aus, als seine sechzehn Jahre hätten vermuten lassen, fast vorpubertär. Auf seiner Wange zeigten sich erste Andeutungen eines Bartflaums, ein paar Hautunreinheiten sprenkelten die blauen Flecken, und ein ungeschickt angebrachtes Pflaster klebte quer über der Nase. Trotzdem: ein ganz mädchenhaftes Gesicht, das Gesicht einer Jungfrau, einer Zeit zugehörig, in der es noch Jungfrauen gab. Und diesen Blick.

Die Leverthal tauchte auf, zu spät, um noch irgendwas auszurichten. »Was geht hier vor?«

Der Wachmann keifte los. Die Hetzjagd hatte ihm den Atem

geraubt und die gute Laune. »Hat sich im Toilettenraum eingesperrt. Wollte durchs Fenster raus.«

»Weshalb?«

Die Frage war an den Wachmann gerichtet, nicht an das Kind. Eine vielsagende Verwechslung. Betreten zuckte der Wachmann mit den Achseln.

»Weshalb?« Redman wiederholte die Frage, diesmal an Lacey gewandt.

Der Junge glotzte ihn nur an, als hätte man ihm nie zuvor eine Frage gestellt. »Sind Sie das Schwein?« sagte er dann unvermittelt, und aus seiner Nase lief Rotz.

»Schwein?«

»Er meint Bullenschwein – Po-li-zist«, sagte der eine Junge. Das Wort wurde mit spöttisch-giftiger Überdeutlichkeit ausgesprochen, als würde es einem Schwachsinnigen vorbuchstabiert.

»Ich weiß, was er meint, Junge«, sagte Redman, noch immer entschlossen, Lacey mit seinem Blick aus der Fassung zu bringen. »Ich weiß recht gut, was er meint.«

»Wirklich?«

»Sei still, Lacey«, sagte die Leverthal, »steckst schon tief genug in der Patsche.«

»Ja, mein Sohn. Ich bin das Schwein.«

Das Duell der Blicke ging weiter, ein intimer Privatkrieg zwischen dem Jungen und dem Mann.

»Gar nichts wissen Sie«, sagte Lacey. Es war keine abfällige Bemerkung, der Junge drückte einfach seine Sicht der Wahrheit aus. Sein Blick blieb klar und fest.

»Is' gut, Lacey, das reicht.« Der Wachmann versuchte, ihn wegzuzerren; zwischen Pyjamaoberteil und Hose kam sein Bauch zum Vorschein, eine glatte Wölbung milchiger Haut.

»Lassen Sie ihn reden!« sagte Redman. »Was weiß ich nicht?«
»Er kann seine Version dieser Geschichte dem Direktor vortragen«, sagte die Leverthal, bevor Lacey antworten konnte. »Das ist nicht Ihre Angelegenheit.«
Aber es war sehr wohl seine Angelegenheit. Der starre Blick machte dies zu seiner Angelegenheit: so bohrend, so heillos. Der starre Blick verlangte, daß dies seine Angelegenheit wurde.
»Lassen Sie ihn reden!« sagte Redman und setzte sich mit unbeirrbarem Nachdruck in der Stimme über die Leverthal hinweg. Der Wachmann lockerte seinen Griff ein wenig.
»Warum hast du's drauf angelegt und wolltest entwischen, Lacey?«
»Weil er zurückgekommen ist.«
»Wer ist zurückgekommen? Einen Namen, Lacey! Von wem sprichst du?«
Mehrere Sekunden lang spürte Redman, wie der Junge gegen einen Pakt mit dem Schweigen ankämpfte; dann schüttelte Lacey den Kopf und unterbrach den elektrisierenden Austausch zwischen ihnen. Er schien irgendwo abzudriften; eine Art Rätselschock machte ihn mundtot.
»Dir passiert nicht das Geringste.«
Lacey starrte auf seine Füße und runzelte die Stirn. »Ich will jetzt wieder ins Bett«, sagte er. Die Bitte einer Jungfrau.
»Nicht das Geringste, Lacey. Ich versprech's dir.«
Das Versprechen bewirkte anscheinend herzlich wenig; Lacey war sprachlos. Aber es war trotzdem ein Versprechen, und er hoffte, daß Lacey sich das klarmachte. Augenscheinlich war der Junge erschöpft von der Anstrengung seiner mißglückten Flucht, der Verfolgung, dem starren Blick. Sein Gesicht war aschfahl. Er ließ sich vom Wachmann wegziehen und zurück-

bringen. Bevor er um die Ecke bog, schien er sich es anders zu überlegen. Er bemühte sich freizukommen, brachte dies zwar nicht fertig, aber es gelang ihm, sich umzudrehen, um dem Fragesteller das Gesicht zuzukehren.

»Henessey«, sagte er, und noch einmal begegnete Redmans Blick dem seinen. Das war alles. Man zerrte ihn außer Sicht, ehe er noch etwas hinzufügen konnte.

»Henessey?« sagte Redman und fühlte sich plötzlich sehr fremd. »Wer ist Henessey?«

Die Leverthal zündete sich eine Zigarette an. Dabei zitterten ihr kaum merklich die Hände. Gestern war ihm das nicht aufgefallen, aber es überraschte ihn nicht. Den Seelenklempner sollte man ihm mal zeigen, der nicht selber Probleme hatte.

»Der Junge lügt«, sagte sie, »Henessey ist nicht mehr bei uns.« Kleine Pause. Redman drängte nicht, das würde sie nur nervös machen.

»Lacey ist intelligent«, fuhr sie fort und führte die Zigarette an ihre farblosen Lippen. »Er kennt genau den wunden Punkt.«

»Hh?«

»Sie sind neu hier, und er will bei Ihnen den Eindruck erwekken, daß er ein Geheimnis hat, das er mit niemandem teilt.«

»Dann ist es also kein Geheimnis?«

»Das mit Henessey?« schnaubte sie verächtlich, »Guter Gott, nein! Er ist Anfang Mai aus der Schutzhaft geflohen. Zwischen ihm und Lacey...« Sie zögerte unwillkürlich. »Zwischen ihm und Lacey war irgendwas. Drogen vielleicht, wir haben's nie rausgefunden. Kleber-Schnüffeln, gegenseitige Masturbation, weiß der Himmel was.«

Das ganze Thema war ihr wirklich ausgesprochen unangenehm. Die Abneigung stand ihr – ein Dutzend verkrampfter Stellen verrieten es – ins Gesicht geschrieben.

»Wie ist Henessey entkommen?«

»Das wissen wir immer noch nicht«, sagte sie. »Er ist einfach eines Morgens nicht zum Appell erschienen. Alles wurde von oben bis unten durchsucht. Aber er war fort.«

»Ist es denkbar, daß er zurückkehrt?«

Sie lachte ungekünstelt.

»Gott nein! Der Ort war ihm verhaßt. Übrigens, wie soll er reinkommen?«

»Er ist auch rausgekommen.«

Die Leverthal gab sich mit leisem Knurren geschlagen. »Er war nicht besonders hell, aber er war gerissen. Genaugenommen überraschte es mich nicht, als er mit einem Mal abgängig war. In den Wochen vor seiner Flucht war er ganz in sich selbst versunken. Ich konnte nicht das Geringste aus ihm rausbekommen, und bis dahin war er wirklich gesprächig gewesen.«

»Und Lacey?«

»Stand unter seiner Fuchtel. Das kommt häufig vor. Ein jüngerer Bursche vergöttert einen älteren, erfahreneren Typ. Lacey kommt aus sehr gestörten Familienverhältnissen.«

Tadellos, dachte Redman. So tadellos, daß ich kein Wort davon glaube. Gemütsverfassungen sind keine Bilder einer Ausstellung, die mit Nummern versehen sind und so gehängt, daß man die Einflüsse sieht, wenn man eines mit »gerissen« bezeichnet, ein anderes mit »beeindruckbar«. Bilder sind Kritzeleien, wild auswuchernde Graffitispritzer, unvorhersagbar, uneingrenzbar.

Und Bubi Lacey? Der war in den Wind geschrieben.

Der Unterricht begann am nächsten Tag bei einer Hitze, die so bedrückend war, daß die Werkstatt gegen elf einem Ofen glich. Aber die Kids sprachen rasch auf Redmans geradlinige Art an.

Sie erkannten in ihm einen Mann, den sie ohne Zuneigung respektieren konnten. Sie erwarteten keine Gefälligkeiten, und sie empfingen keine. Das war ein haltbares Übereinkommen. Redman erschien der Mitarbeiterstab im ganzen weniger kommunikativ als die Jungen. Alles in allem ein Verein von Sonderlingen. Nicht ein aufrechter Kerl unter ihnen, entschied er. Die Amtsroutine von Tetherdowne, die Rituale der Einstufung und der Erniedrigung schienen alle zu einheitlichem Kies zermahlen zu haben. Zunehmend ertappte er sich dabei, wie er die Unterhaltung mit Kollegen vermied. Die Werkstatt wurde ein Zufluchtsort, ein Heim vor dem Heim, das nach frisch gefälltem Holz und Körperausdünstung roch.

Erst am darauffolgenden Montag erwähnte einer der Jungen die Farm. Niemand hatte Redman erzählt, daß auf dem Gelände eine Farm war, und ihm kam der bloße Gedanke daran absurd vor.

»Geht selten jemand hin«, sagte Creeley, einer der schlechtesten Holzbearbeiter unter der Sonne. »Da stinkt's.«

Allgemeines Gelächter.

»Schon gut, Jungs, beruhigt euch nur wieder!«

Das Gelächter, durchsetzt von ein paar hämisch getuschelten Sticheleien, verebbte.

»Wo ist diese Farm, Creeley?«

»Es ist nicht mal 'ne richtige Farm, Sir«, sagte Creeley und kaute auf seiner Zunge (eine ständige Angewohnheit). »Es sind nur 'n paar Hütten. Aber stinken tun sie, Sir. Besonders jetzt.«

Durchs Fenster deutete er auf die Wildnis hinter dem Sportplatz. Diese Gegend hatte er nur an jenem ersten Tag mit der Leverthal von oben angeschaut. Seitdem war das Ödland in der schweißtreibenden Hitze zusammengewachsen; das Unkraut wucherte üppig. Creeley deutete auf eine weit entfernte Zie-

gelmauer, die fast ganz hinter einem Gestrüppverhau verborgen war.
»Sehn Sie's, Sir?«
»Ja, ich seh'.«
»Das ist der Schweinestall, Sir.«
Erneutes Gekicher.
»Was gibt's zu lachen?« schnauzte er die Klasse an.
Ein Dutzend Köpfe duckten sich blitzschnell über die Arbeit.
»Ich ginge da nicht hin, Sir. So 'n Mief. So kotzvoll abgehangen, daß es tropft, Sir.«

Creeley hatte nicht übertrieben. Obwohl es jetzt am späten Nachmittag verhältnismäßig kühl war, drehte einem der Gestank, der von der Farm herüberdrang, den Magen um. Redman folgte einfach seiner Nase über den Sportplatz und an den Nebengebäuden vorbei. Die Baulichkeiten, die er von der Werkstatt aus nur andeutungsweise zu sehen bekommen hatte, traten aus ihrem Versteck. Ein paar windige Hütten, aus Wellblech und faulendem Holz zusammengebastelt, ein Hühnerauslauf und der ziegelgemauerte Schweinestall – mehr hatte die Farm nicht zu bieten. Wie Creeley gesagt hatte, es war eigentlich keine Farm. Es war ein gezähmtes Miniatur-Dachau, trostlos und verdreckt. Irgend jemand fütterte offenkundig die paar Insassen: Hühner, ein halbes Dutzend Gänse, Schweine. Niemand aber schien sich damit abzugeben, sie sauberzuhalten. Daher dieser kotzvolle Geruch. Gerade die Schweine hausten in einem Pfuhl aus ihrem eigenen Unrat. Inseln aus Kot rösteten bis zum vollen Reifegrad in der Sonne, bevölkert von Tausenden von Fliegen.
Der Schweinestall bestand aus zwei gesonderten Abteilungen, die durch eine hohe Ziegelmauer voneinander abgegrenzt

waren. Im Vorhof der einen lag ein kleines scheckiges Schwein auf der Seite im Schmutz: seine Flanke führte ein Eigenleben aus Zecken und Wanzen. Ein weiteres kleines Schwein konnte man andeutungsweise in der Dämmerung des Innenraums erkennen. Es lag auf verschissenem Stroh. Beide zeigten keinerlei Interesse an Redman.

Die andere Abteilung schien leer zu sein.

Im Vorhof lag kein Dung, und weit weniger Fliegen saßen auf dem Stroh. Der aufgestaute Geruch alter Exkremente hatte jedoch auch hier an durchdringender Schärfe nichts verloren, und Redman war im Begriff, sich abzuwenden, als sich von drinnen ein Geräusch vernehmen ließ und etwas Großes, Massiges sich aufrichtete. Er lehnte sich über das mit einem Vorhängeschloß versperrte Holzgatter, versuchte mit Willenskraft, den Gestank zu vergessen, und spähte in den Stall.

Das Schwein kam heraus, um ihn anzusehen. Es war dreimal so groß wie seine Genossen, eine riesige Sau, die ohne weiteres die Mutter der Schweine im Nebenpferch hätte sein können. Aber während ihr potentieller Wurf schmutzstarrende Flanken hatte, war die Sau in tadellos sauberem Zustand, ihr schimmernder, rosafarbener Körper strotzte vor Gesundheit. Schon ihre bloße Größe beeindruckte Redman. Sie mußte schätzungsweise doppelt so schwer sein wie er: eine alles in allem gewaltige Kreatur. Auf ihre grobschlächtige Art ein hinreißendes Tier mit nach oben gebogenen blonden Wimpern, mit zartem Flaum auf dem glänzenden Rüssel, der sich um die sanft schlackernden Ohren zu Borsten vergröberte, mit einem öligen, magnetischen Blick aus dunkelbraunen Augen.

Redman, ein Stadtkind, hatte selten die lebende Wahrheit gesehen, die sich hinter der Fleischportion auf seinem Teller verbarg, die ihr vorausging. Dieses wundervolle Mastschwein war für ihn eine Offenbarung. Die schlechte Presse, die er in Sachen Schweine immer geglaubt hatte, der üble Ruf, der den bloßen Namen zum Synonym für Schmutzigkeit machte, all das wurde Lügen gestraft.

Die Sau war schön, vom schnüffelnden Rüssel bis hin zum zierlichen Korkenzieher des Schwanzes, eine Verführerin auf Hachsen und Klauen.

Ihre Augen betrachteten Redman als ihresgleichen, da gab es für ihn keinen Zweifel: Sie bewunderte ihn kaum weniger, als er sie bewunderte.

Sie war heil in ihrem Kopf, er in seinem. Sie waren einander gleich unter einem gleißenden Himmel.

Aus der Nähe roch ihr Körper süß. Offensichtlich war jemand an ebendiesem Morgen dagewesen, um sie zu waschen und zu füttern. Ihr Trog, bemerkte Redman, war noch randvoll mit einem schlabbrig-breiigen Abfallfraß, den Überresten der gestrigen Mahlzeit. Sie hatte nichts davon angerührt, sie war kein Freßsack.

Bald schien sie sich ein komplettes Bild von ihm gemacht zu haben, und leise grunzend machte sie auf ihren flinken Füßen kehrt, um sich in die Kühle des Innenraums zurückzuziehen. Die Audienz war beendet.

An diesem Abend wollte er nach Lacey sehen. Man hatte den Jungen vom Krankenhaustrakt in ein schäbiges Zimmer verlegt, das er für sich allein hatte. Offenbar wurde er im Schlafsaal noch immer von den anderen Jungen gepiesackt, und der einzige Ausweg war diese Einzelhaft. Da saß er nun vor Redman auf einem Teppich aus Comic-Heften und starrte die Wand an. Die knalligen Titelseiten der Hefte ließen sein Gesicht milchiger erscheinen als je zuvor. Das Pflaster auf seiner Nase war abgegangen, und der Bluterguß auf dem Nasenrücken ging ins Gelbe über.

Redman gab Lacey die Hand, und der Junge blickte hoch zu ihm. Unverkennbar mußte seit ihrer letzten Begegnung eine Kehrtwendung erfolgt sein. Lacey war ruhig und gefaßt, ja gefügig. Sein Händedruck, ein Ritual, an das Redman sich bei allen Jungen hielt, die er außerhalb der Werkstatt traf, war schlaff.

»Geht's dir gut?«

Der Junge nickte.

»Bist du gern allein?«

»Ja, Sir.«

»Aber irgendwann mußt du wieder in den Schlafsaal.«

Lacey schüttelte den Kopf.

»Du weißt doch selber, daß du nicht ewig hier bleiben kannst.«

»Ja, das weiß ich, Sir.«

»Du mußt wieder zurück.«

Lacey nickte. Irgendwie schien bei dem Jungen die Logik nicht mehr zu greifen. Er blätterte ein Superman-Heft auf und starrte auf die grellbunte Seite, ohne sie wirklich wahrzunehmen.

»Hör zu, Lacey! Ich möchte, daß wir beide uns recht verstehn. Ja?«

»Ja, Sir.«

»Wenn du mich anlügst, kann ich nichts für dich tun. Doch klar, oder?«

»Ja.«

»Wieso hast du letzte Woche mir gegenüber Kevin Henessey erwähnt? Ich weiß, daß er nicht mehr hier ist. Er ist geflohen, oder?«

Lacey starrte auf den dreifarbigen Helden auf der Seite.

»Oder?«
»Er ist hier«, sagte Lacey ganz leise. Der Kleine war plötzlich zutiefst verwirrt. Man merkte es an seiner Stimme und an der Art, in der sein Gesicht in sich selbst zusammenstürzte.
»Wenn er geflohen ist, wieso sollte er dann zurückkommen? Ich find' das wirklich nicht besonders einleuchtend. Findest du's besonders einleuchtend?«
Lacey schüttelte den Kopf. Tränen verstopften ihm die Nase, und seine Worte klangen vernuschelt, aber sie waren noch deutlich genug: »Er ist nie weg.«
»Was? Du meinst, er ist nie abgehauen?«
»Er ist schlau, Sir. Sie kennen Kevin nicht. Er ist schlau.« Er klappte das Comic-Heft zu und blickte zu Redman auf.
»Inwiefern schlau?«
»Er hat alles geplant, Sir. Das Ganze.«
»Drück dich deutlicher aus!«
»Sie werden es mir nicht glauben. Es hilft ja doch alles nichts, Sie werden es mir nicht glauben. Er hört zu, wissen Sie, er ist überall. Wände kümmern ihn nicht. Tote kümmert nichts dergleichen.«
Tote. Ein kürzeres Wort als Lebendige; aber es verschlug einem den Atem.
»Er kann kommen und gehen«, sagte Lacey, »wann immer er will.«
»Willst du behaupten, daß Henessey tot ist?« sagte Redman. »Sieh dich vor, Lacey!«
Der Junge zögerte: Er war sich im klaren, daß er sich haarscharf am Abgrund bewegte und ganz nah dran war, seinen Beschützer zu verlieren.
»Sie haben's versprochen«, sagte er plötzlich eiskalt.
»Versprochen, daß dir nicht das Geringste passiert. Dabei

bleibt's. Ich hab's gesagt, und ich hab's auch so gemeint. Aber das heißt noch lange nicht, daß du mir Lügen auftischen kannst, Lacey.«

»Was für Lügen, Sir?«

»Henessey ist nicht tot.«

»Ist er doch, Sir. Alle hier wissen das. Er hat sich erhängt. Bei den Schweinen.«

Redman war oft belogen worden, von Könnern, und er hatte das Gefühl, daß er ein kompetenter Sachverständiger für Lügner geworden war. Er kannte all die verräterischen Zeichen. Aber an dem Jungen war keines festzustellen. Er sagte die Wahrheit. Das spürte Redman instinktiv.

Die Wahrheit; die ganze Wahrheit; nichts sonst.

Was freilich nicht hieß, daß das, was der Junge sagte, wahr war. Er sagte einfach die Wahrheit, so wie er sie verstand. Er *glaubte*, daß Henessey gestorben war. Beweisen tat das gar nichts.

»Wenn Henessey tot wäre...«

»Er *ist* es, Sir.«

»Wenn er's wäre, wie kann er dann hier sein?«

Ohne die Spur einer Hinterhältigkeit im Gesicht schaute der Junge Redman an. »Glauben Sie nicht an Geister, Sir?«

Die Lösung war so naheliegend-klar, daß Redman sich nicht zu fassen vermochte. Henessey war tot, aber Henessey war hier. Folglich war Henessey ein Geist.

»Sie glauben nicht dran, Sir?«

Der Junge stellte keine rhetorische Frage. Er wollte, nein, er forderte eine vernünftige Antwort auf eine vernünftige Frage.

»Nein, mein Junge«, sagte Redman. »Nein, das tu ich nicht.«

Lacey war trotz dieser Meinungskontroverse anscheinend nicht aus der Ruhe zu bringen.

»Sie werden's erleben«, sagte er schlicht, »Sie werden's erleben.«

Im Schweinestall an der Peripherie des Geländes hatte die große namenlose Sau Hunger.
Sie prüfte die Abfolge der Tage, und mit jedem einzelnen wuchsen ihre Begierden. Sie wußte, daß die Zeit für schalen Abfallfraß in einem Trog vorbei war. Andere Gelüste hatten den Platz jener schweinischen Genüsse eingenommen.
Sie hatte, seit dem ersten Mal, eine Vorliebe für Nahrung mit einer bestimmten Struktur, einer bestimmten Resonanz. Dies war keine Nahrung, die sie jederzeit verlangte, sondern einzig dann, wenn das Bedürfnis sie überkam. War es denn ein so großes Verlangen, dann und wann voll Gier jene Hand zu verschlingen, die sie fütterte?
Sie stand am Gatter ihres Gefängnisses, vom Vorgeschmack ganz matt, und wartete unablässig. Sie hechelte knirschend, sie schnaubte, ihre Ungeduld wurde zu stumpfsinniger Wut. Im angrenzenden Pferch gerieten ihre kastrierten Söhne, die ihren Kummer witterten, ebenfalls in Aufregung. Sie kannten ihre Natur, und die war gefährlich. Immerhin hatte sie zwei der Brüder gefressen, lebend, frisch und noch naß von ihrem eigenen Schoß.
Dann drangen Geräusche durch den blauen Schleier der Abenddämmerung: der weiche, streifende Ton beim Durchqueren der Nesseln, begleitet von Stimmengemurmel.
Zwei Jungen näherten sich dem Stall, Respekt und Vorsicht lenkten jeden ihrer Schritte. Die Sau machte sie nervös, und das war ganz verständlich. Die Berichte über ihre tückischen Schliche waren Legion.
Sprach sie nicht, wenn sie aufgebracht war, mit jener besesse-

nen Stimme, indem sie ihr fettes, schweinefleischiges Maul verkrümmte, um mit einer gestohlenen Zunge daraus zu reden? Stand sie nicht manchmal gern auf ihren Hinterbeinen, rosafarben und gebieterisch, und verlangte, daß man die kleinsten Jungen in ihren Schutz und Schatten sandte, nackt wie ihr Ferkelwurf, damit sie an ihr saugten? Und trommelte sie nicht gern mit ihren lasterhaften Klauen auf den Boden, bis die Nahrung, die sie für sie brachten, in appetitliche Happen geschnitten und zwischen zitterndem Zeigefinger und Daumen in ihren Rachen gestopft war? All diese Dinge tat sie.

Und schlimmere noch.

Heute abend hatten die Jungen, und das wußten sie, nicht das dabei, was sie wollte. Auf der Platte, die sie trugen, lag nicht das von ihr beanspruchte Fleisch. Nicht das süße, weiße Fleisch, um das sie mit jener anderen Stimme aus ihrem Repertoire gebeten hatte, das Fleisch, das sie, wenn sie sich's wünschte, mit Gewalt nehmen konnte. Heute abend bestand die Mahlzeit einfach aus altem, im Küchentrakt stibitztem Schinkenspeck. Das Nahrungsmittel aber, das sie wirklich dringlich ersehnte, das Fleisch, welches, um das Blut in der Muskulatur anzustauen, verfolgt und geängstigt worden, dann, wie man ein Steak klopft, grün und blau geschlagen worden war für ihren Hochgenuß, dieses Fleisch stand unter besonderem Schutz. Es würde einige Zeit kosten, es zum Schlachten hinzuschmeicheln.

Sie hofften, daß die Sau mittlerweile ihre Rechtfertigungen und Tränen akzeptieren und sie nicht in ihrer Wut verschlingen würde.

Einer der Jungen hatte, bis er an der Stallmauer angekommen war, seine Hosen vollgeschissen, und die Sau roch ihn. Ihre Stimme nahm aus Freude an der Pikanterie dieser Angst eine

andere Klangfärbung an. Statt des leisen Schnaubens kamen höhere, hitzigere Töne von ihr, die sagten: Weiß schon, weiß schon. Kommt nur zu eurem Richter. Weiß schon, weiß schon.
Sie beobachtete die beiden durch die Torlatten, ihre Augen glitzerten wie Juwelen in der dunstig-trüben Nacht, strahlender als die Nacht, weil sie lebten, makelloser als die Nacht, weil sie begehrten.
Die Jungen knieten am Gatter, ihre Köpfe waren in flehentlicher Demut geneigt. Die Platte, die sie beide hielten, verdeckte leicht ein Fetzen schmuddeligen Musselins.
»Also?« sagte sie. Die Stimme drang an ihre Ohren, unverkennbar. Seine Stimme, aus dem Schweinemund.
Der ältere Bursche, ein junger Schwarzer mit Wolfsrachen, sprach leise auf die glänzenden Augen ein und machte so noch das Beste aus seiner Angst: »Es ist nicht das, was du verlangt hast. Es tut uns leid.«
Der andere Junge, dem die übervollen Hosen zu schaffen machten, murmelte gleichfalls seine Entschuldigung.
»Aber wir besorgen ihn dir. Ehrlich. Wir bringen ihn dir ganz bald, sobald wir können.«
»Warum nicht heute nacht?« fragte das Schwein.
»Weil ihn jemand schützt.«
»Ein neuer Lehrer. Mr. Redman.«
Die Sau schien alles schon zu wissen. Sie erinnerte sich an die Konfrontation über die Mauer hinweg und an die Art, wie er sie angestarrt hatte, als wäre sie ein zoologisches Exemplar. Also das war ihr Feind, dieser alte Mann. Sie würde ihn kriegen. O ja.
Die Jungen hörten ihr Rachegelöbnis und waren offensichtlich zufrieden, daß man ihnen die Angelegenheit abnahm.
»Gib ihr das Fleisch«, sagte der schwarze Junge.

Der andere stand auf und entfernte den Musselinfetzen. Der Schinkenspeck roch schlecht, aber die Sau gab trotzdem feuchte Begeisterungslaute von sich. Womöglich hatte sie ihnen verziehen.

»Los, mach schon, schnell!«

Der Junge nahm den ersten Streifen Schinkenspeck zwischen Zeigefinger und Daumen und bot ihn ihr an. Von der Seite her reckte die Sau ihr Maul zu ihm hinauf und fraß, dabei entblößte sie ihre gelblichen Zähne. Der Streifen war schnell weg. Der zweite, dritte, vierte, fünfte genauso.

Das sechste und letzte Stück nahm sie samt seinen Fingern, und sie schnappte dabei mit solcher Eleganz und Geschwindigkeit zu, daß der Junge nur noch aufschreien konnte, als ihre Zähne die dünnen Fingerglieder schmatzend durchbissen, um sie zu verschlingen. Er zog seine Hand über die Stallmauer zurück und beglotzte die Verstümmelung. Genaugenommen hatte sie nur begrenzten Schaden angerichtet. Das obere Daumenglied und der halbe Zeigefinger waren weg. Das Blut quoll rasch und reichlich aus den Wunden, es spritzte auf sein Hemd und seine Schuhe. Sie grunzte und schnaubte und schien befriedigt.

Der Junge kreischte und lief davon.

»Morgen«, sagte die Sau zu dem zurückgebliebenen Bittsteller, »nicht dieses alte Schweinefleisch. Weiß muß es sein. Weiß und... lässig.« Sie fand diese Anspielung auf Lacey ganz besonders witzig.

»Ja«, sagte der Junge. »Ja, selbstverständlich.«

»Ohne Wenn und Aber«, befahl sie.

»Ja.«

»Oder ich komm' ihn mir selber holen. Hast du mich verstanden?«

»Ja.«

»Ich komm' ihn mir selber holen, ganz gleich, wo er sich versteckt. In seinem Bett werd' ich ihn fressen, wenn ich mag. Und im Schlaf freß ich ihm die Füße weg, dann die Beine, dann die Eier, dann die Hüften...«

»Ja, ja.«

»*Ich will ihn haben*«, sagte die Sau und scharrte mit den Füßen im Stroh. »Er gehört mir.«

»Henessey tot?« sagte die Leverthal und beugte sich weiter mit dem Kopf über einen ihrer langwierigen Berichte, an dem sie gerade schrieb. »Das ist wieder so eine Erfindung. Grad sagt der Kleine noch, er ist in Tetherdowne, und gleich drauf, er ist tot. Der Junge kommt ja nicht mal klar mit seiner eigenen Geschichte.«

Es war schwierig, sich mit den Widersprüchen auseinanderzusetzen, außer man akzeptierte den Gedanken an Geister so bereitwillig wie Lacey. Diesen Punkt wollte Redman keinesfalls vor der Frau ins Spiel bringen oder mit ihr durchdiskutieren. Dieser Teil war Unsinn. Geister waren dummes Zeug; nichts als sichtbar gemachte Ängste. Aber die Theorie von Henesseys Selbstmord fand Redman schon viel einleuchtender. Er preschte vor mit seinem Argument.

»Und wo hat Lacey dann diese Geschichte über Henesseys Tod her? Schon ziemlich merkwürdig, sich so etwas auszudenken.«

Sie geruhte aufzuschauen, und ihr Gesicht war in sich selbst hineinverblockt wie eine Schnecke in ihr Haus.

»Phantasmorgien sind hier an der Tagesordnung. Sie sollten mal die Horrorstories hören, die ich auf Tonband habe! Manche sind so exotisch, da würden Ihnen glatt die Augen übergehen.«

»Hat es hier Selbstmordfälle gegeben?«

»Seit ich da bin?« Sie dachte einen Augenblick nach, den Füller schreibbereit. »Zwei Versuche. Glaub', keiner von beiden in ernsthafter Absicht. Hilferufe.«

»War einer davon Henessey?«

Sie gestattete sich ein dezentes Hohnlächeln und schüttelte zugleich den Kopf.

»Henesseys Labilität war eine ganz andere. Er dachte, er würde ewig leben. So sah sein kleiner Traum aus: Henessey, der Nietzschesche Übermensch. Für die große Herde hatte er nur so was wie Verachtung übrig. Er, er war eine Rasse für sich: uns übrigen bloß Sterblichen genauso weit entrückt wie diesem erbärmlichen...«

Er wußte, daß sie Schwein sagen wollte, aber gerade noch kurz vor diesem Wort hielt sie inne.

»Diesem erbärmlichen Viehzeug auf der Farm«, sagte sie und schaute wieder auf ihren Bericht hinunter.

»Hat sich Henessey oft bei der Farm aufgehalten?«

»Nicht mehr als jeder andere Junge auch«, log sie. »Keiner mag den Farmdienst, aber er ist Teil des Arbeitsturnus. Ausmisten ist keine sehr angenehme Beschäftigung, das kann ich bezeugen.«

Ihre Lüge – Redman wußte, daß es eine war – ließ ihn Laceys letztes Detail für sich behalten: daß Henessey im Schweinestall den Tod gefunden hatte. Er zuckte mit den Achseln und wechselte das Thema.

»Bekommt Lacey irgendwelche Medikamente?«

»Beruhigungsmittel.«

»Werden die Jungen immer ruhiggestellt, wenn sie in eine Rauferei verwickelt waren?«

»Nur wenn sie Ausbruchsversuche machen. Wir haben nicht genügend Personal, um so jemand wie Lacey zu beaufsichtigen. Ich versteh' nicht, weshalb Sie das so beschäftigt.«

»Ich möchte, daß er mir vertraut. Er hat mein Versprechen. Ich will ihn nicht enttäuschen.«

»Also ganz offen, das alles klingt verdächtig nach einer Sonderbehandlung. Der Junge ist einer von vielen. Keine einzigartigen Probleme und keine spezielle Aussicht auf Wiedergutmachung.«

»Wiedergutmachung?« Ein seltsames Wort.

»Ehrenrettung, nennen Sie's, wie Sie wollen! Schaun Sie, Redman, ich will ganz ehrlich sein. Man hat allgemein den Eindruck, daß das hier wirklich nicht ihr Bier ist.«

»Ach was?«

»Wir alle sind der Meinung, und das gilt wohl auch für den Direktor, Sie sollten uns unsere Probleme so anpacken lassen, wie wir das gewohnt sind. Arbeiten Sie sich erst mal richtig ein, bevor Sie anfangen, sich...«

»Einzumischen.«

Sie nickte. »Könnte man sagen. Sie machen sich Feinde.«

»Danke für den Hinweis.«

»Der Job ist auch ohne Feinde schon schwierig genug, das dürfen Sie mir glauben.«

Sie gab sich Mühe, versöhnlich zu wirken. Redman ignorierte das. Mit Feinden kam er zurecht, mit Lügnern nicht.

Das Zimmer des Direktors war abgeschlossen, jetzt schon eine ganze Woche lang. Hinsichtlich seines Verbleibens gingen die Erklärungen auseinander. Zusammenkünfte mit den Finanzausschüssen lautete die beim Personal bevorzugt propagierte Begründung, obwohl die Sekretärin behauptete, daß sie es nicht genau wisse. Jemand erwähnte seine Seminare an der Universität, die er abhielt, um einen Beitrag zur Erforschung der Probleme an Verwahrungszentren zu leisten. Womöglich hielt er gerade eines. Mr. Redman könne gern eine Nachricht hinterlassen, man würde sie an den Direktor weiterleiten.

In der Werkstatt wartete Lacey auf ihn. Es war Viertel nach acht: der Unterricht war längst aus.

»Was treibst du hier?«

»Warten, Sir.«

»Worauf?«

»Auf Sie, Sir. Ich wollt' Ihnen einen Brief geben, Sir. An meine Mam. Schaun Sie, daß sie'n kriegt?«

»Du kannst ihn doch auf dem üblichen Weg schicken, oder? Gib ihn der Sekretärin, die gibt ihn auf. Du darfst zweimal pro Woche schreiben.«

Lacey machte ein langes Gesicht. »Sie lesen alles, Sir: falls man was Verbotenes schreibt. Und wenn man's tut, dann verbrennen sie den Brief.«

»Und du hast was Verbotenes geschrieben?«

Er nickte.

»Was?«

»Über Kevin. Ich hab' ihr alles über Kevin erzählt, was mit ihm passiert ist.«

»Bin mir nicht sicher, ob du das mit Henessey alles richtig siehst.«

Der Junge hob die Schultern. »'s ist die Wahrheit, Sir«, sagte er ruhig, und es machte ihm offensichtlich nichts mehr aus, ob er Redman überzeugte oder nicht. »Es ist wahr. Er ist hier, Sir. In ihr.«

»In wem? Was redest du da?«

Womöglich sprach aus Lacey wirklich die reine Angst, wie es die Leverthal angedeutet hatte. Irgendwann mußte seine Geduld mit dem Jungen ein Ende haben. Und das schien jetzt so ziemlich erreicht.

Es klopfte an der Tür, und ein pickeliges Individuum namens Slape starrte ihn durch das Drahtfenster an.

»Komm rein!«

»Dringender Anruf für Sie, Sir. Im Sekretariat.«

Redman haßte das Telefon. Widerlicher Apparat: brachte nie was Erfreuliches.

»Dringend. Wer denn?«

Slape zuckte mit den Achseln und kratzte an seinem Gesicht herum.

»Bleibst so lang bei Lacey, ja?«

Slape wirkte alles andere als glücklich bei diesen Aussichten.

»Hier, Sir?« fragte er.

»Hier.«

»Ja, Sir.«

»Ich verlaß mich auf dich, also enttäusch mich nicht!«

»Nein, Sir.«

Redman wandte sich Lacey zu. Der verletzte Blick war jetzt eine Wunde; eine offene, als die Tränen kamen.

»Gib mir den Brief! Ich nehm' ihn mit ins Geschäftszimmer.«

Lacey hatte den Umschlag in die Hosentasche gesteckt. Widerwillig fischte er ihn heraus und übergab ihn Redman.

»Sag danke!«

»Danke, Sir.«

Die Gänge waren wie leergefegt.

Es war Fernsehzeit, und die allabendliche Anbetung der Glotze hatte begonnen. Jetzt klebten sie wieder an dem Schwarzweißgerät, das den Aufenthaltsraum beherrschte, um sich die ganze Pampe der Krimi- und Actionserien, der Sport- und Unterhaltungsserien, der Kriege-aus-aller-Welt-Serien reinzuziehen, die Kinnladen offen, aber innerlich zu. Ein hypnotisiertes

Schweigen hielt die versammelte Gesellschaft umklammert, bis Gewalt zu erhoffen war oder Sex sich andeutete. Dann würde der Raum ausbrechen in Pfiffe, Obszönitäten und anfeuernde Rufe, nur um während des nächsten Dialogs erneut in ungutes Schweigen zu versinken, in Erwartung des nächsten Schießeisens, der nächsten Brust. Gerade jetzt konnte er Schüsse und Musik hören samt ihrem Widerhall im Flur.

Das Geschäftszimmer war offen, aber die Sekretärin nicht anwesend. Vermutlich nach Hause gegangen. Die Uhr im Geschäftszimmer zeigte neunzehn nach acht. Redman stellte seine Armbanduhr nach.

Der Hörer lag auf der Gabel. Ganz gleich, wer ihn angerufen hatte, jedenfall hatte es ihm zu lang gedauert, und er hatte keine Nachricht hinterlassen. Zugegeben, er war erleichtert, daß der Anruf nicht so dringlich war, daß der Anrufer am Apparat wartete, aber jetzt war er irgendwie enttäuscht, nicht mit der Außenwelt sprechen zu können. Wie Robinson: Sieht ein Segel und muß es dann an seiner Insel vorbeigleiten lassen. Lächerlich! Dies war doch nicht sein Gefängnis. Er konnte hinausgehen, wann's ihm paßte. Noch diese Nacht würde er rausgehn und kein Robinson mehr sein.

Eigentlich wollte er Laceys Brief auf dem Schreibtisch liegenlassen, dann überlegte er es sich aber anders. Er hatte versprochen, die Interessen des Jungen zu wahren, und das wollte er auch tun. Notfalls würde er den Brief selber aufgeben.

Er machte sich auf den Rückweg zur Werkstatt, ohne sich auf irgendwas besonders zu konzentrieren. Vage durchschwebten hauchdünne Strähnen der Beklommenheit seinen Organismus und behinderten seine Reaktionen. Seufzer steckten ihm in der Kehle, Gram verdüsterte sein Gesicht. »Dieser verfluchte Ort«, sagte er laut, und er meinte nicht die Wände und die

Gänge, sondern die Falle, die sie darstellten. Er fühlte, daß er hier sterben könnte: seine guten Absichten hübsch um ihn aufgereiht wie Blumen um eine Leiche, und keiner würde es erfahren oder sich drum kümmern oder es beklagen. Idealismus war hier Schwäche, Mitleid verweichlichende Nachsicht. Beklommenheit war alles: Beklommenheit und...
Schweigen.
Das war's, was nicht stimmte. Das Fernsehen hallte und kreischte zwar noch immer den Gang entlang, aber nur Schweigen begleitete es. Keine anfeuernden Pfiffe, kein Protestgekreisch.
Redman sauste zur Halle zurück und den Gang zum Aufenthaltsraum hinunter. In diesem Gebäudeabschnitt war Rauchen gestattet, und der Bereich stank nach kaltem Zigarettenrauch. Weiter vorn lief das Gemetzel in unverminderter Lautstärke weiter. Eine Frau schrie den Namen von irgend jemand. Ein Mann antwortete und wurde vom Feuerstoß einer Gewehrsalve umgenietet. Halberzählte Geschichten hingen in der Luft.
Er erreichte den Raum und öffnete die Tür.
Das Fernsehen redete ihn an. »Hinlegen!«
»Er hat 'ne Waffe!«
Noch ein Schuß.
Die Frau, blond, mit großen Brüsten, bekam die Kugel ins Herz und starb auf dem Gehsteig neben dem Mann, den sie geliebt hatte.
Die Tragödie nahm ohne Zuschauer ihren Lauf. Der Aufenthaltsraum war leer, die alten Lehnstühle und die mit eingeritzten Graffiti übersäten Hocker waren um den Fernsehapparat herum aufgestellt – für ein Publikum, das diesmal eine bessere Abendunterhaltung hatte. Redman ging im Zickzack zwischen

den Sitzen nach vorn und schaltete den Apparat ab. Als die silbrig-blaue Fluoreszenz erlosch und das penetrante Gestampfe der Musik abgewürgt war, wurde er in der Dunkelheit, in der jähen Stille einer Gestalt an der Tür gewahr.
»Wer ist das?«
»Slape, Sir.«
»Du solltest doch bei Lacey bleiben.«
»Er mußte gehn, Sir.«
»Gehen?«
»Er ist davongerast, Sir. Hab' ihn nicht aufhalten können.«
»Hol dich der Teufel! Was soll das heißen, du hast ihn nicht aufhalten können?«
Redman ging wieder durch den Raum zurück und blieb dabei mit dem Fuß an einem Hocker hängen. Er knarzte übers Linoleum, ein zarter Protest.
Slape zuckte zusammen. »Tut mir leid, Sir«, sagte er. »Er war zu schnell für mich. Ich hab' 'nen kaputten Fuß.«
Stimmt. Slape humpelte wirklich.
»Wo ist er hin?«
Slape hob die Schultern.
»Weiß nicht genau, Sir.«
»Dann denk nach!«
»Kein Grund zur Aufregung, Sir.«
Das »Sir« war hingerotzt: allen Respekt verarschend. Redman juckte plötzlich die Hand, diesem halbwüchsigen Eiterpfropf eine reinzuhauen. Noch ein, zwei Meter bis zur Tür. Slape wich nicht zur Seite.
»Aus dem Weg, Slape.«
»Wirklich, Sir, Sie können ihm jetzt überhaupt nicht helfen. Er ist fort.«
»Aus dem Weg, sag' ich.«

Er trat auf Slape zu, um ihn zur Seite zu stoßen, und – klicks! machte es: Auf Nabelhöhe drückte der Saukerl ein Schnappmesser gegen Redmans Bauch. Die Spitze stach ins Fett über dem Gürtel.

»Gibt wirklich keinen Grund, ihm hinterherzulaufen, Sir.«

»Was um Himmels willen treibt ihr, Slape?«

»Wir machen nur'n Spiel«, sagte er durch grau verfärbte Zähne. »Passiert niemand was Schlimmes. Am besten, Sie halten sich da völlig raus.«

Die Messerspitze hatte Blut gezapft. Warm bahnte es sich seinen Weg zwischen Redmans Beine. Slape war bereit, ihn zu töten; ohne jeden Zweifel. Egal, was für ein Spiel das war, Slape jedenfalls hatte jetzt seine kleine Extraunterhaltung. Lehrerschlachten hieß sie. Mit unvermindertem Druck wurde das Messer ganz, ganz langsam durch Redmans Bauchdecke geschoben. Das kleine Blutrinnsal war zu einem Strom angeschwollen.

»Von Zeit zu Zeit kommt Kevin gern zum Spielen rüber«, sagte Slape.

»Henessey?«

»Richtig, Sie reden uns ja gern mit dem Nachnamen an, oder? Das klingt männlicher, ja? Wir sind keine Kinder, soll das heißen, wir sind Männer, soll das heißen. Aber sehn Sie, Sir, gar so männlich ist Kevin nicht. Er hat nie ein Mann sein wollen. Echt, ich glaub', es war ihm schrecklich, sich das vorzustellen. Wissen Sie, warum? (Das Messer zertrennte jetzt, beinah zärtlich, Muskelfleisch.) Er hat gemeint, wenn man einmal ein Mann ist, fängt man an zu sterben: Und Kevin hat immer gesagt, er würde niemals sterben.«

»Niemals sterben.«

»Niemals.«

»Ich möchte ihn kennenlernen.«

»Das will jeder, Sir. Er ist charismatisch. Die Doktorin nennt ihn so: charismatisch.«

»Ich möchte diesen charismatischen Kameraden kennenlernen.«

»Bald.«

»Jetzt.«

»Bald, hab' ich gesagt.«

Redman ergriff die Hand mit dem Messer so schnell am Gelenk, daß Slape keine Gelegenheit fand, die Waffe voll hineinzudrücken. Die Reaktion des Halbwüchsigen war vielleicht durch Drogeneinfluß verlangsamt, und Redman überwältigte ihn. Das Messer entfiel Slape, als Redman fester zupackte; mit der anderen Hand nahm er Slape in einen Würgegriff, sie schloß sich mühelos um seinen abgemagerten Hals. Mit der Handfläche drückte Redman auf den Adamsapfel seines Angreifers, der zu röcheln anfing.

»Wo ist Henessey? Du bringst mich zu ihm.«

Die Augen, die Redman anschauten, waren so verwischt wie seine Worte, die Iris glich einem Nadelstich.

»Bring mich zu ihm!« verlangte Redman.

Slapes Hand fand Redmans zerschnittenen Bauch, und seine Faust boxte kräftig gegen die Wunde. Redman fluchte. Er lockerte und öffnete seinen Griff, und Slape schlüpfte fast aus seiner Umklammerung, aber Redman rammte ihm das Knie in die Weichteile, jäh und heftig. Slape wollte sich vor rasendem Schmerz zusammenkrümmen, aber der Griff um den Hals hinderte ihn daran. Das Knie stieß wieder zu, härter. Und wieder. Wieder.

Unwillkürliche Tränen liefen über Slapes Gesicht und durcheilten das Minenfeld seiner Mitesser.

»Ich kann dir doppelt so wehtun wie du mir«, sagte Redman. »Wenn du also auf diese Tour die ganze Nacht weitermachen willst, soll mich das mordsmäßig freuen.«

Slape schüttelte den Kopf und rang durch seine zusammengepreßte Luftröhre mit kurzem, schmerzendem Keuchen nach Atem.

»Noch was gefällig?«

Slape schüttelte wieder den Kopf. Redman ließ ihn los und schleuderte ihn über den Flur gegen die Wand. Wimmernd vor Schmerz, mit verknittertem Gesicht, glitt er die Wand hinunter und nahm, die Hände zwischen den Beinen, eine embryonale Lage ein.

»Wo ist Lacey?«

Slape hatte angefangen zu zittern; die Worte purzelten heraus: »Wo schon? Kevin hat ihn.«

»Wo ist Kevin?«

Slape schaute verdutzt zu Redman auf. »Das wissen Sie nicht?«

»Würd' ich sonst fragen?«

Slape schien vornüber hinzuschlagen, als er reden wollte, und gab einen Schmerzenslaut von sich. Redmans erster Gedanke war, der Bursche würde zusammenbrechen, aber Slape hatte anderes im Sinn. Plötzlich war, vom Boden aufgeschnappt, das Messer wieder in seiner Hand, und er jagte es nach oben in Richtung Redmans Weichteile. Der wich dem Stich seitlich nur um Haaresbreite aus, aber Slape war wieder auf den Beinen, sein Schmerz vergessen. Das hin und her sausende Messer zerschlitzte die Luft, und Slape zischte seine Absicht durch die Zähne.

»Verreck, du Bullenschwein! Verreck, du Schwein!« Dann riß er den Mund weit auf und gellte: »Kevin! Kevin! Hilf mir!«

Die Messerhiebe wurden weniger und ungenauer; Slape hatte

die Kontrolle über sich verloren, und Tränen, Rotz und Schweiß überschleimten sein Gesicht, als er auf sein auserkorenes Opfer zustolperte.
Redman hielt seinen Augenblick für gekommen und versetzte Slape einen lähmenden Schlag gegen das Knie – des kranken Beins vermutlich. Richtig vermutet. Slape schrie und taumelte rückwärts, wirbelte herum und knallte mit dem Gesicht gegen die Wand. Redman drängte voll nach und warf sich auf Slapes Rücken. Zu spät erkannte er, was er angerichtet hatte. Slapes Körper entspannte sich, und die Hand, die das Messer geführt hatte und zwischen Wand und Körper eingequetscht war, glitt heraus, blutig und ohne Waffe. Slape atmete Todesluft aus, schwer getroffen brach er gegen die Wand hin in sich zusammen und trieb sich das Messer noch tiefer ins eigene Gedärm. Er war tot, ehe er den Boden berührte.
Redman drehte ihn um. An die Plötzlichkeit des Todes würde er sich nie gewöhnen können. So schnell dahin zu sein, wie das Bild auf dem Fernsehschirm. Abgeschaltet und spurlos gelöscht. Ende der Sendung.
Bleiern umfing ihn das grenzenlose Schweigen der Korridore, als er zur Halle zurückging. Der Schnitt in seinem Bauch war unerheblich, und das Blut hatte aus seinem Hemd einen schorfigen Verband gebildet, indem es Baumwollstoff und Fleisch zusammenfügte und die Wunde dann verklebte. Sie tat fast überhaupt nicht weh. Aber der Schnitt war noch sein geringstes Problem: Jetzt galt es, Geheimnisse zu enträtseln, und er fühlte sich außerstande, sich ihnen zu stellen. Die verbrauchte, ausgelaugte Atmosphäre des Ortes gab ihm das Gefühl, selbst ausgelaugt und verbraucht zu sein. Gesundheit war hier nicht zu haben, keine Tugend, keine Vernunft.
Und er glaubte plötzlich an Geister.

In der Halle brannte Licht, eine nackte Birne schwebte über dem toten Raum. In ihrem Schein las er Laceys zerknitterten Brief. Die verschmierten Worte auf dem Papier schwirrten wie Funken ins Pulverfaß seines entnervten Grauens.

Mami,
Sie haben mich ans Schwein verfüttert. Glaub ihnen nicht, wenn sie vielleicht sagen, ich hab' Dich nie liebgehabt, oder wenn sie vielleicht sagen, ich bin davongelaufen. Das bin ich nie. Sie haben mich ans Schwein verfüttert. Ich hab' Dich lieb.
Tommy.

Er steckte den Brief ein und rannte los, zum Gebäude hinaus und über den Sportplatz. Es war völlig dunkel: eine tiefe, sternlose Dunkelheit, und die Luft war stickig. Selbst bei Tageslicht kannte er den Weg zur Farm nicht genau, um so weniger bei Nacht. Sehr bald hatte er sich verlaufen, irgendwo zwischen dem Sportplatz und den Bäumen. Der Umriß des Hauptgebäudes hinter ihm war nicht auszumachen, es war zu weit weg; und die Bäume vor ihm sahen alle gleich aus.
Die Nachtluft war eklig schwül; kein Wind zur Erfrischung müder Glieder. Es war heraußen genauso still wie drinnen, als hätte sich die ganze Welt zum Innenraum umgestülpt: eine erstickende Kammer, von einer gemalten Wolkendecke abgeschlossen.
Er stand in der Dunkelheit, und das Blut hämmerte in seinem Kopf; er mußte rausbekommen, wo er sich befand.
Links, wo er eigentlich die Nebengebäude vermutet hatte, flimmerte ein schwaches Licht. Offenkundig hatte er sich, was seinen Standort betraf, vollkommen geirrt. Das Licht kam vom Stall. Bei angestrengtem Hinsehen ließ es die Konturen des

baufälligen Hühnerauslaufs hervortreten. Gestalten standen dort, mehrere, wie Zuschauer bei einem Spektakel, das er noch nicht sehen konnte.

Er ging los Richtung Stall, ohne zu wissen, was er dort nach seinem Eintreffen tun würde. Wenn sie alle wie Slape bewaffnet waren und dessen mörderische Absicht teilten, dann war es aus mit ihm. Der Gedanke beunruhigte ihn nicht. Heute nacht von dieser stillgelegten Welt freizukommen; die Alternative hatte schon etwas Verlockendes. Ausgezählt und raus.

Und dort war Lacey. Nach seinem Gespräch mit der Leverthal, als er sich gefragt hatte, warum ihm alles, was den Jungen betraf, so naheging, war er einen Moment lang ziemlich verunsichert gewesen. Dieser Vorwurf der Sonderbehandlung, da war schon etwas Wahres dran. Gab es irgend etwas in ihm, das sich wünschte, Thomas Lacey läge nackt neben ihm? War das nicht der eigentliche Sinn der Leverthalschen Bemerkung? Selbst jetzt, als er voller Ungewißheit auf die Lichter zulief, mußte er immer und ausschließlich an die Augen des Jungen denken, wie sie, riesengroß und fordernd, tief in die seinen geschaut hatten.

Vor ihm zeigten sich Gestalten in der Nacht, die von der Farm abzogen. Er konnte sie gegen den Lichtschein aus dem Stall sehen. War schon alles vorbei? Er näherte sich der linken Seite des Gebäudes in einem großen Bogen, um den Zuschauern beim Verlassen des Schauplatzes auszuweichen. Sie wirkten in sich gekehrt: Kein Geplapper oder Lachen regte sich unter ihnen. Wie eine Glaubensgemeinde, die gerade von einem Begräbnis kommt, schritten sie durch die Dunkelheit, gemessen und mit gesenktem Kopf, jeder für sich allein. Es war unheimlich, diese gottlosen Straftäter von Ehrerbietung so gezähmt zu sehen.

Er erreichte den Hühnerauslauf, ohne irgendeinem von ihnen unmittelbar gegenüberzutreten. In der Nähe des Schweinestalls hielten sich noch immer ein paar Gestalten auf. Die Mauer der Saubehausung war von Dutzenden und Aberdutzenden Kerzen eingesäumt. Gleichmäßig brannten sie in der stillen Luft und warfen einen vollen, warmen Schein auf das Ziegelrot und auf die Gesichter der wenigen, die noch immer in die Mysterien des Schweinestalls hineinstarrten.
Die Leverthal war unter ihnen, ebenso der Wachmann, der an jenem ersten Tag neben Laceys Kopf gekniet hatte. Auch zwei oder drei Jungen erkannte er dem Aussehen nach wieder, nicht jedoch dem Namen nach.
Vom Stall kam ein Geräusch: Während sie sich huldvoll anstarren ließ, scharrte die Sau mit den Füßen im Stroh. Irgend jemand sprach, er konnte nicht herausbekommen, wer. Es war die Stimme eines Jugendlichen mit froh-beschwingtem Vibrato. Als die Stimme in ihrem Monolog innehielt, traten der Wachmann und einer der Jungen wie auf ein entsprechendes Kommando hin weg und verschwanden in der Dunkelheit.
Redman schlich etwas näher. Es kam jetzt auf jede Sekunde an. Bald würden die ersten der Gemeinde den Sportplatz überquert haben und wieder im Hauptgebäude sein. Sie würden auf Slapes Leiche stoßen, Alarm schlagen. Er mußte jetzt Lacey finden, sofern Lacey tatsächlich noch auffindbar war.
Die Leverthal sah ihn als erste. Sie blickte vom Schweinestall weg und nickte ihm einen Gruß zu; offenbar machte ihr seine Ankunft nichts aus. Es war, als sei sein Erscheinen an diesem Ort unausweichlich gewesen, als führten alle Wege zur Farm zurück, zu dem Strohverschlag und dem Kotgeruch. Gar nicht so abwegig, daß sie das womöglich glaubte. Er glaubte es beinah selbst.

»Dr. Leverthal«, sagte er.
Sie lächelte ihn offen an. Der Junge neben ihr hob den Kopf und lächelte auch.
»Bist du Henessey?« fragte er und sah den Jungen an.
Der Bursche lachte, ebenso die Leverthal.
»Nein«, sagte sie. »Nein. Nein. Nein. Henessey ist dort.« Sie deutete in den Stall.
Redman machte noch ein paar restliche Schritte bis zur Stallmauer und erwartete, was er nicht zu erwarten wagte: das Stroh und das Blut und das Schwein und Lacey.
Aber Lacey war da nicht. Bloß die Sau, pompös und preziös wie immer stand sie inmitten ihres höchstpersönlichen Kots, und ihre riesigen lachhaften Ohren schlackerten über ihren Augen.
»Wo ist Henessey?« fragte Redman und begegnete dem starren Blick der Sau.
»Da«, sagte der Junge.
»Das ist ein Schwein.«
»Sie hat ihn gefressen«, sagte der Bursche und lächelte noch immer. Die Idee fand er offensichtlich köstlich. »Sie hat ihn gefressen – und er redet aus ihr.«
Sonst noch was, dachte Redman. Verglichen damit, wirkten jetzt Laceys Geistergeschichten fast glaubwürdig. Die verzapften hier allen Ernstes, das Schwein wäre besessen.
»Hat sich Henessey erhängt, wie Tommy gesagt hat?«
Die Leverthal nickte.
»Im Schweinestall?«
Nochmaliges Nicken.
Plötzlich änderte die Sau ihren Standplatz. In seiner Phantasie sah er, wie sie sich hochreckte, um an Henesseys zuckendem Leib zu schnüffeln, unten an seinen Füßen; wie sie spürte, daß der Tod ihn überkam; wie sie geifernd sabberte bei der Vor-

freude auf sein Fleisch. Er sah, wie sie den Tau aufleckte, den Henesseys Haut beim Verwesen ausschwitzte, wie sie an ihm schlapperte, ihn erst zögerlich beknabberte, um ihn schließlich zu verschlingen. Es fiel nicht besonders schwer zu begreifen, wieso die Kids aus dieser Scheußlichkeit einen Mythos hatten machen können, sich Hymnen dazu ausdachten, dem Schwein wie einer Gottheit aufwarteten. Die Kerzen, die Ehrenbezeigungen, die geplante Aufopferung Laceys: Das war eindeutig pathologisch, aber keineswegs befremdlicher als tausend andere religiöse Bräuche. Langsam begriff er sogar Laceys gottergebene Mattigkeit, seine Unfähigkeit, gegen die Mächte anzukämpfen, die ihn übermannten.

Mami, sie haben mich ans Schwein verfüttert.

Nicht: Hilfe, Mami! Rette mich! Bloß: Sie haben mich dem Schwein gegeben.

Das alles konnte er verstehen: Es waren schließlich Kinder, viele mit mangelhafter Schulbildung, manche schon an der Grenze der Debilität und alle empfänglich für Aberglauben. Aber das erklärte noch lange nicht die Anwesenheit der Leverthal. Sie starrte gerade wieder in den Stall, und erst jetzt bemerkte Redman, daß ihr Haar losgebunden war und im Kerzenschein honigfarben auf ihren Schultern lag.

»Ich seh' hier nur schlicht und einfach ein Schwein«, sagte er.

»Es redet mit seiner Stimme«, sagte die Leverthal ruhig. »Redet in Zungen, wenn Sie so wollen. Sie werden ihn bald hören, meinen süßen Jungen.«

Da begriff er. »Sie und Henessey?«

»Schaun Sie nicht so entsetzt!« sagte sie. »Er war achtzehn: So schwarze Haare haben Sie noch nie gesehen. Und er hat mich geliebt.«

»Warum hat er sich erhängt?«

»Um ewig zu leben«, sagte sie. »Auf diese Weise mußte er nie zum Mann werden und sterben.«

»Sechs Tage lang haben wir ihn nicht gefunden«, sagte der junge Kerl, er flüsterte es Redman beinah ins Ohr. »Und selbst dann wollte sie niemand an ihn ranlassen, nachdem sie ihn einmal ganz für sich hatte – das Schwein mein' ich, nicht die Doktorin. Jeder hat Kevin geliebt, wissen Sie«, flüsterte er vertraulich. »Er war schön.«

»Und wo ist Lacey?«

Das Liebeslächeln der Leverthal zerfiel.

»Bei Kevin«, sagte der Bursche. »Wo Kevin ihn haben will.«

Er deutete ins Innere des Stalls. Dort lag ein Körper auf dem Stroh, mit dem Rücken zur Tür.

»Wenn du ihn willst, dann geh und hol ihn dir gefälligst selber«, sagte der Junge, und im nächsten Augenblick hatte er Redman hinten am Hals mit einem schraubstockartigen Griff umklammert.

Die Sau reagierte auf die plötzliche Bewegung. Sie fing an, das Stroh zu zerstampfen und zeigte das Weiße ihrer Augen.

Redman versuchte, den Griff des Jungen abzuschütteln und rammte ihm gleichzeitig seinen Ellbogen in den Bauch. Außer Atem und fluchend ließ der Junge von ihm ab, aber schon hatte die Leverthal seinen Platz eingenommen.

»Geh doch zu ihm«, sagte sie und packte Redman bei den Haaren. »Geh zu ihm, wenn du ihn willst!« Ihre Nägel kratzten ihm über Schläfe und Nase, verfehlten mit knapper Not seine Augen.

»Runter von mir!« rief er und bemühte sich, die Frau abzuschütteln, aber sie klammerte sich fest, und ihr Kopf schnellte vor und zurück, während sie ihn über die Mauer zu drücken versuchte.

Der Rest verlief in grausiger Geschwindigkeit. Ihr langes Haar fegte durch eine Kerzenflamme und fing Feuer, schnell kletterten die Flammen an ihrem Kopf koch. Um Hilfe kreischend, torkelte sie schwer gegen das Gatter. Es hielt ihrem Gewicht nicht stand und gab nach. Hilflos mußte Redman mit ansehen, wie die brennende Frau ins Stroh fiel. Begeistert breiteten sich die Flammen über den Vorhof zur Sau hin aus und fraßen das leicht brennbare Zeug in sich hinein.

Selbst jetzt, in extremis, war das Schwein noch immer Schwein. Kein Wunder weit und breit: kein Reden oder Bitten in Zungen. Das Tier tobte vor Schrecken, als der Feuerschwall es einkreiste, seine stampfende Masse in die Enge trieb und an seinen Flanken leckte. Der Gestank von angesengtem Schinkenspeck erfüllte die Luft, als die Flammen seitlich an ihm hinauf und über seinen Kopf liefen; wie ein Grasbrand jagten sie durch seine Borsten.

Die Stimme der Sau war eine Schweinestimme, ihre Klagen waren Schweineklagen. Hysterisches Grunzen entfuhr ihren Lippen, und sie preschte über den Stallvorhof zum zerbrochenen Tor hinaus und zertrampelte dabei die Leverthal.

Noch immer brannte die Sau, als sie, ein Wunderding in der Nacht, über den Sportplatz galoppierte und in ihrem Schmerz hierhin, dorthin im Zickzack lief. Ihre Schreie ließen nicht nach, als die Dunkelheit sie schluckte, sie schienen nur kreuz und quer übers Spielfeld hin widerzuhallen, unfähig, aus dem abgesperrten Raum hinauszufinden.

Redman betrat den Vorhof und stieg über die vom Feuer heimgesuchte Leiche der Leverthal. Ringsum brannte das Stroh, und das Feuer kroch auf die Stalltür zu. Gegen den beißenden Rauch verengte er seine Augen zu Schlitzen und schob sich geduckt ins Innere.

Lacey lag so da wie schon die ganze Zeit über: mit dem Rücken zur Tür. Redman drehte den Jungen um. Er war am Leben. Er war wach. Sein Gesicht, gedunsen vor Tränen und Entsetzen, blickte Redman vom Strohlager aus an, mit Augen, so weit aufgerissen, daß man den Eindruck hatte, sie würden im nächsten Moment aus dem Kopf springen.
»Steh auf!« sagte Redman und beugte sich über den Jungen. Der kleine Körper war starr, und Redman blieb nichts anderes übrig, als ihm die Glieder auseinanderzudrücken. Behutsam, mit leisen, fürsorglichen Worten, überredete er den Jungen aufzustehen, da der Rauch begann, ins Schweinehaus hereinzuwirbeln.
»Komm, 's alles gut. Komm schon!«
Redman stand aufrecht da, und irgend etwas streifte sein Haar. Er spürte das Tröpfeln von Würmern auf sein Gesicht, blickte nach oben und – sah Henessey, oder was von ihm übrig war, noch immer am Querbalken des Schweinehauses hängen. Seine Gesichtszüge waren unkenntlich, eingeschwärzt zu einer absackenden Pampe. Sein Körper war an der Hüfte zerfetzt, schartig abgenagt, seine Eingeweide hingen aus dem aasigen Rumpf und baumelten in wurmigen Schlingen vor Redmans Gesicht.
Wäre der dicke Qualm nicht gewesen, der Gestank des Leichnams hätte ihn umgehauen. So aber war Redman nur zutiefst angeekelt, und der heftige Widerwille verlieh seinem Arm Stärke. Er zerrte Lacey aus dem Schatten des Körpers und schob ihn durch die Tür.
Draußen loderte das Stroh nicht mehr ganz so grell, aber nach der Dunkelheit des Innenraums blendete ihn der Schein der Feuersglut, der Kerzen und des brennenden Körpers.
»Komm schon, Junge!« drängte er und hob den Kleinen über

die Flammen. Knopfglanz, Irrsinnsglanz sprühten die Knabenaugen. Vergeblichkeit sprach aus ihnen.
Sie durchquerten den Stall bis zum Tor, sprangen über die Leiche der Leverthal und tauchten ein ins Dunkel des freien Geländes.
Mit jedem Schritt, den sie sich von der Farm entfernten, schien der Junge aus dem Zustand der Heimsuchung herauszufinden. Schon war der Stall hinter ihnen nur lodernde Erinnerung. Vor ihnen breitete sich die Nacht aus, so still und undurchdringlich wie immer.
Redman versuchte, nicht an das Schwein zu denken. Es mußte tot sein inzwischen, ganz bestimmt.
Aber während sie rannten, schien ein Geräusch durch die Erde zu dringen, als ob etwas Riesiges Schritt hielte mit ihnen, bereit, einen gewissen Abstand zu halten, vorsichtig diesmal, aber ihnen unerbittlich auf den Fersen.
Er zerrte Lacey am Arm und lief weiter, der Boden unter ihren Füßen war sonnengedörrt. Lacey wimmerte jetzt, immer noch keine Worte, aber zumindest ein Laut. Das war ein gutes Zeichen, ein Zeichen, das Redman dringend brauchte. Sein Bedarf an Irrsinn war ziemlich gedeckt.
Ohne einen Zwischenfall erreichten sie das Gebäude. Die Flure waren so leer wie bei Redmans Weggehen vor einer Stunde. Vielleicht hatte noch niemand Slapes Leiche gefunden. Durchaus möglich. Keiner der Jungen schien zu einer Unterhaltung aufgelegt gewesen zu sein. Vielleicht waren sie schweigend zu ihren Schlafräumen gehuscht, um nach dem Gottesdienst auszuschlafen.
Es war Zeit, ans nächste Telefon zu gehn und die Polizei zu rufen.
Mann und Junge schritten Hand in Hand den Gang zum Büro

des Direktors hinunter. Lacey war wieder still geworden, aber sein Gesichtsausdruck war nicht mehr so manisch; er wirkte eher so, als stehe ein reinigender Tränenausbruch bevor. Er schniefte, räusperte sich.

Er hielt Redmans Hand fest, lockerte aber seinen Griff.

Die Halle lag im Dunkel. Jemand hatte kurz vorher die Glühbirne zerschlagen. Die Überreste schaukelten noch im schwachen Schein, der vom Fenster her durchsickerte, am Kabel.

»Komm! Hier gibt's nichts zu fürchten. Komm schon, Junge!«

Lacey beugte sich über Redmans Hand und biß ihn ins Fleisch. Der Trick erfolgte so schnell, daß er den Jungen losließ, noch ehe er anders reagieren konnte, und Lacey nahm die Beine unter den Arm und flitzte davon, den Korridor hinunter, der von der Halle wegführte.

Macht nichts. Er kann nicht weit kommen. Dies eine Mal war Redman froh, daß der Ort Mauern und Gitter hatte.

Redman ging durch die in Dunkel gehüllte Halle zum Sekretariat. Nichts rührte sich. Wer immer die Glühbirne zerbrochen hatte, blieb mucksmäuschenstill.

Das Telefon hatte man auch zertrümmert. Nicht bloß zerbrochen, sondern in tausend Stücke zerschlagen.

Redman machte kehrt und lief zum Büro des Direktors. Das hatte auch Telefon; von Vandalen ließ er sich nicht aufhalten.

Die Tür war natürlich verschlossen, aber darauf war Redman vorbereitet. Er zertrümmerte das Mattglas des Türfensters mit dem Ellbogen und langte nach innen. Kein Schlüssel steckte. Dreckszeug, elendes, dachte er und setzte die Schulter gegen die Tür. Sie war aus robustem Hartholz, und das Schloß war solide. Seine Schulter schmerzte, und die Wunde an seinem Bauch ging wieder auf, als das Schloß nachgab und er den Raum betreten konnte.

Über den Boden war Stroh gestreut. Im Vergleich zum Geruch hier drinnen war der Schweinestall der reinste Blumenladen. Der Direktor lag hinter seinem Schreibtisch, sein Herz war herausgefressen.
»Das Schwein«, sagte Redman. »Das Schwein. Das Schwein.«
»Das Schwein« noch auf den Lippen, langte er nach dem Hörer. Ein Laut. Redman drehte sich um und bekam den Schlag voll ins Gesicht. Er brach ihm das Jochbein und die Nase. Der Raum zersprang zu Flecken, kippte dann ins Weiße um.

Die Halle war nicht mehr dunkel. Kerzen brannten, Hunderte, so schien es, an allen Ecken, an allen Enden. Aber dann drehte sich alles in seinem Kopf, die Gehirnerschütterung trübte seine Sehkraft. Es hätte genausogut eine einzige Kerze sein können, von Sinnen vervielfacht, deren Wahrnehmungstreue zweifelhaft geworden war.
Er stand in der Mitte der Halle und begriff nicht so recht, wieso er stehen konnte, denn die Beine unter ihm fühlten sich taub an und unbrauchbar. Am Grenzrand seiner Vision, jenseits des Kerzenlichts, konnte er Leute reden hören. Nein, nicht wirklich reden: Es waren strenggenommen keine Worte. Es waren Abrakadabra-Laute, hervorgebracht von Leuten, die möglicherweise zugegen waren – oder auch nicht.
Dann hörte er das Grunzen, das schwache, asthmatische Grunzen der Sau, und geradewegs vor ihm tauchte sie aus dem verschwimmenden Licht der Kerzen auf. Sie war keine strahlende Schönheit mehr. Ihre Flanken waren verkohlt, ihre Perlaugen verdorrt, ihr Rüssel irgendwie entstellend verkrümmt. Sie humpelte sehr langsam auf ihn zu, und sehr langsam war die Gestalt zu erkennen, die rittlings auf ihr saß. Es war natürlich Tommy Lacey, nackt wie am Tag seiner

Geburt, sein Körper war so rosafarben und so unbehaart wie der eines Schweins aus ihrem Wurf, sein Gesicht genauso unbeleckt von menschlichem Empfinden. Seine Augen waren jetzt ihre Augen, als er die große Sau an ihren Ohren lenkte. Und das Geräusch, das die Sau machte, das trensige Geknirsch und Gehechel, kam nicht aus dem Schweinemund, sondern aus seinem. Sein war die Schweinestimme.

Redman sagte leise seinen Namen. Nicht Lacey, sondern Tommy. Der Junge schien nicht zu hören. Da erst, als die Sau und ihr Reiter näherkamen, registrierte Redman, warum er nicht vornüber aufs Gesicht fiel. Er hatte einen Strick um den Hals.

Und gerade als er den Gedanken dachte, straffte sich die Schlinge, und er wurde vom Boden weg gewaltsam in die Luft gezogen.

Kein Schmerz, sondern ein fürchterliches Grauen, schlimmer, um vieles schlimmer als der Schmerz, tat sich auf in ihm, ein abgründiger Schlund des Verlusts und der Reue, und alles, was er war, versank, verschwand darin.

Unter ihm waren die Sau und der Junge zum Stehen gekommen, unter dem hadernden Gerangel seiner Füße. Der noch immer grunzende Junge war vom Schwein heruntergeklettert und kauerte sich jetzt neben das Vieh hin. Durch die dämmrige Luft konnte Redman die Wirbelsäulenkurve des Jungen sehen, die makellose Haut seines Rückens. Er sah auch das verknotete Seil mit dem ausgefransten Ende, das zwischen seinen blassen Hinterbacken herausragte. In jeder Hinsicht ein Schweineschwanzersatz.

Die Sau hob den Kopf, obwohl ihren Augen das Sehen für immer vergangen war. Es tat ihm wohl, sich auszumalen, daß sie litt und von jetzt ab leiden würde, bis sie stürbe. Es reichte fast, sich das vor Augen zu halten. Dann öffnete sich das Maul der Sau, und sie sprach. Er war sich nicht sicher, wie die Worte da herauskamen, aber sie kamen heraus. Die Stimme des Jungen, beschwingtes Vibrato.

»Dies ist das Los des Getiers«, sagte sie, »Fressen und Gefressenwerden.«

Dann lächelte die Sau, und Redman verspürte, obwohl er sich für fühllos-betäubt gehalten hatte, den ersten Schmerzschock: Laceys Zähne bissen ihm ein Stück vom Fuß ab; und schnaubend klomm der Junge den Leib seines Retters hinauf, um das Leben aus ihm herauszuküssen.

Sex, Tod und Starglanz

Diane fuhr mit ihren parfümierten Fingern durch die rötlichgelben, zwei Tage alten Stoppeln auf Terrys Kinn.
»Ich lieb' sie«, sagte sie. »Auch die paar grauen drunter.«
Sie liebte alles an ihm, von ihm, oder zumindest behauptete sie das.
Wenn er sie küßte: Das lieb' ich.
Wenn er sie auszog: Das lieb' ich.
Wenn er seinen Slip runterließ: Das lieb' ich, lieb' ich, lieb' ich.
Mit dem Mund machte sie's ihm immer so rückhaltlos hingebungsvoll, daß er nur noch dem Auf- und Abschnellen ihres blonden Scheitels vor seinem Becken zusehen und zu Gott beten konnte, es möge niemand zufällig in die Garderobe kommen. Sie war schließlich eine verheiratete Frau, wenn auch eine Schauspielerin. Er hatte selbst eine Gattin, irgendwo. Für eines der lokalen Schmierblätter gäbe solch ein Tête-à-tête ein gefundenes Fressen ab, wo er sich hier doch einen Ruf als ernstzunehmender Regisseur aufbauen wollte; keine billigen Mätzchen, kein Klatsch, pure Kunst.
Wenn sie dann aber seine Nervenenden zum Rotieren brachte, zerschmolzen selbst die ehrgeizigsten Gedanken wieder auf ihrer Zunge. Eine große schauspielerische Begabung war sie nicht, aber ihre Technik war bei Gott wirklich beachtlich. Fehlerfreie Bewegungen, makelloses Timing: Sie wußte einfach, sei es rein instinktiv oder durch häufiges Rollenstudium,

wann es an der Zeit war, den Rhythmus zu beschleunigen und die ganze Szene zu einem befriedigenden Abschluß zu bringen. Wenn sie es endlich geschafft hatte, auch noch den allerletzten Tropfen aus dem Moment herauszuholen, war er drauf und dran zu applaudieren.

Das ganze Ensemble der Calloway-Inszenierung von »Was ihr wollt« wußte selbstverständlich von der Affäre. Gelegentlich fielen giftige Bemerkungen, wenn Schauspielerin und Regisseur gemeinsam zu spät zur Probe kamen, oder wenn sie, augenscheinlich noch randvoll von ihm, aufkreuzte und er errötete. Er versuchte, sie dazu zu bewegen, diesen genüßlich satten Naschkatzenausdruck, den ihr Gesicht dann regelmäßig annahm, unter Kontrolle zu halten, aber so viel Verstellung brachte sie einfach nicht zustande, was in Anbetracht ihres Berufs recht köstlich war.
Aber schließlich brauchte La Duvall, wie Edward sie hartnäckig zu nennen beliebte, kein großes Talent zu sein: Sie war berühmt. Was machte es schon, wenn sie Shakespeare so sprach, als wäre es Hiawatha, dam di dam di dam di dam? Was machte es schon, wenn ihr psychologisches Einfühlungsvermögen fragwürdig, ihre Logik fehlerhaft, ihre gestalterische Umsetzung unzureichend waren? Was machte es schon, wenn sie von Poesie soviel Ahnung hatte wie vom Kuhmelken? Sie war ein Star, und das war gleichbedeutend mit Geschäft.
Das konnte ihr keiner nehmen: Ihr Name war bares Geld. Das Elysium-Theater kündigte ihren Ruhm mit vierundzwanzig Cicero großer Antiqua halbfett, schwarz auf gelb an.
DIANE DUVALL: DER STAR VON »DAS KIND DER LIEBE«.
Das Kind der Liebe. Möglicherweise die übelste Soap opera, die man in der Geschichte dieses Genres auf die Bildschirme der

Nation losgelassen hatte; zwei geschlagene Stunden die Woche voll Charakterschablonen und geisttötendem Dialog, was unter anderem zur Folge hatte, daß sie ständig hohe Einschaltquoten erzielte und ihre Darsteller fast über Nacht zu strahlenden Stars am Talmihimmel des Fernsehens wurden. Dort erglänzte heller als alle anderen Diane Duvall.
Womöglich war sie nicht für die Klassikerrollen geboren, aber, Mannomann, ein Kassenschlager war sie. Und bei den ausgestorbenen Theatern heutzutage war einzig und allein die Zahl der verkauften Sitzplätze ausschlaggebend.
Calloway hatte sich mit der Tatsache abgefunden, daß dies keine Modellinszenierung von »Was ihr wollt« werden würde, aber wenn sie erfolgreich wäre – und mit Diane in der Rolle der Viola hatte sie dazu die besten Chancen –, könnte sie ihm ein paar Türen im West End auftun. Außerdem, die Arbeit mit der allzeit hingebend liebenden, allzeit den ganzen Mann fordernden Miss Duvall entschädigte für einiges.

Calloway zog seine Sergehose rauf und sah zu ihr runter. Sie bedachte ihn mit diesem ihr eigenen gewinnenden Lächeln, das sie auch in der Briefszene verwendete. Ausdruck Nummer fünf in der Duvall-Skala, irgendwo zwischen »jungfräulich« und »mütterlich«.
Er erwiderte das Lächeln mit einer Variante aus eigenen Beständen, einem bescheidenen, liebevollen Blick, der auf einen Meter Abstand als echt gelten konnte. Dann sah er auf seine Uhr.
»Gott, wir sind spät dran, Schätzchen.«
Sie leckte sich die Lippen. Mochte sie den Geschmack wirklich so gern?
»Ich richt' mir besser die Haare«, sagte sie beim Aufstehen und schaute in den langen Spiegel neben der Dusche.

»Ja.«
»Bist du okay?«
»Könnt' nicht besser sein«, antwortete er. Er küßte sie leicht auf die Nase und überließ sie ihrer Toupiererei.
Auf dem Weg zur Bühne schlüpfte er schnell in die Herrengarderobe, um seine Kleidung in Ordnung zu bringen und seine brennenden Wangen mit kaltem Wasser abzukühlen. Sex rief bei ihm auf Gesicht und Halsansatz stets verräterische Flecken oder Streifen hervor. Während er sich vorbeugte, um sich mit Wasser zu bespritzen, musterte Calloway seine Gesichtszüge kritisch im Spiegel über dem Becken. Nachdem er die Spuren des Alters sechsunddreißig Jahre unter Kontrolle gehalten hatte, fing er an, mehr oder minder so alt auszusehen, wie er war, keineswegs mehr wie ein taufrischer Jüngling. Unleugbar: leichte Säcke unter den Augen, die hatten nichts mit Schlaflosigkeit zu tun, und Falten auch, auf der Stirn und um den Mund. Der Wunderkind-Glamour war endgültig ab; seine heimlichen Ausschweifungen standen ihm mitten ins Gesicht geschrieben. Das Übermaß an Sex, Alkohol und Ambitionen, die Frustration des so oft anvisierten und dann ums Haar verfehlten Durchbruchs. Wie sähe ich heute wohl aus, dachte er bitter, wenn es mir gereicht hätte, als so ein lahmarschiger Niemand an einem kleineren Repertoiretheater zu arbeiten, mit einer garantierten Besucherquote von zehn glühenden Anhängern pro Abend und Brecht als Lebensaufgabe? Wahrscheinlich hätt' ich ein Gesicht glatt wie ein Babyarsch, die meisten Typen vom sozial engagierten Theater sahen so aus. Doof und zufrieden, arme Rindviecher.
»Muß eben wissen, was man will. Hat alles seinen Preis«, sagte er sich. Er warf einen letzten Blick auf den abgetakelten Cherub im Spiegel, sah dort, daß er, Krähenfüße hin oder her, auf

Frauen noch immer unwiderstehlich wirkte, und ging raus, um sich den Prüfungen und Pressionen des dritten Aktes auszusetzen.

Auf der Bühne war eine hitzige Debatte im Gang. Der Bühnenmeister, Jack mit Namen, hatte zwei Hecken für Olivias Garten gebaut. Sie mußten noch mit Blättern verkleidet werden, aber sie sahen recht eindrucksvoll aus und endeten in der Bühnentiefe am Rundhorizont; der restliche Garten sollte auf diesen aufgemalt werden. Das war nichts in dieser symbolischen Machart. Ein Garten war ein Garten: grünes Gras, blauer Himmel. Die passende Lösung für das Publikum aus Birmingham Nord, und Terry hatte einiges übrig für dessen unbedarften Geschmack.

»Terry, mein Guter!«

Eddie Cunningham griff ihn sich an Hand und Ellbogen und geleitete ihn ins Kampfgetümmel.

»Wo liegt das Problem?«

»Terry, mein Guter, diese beschissenen (es schlüpfte ihm über die Lippen: beschis-senen) Hecken können nicht dein Ernst sein! Sag Onkel Eddie, daß es nicht dein Ernst ist, bevor er durchdreht.« Eddie deutete auf die beleidigenden Hecken. »Schau dir das doch bloß an!« Während er sprach, durchsprühte eine dünne Speichelfahne die Luft.

»Wo liegt das Problem?« fragte Terry wieder.

»Das Problem? Da ist kein Durchgang, mein Guter, kein Durchgang. Denk doch mal nach! Wir haben die ganze Szene geprobt, und ich bin dabei wie ein verrücktes Huhn vor- und wieder zurückgefetzt. Rechts vor, links zurück – aber das klappt nicht, wenn ich hinten keinen Durchgang habe. Schau doch hin! Dieses beschis-sene Zeug schließt nahtlos mit dem Hintergrund ab.«

»Aber das muß es auch, wegen der Illusion, Eddie.«
»Aber ich komme hinten nicht rum, Terry. Kapier das doch!«
Er wandte sich an die paar anderen auf der Bühne: die Schreiner, zwei Techniker, drei Schauspieler.
»Die Zeit reicht einfach nicht – das mein' ich.«
»Dann machen wir eben den Durchgang wieder auf, Eddie.«
»Ach.«
Das nahm ihm den Wind aus den Segeln.
»Ja?«
»Hm.«
»Ist doch wohl das Einfachste, oder?«
»Ja... ich wollte bloß...«
»Weiß ich doch.«
»Na schön. Geht auch nicht anders. Und was ist mit dem Krocket?«
»Das streichen wir gleichfalls.«
»Diese ganze Pantomime mit den Krocketschlägern? Das erotische Zeugs?«
»Muß alles raus. Tut mir leid, hab' das nicht gründlich durchdacht. Mir ist da einiges entgangen.«
Eddie fuhr heftig herum. »Aber mein Guter, wenn du überhaupt was tust, dann dir nichts entgehen lassen...«
Gekicher. Terry hörte darüber weg. Eddie hatte einen wirklich berechtigten Einwand vorgebracht; er hatte es versäumt, sich mit den Problemen der Heckenkonstruktion zu befassen.
»Tut mir echt leid um die ganze Pantomime; gibt aber keine Möglichkeit, wie wir sie noch passend einbauen könnten.«
»Bei jemand anderem machst du bestimmt keine solchen Abstriche«, sagte Eddie. Über Calloways Schulter warf er einen Blick auf Diane und rannte dann los Richtung Garderobe. Wutentbrannter Schauspieler, Abgang linke Bühnenseite. Cal-

loway machte keinen Versuch, ihn aufzuhalten. Ihm sein Abtreten zu verpatzen hätte die Situation beträchtlich verschlimmert. Er seufzte nur leise: »Mannomann«, und fuhr sich mit der gespreizten Hand übers Gesicht. Das war das Grundübel seines Berufs: die Schauspieler.

»Holt ihn jemand zurück?« fragte er.

Schweigen.

»Wo ist Ryan?«

Über der beleidigenden Hecke tauchte das bebrillte Gesicht des Inspizienten auf.

»Bitte?«

»Ryan, mein Guter – bringst du Eddie bitte 'ne Tasse Kaffee und lotst ihn in den Schoß der Familie zurück?«

Ryan zog ein Gesicht, das besagte: Du hast ihn beleidigt, also hol ihn dir selber! Aber Calloway hatte schon raus, wie man diese Art Verantwortung abschiebt: Er war längst Meister darin. Er starrte Ryan einfach an und machte es ihm schwer, seiner Bitte zu widersprechen, bis der andere die Augen senkte und seine Einwilligung nickte.

»Klar«, sagte er mürrisch.

»Guter Junge.«

Ryan warf ihm einen vorwurfsvollen Blick zu und verschwand auf der Jagd nach Ed Cunningham.

»Keine Show ohne Junker Rülp«, sagte Calloway und versuchte, die Stimmung etwas anzuheizen. Jemand brummte, und der kleine Zuschauerhalbkreis begann sich aufzulösen. Die Show war vorbei.

»Okay, okay«, sagte Calloway und rappelte sich auf. »Packen wir's an. Wir gehn durch ab Szenenanfang. Diane, bist du soweit?«

»Ja.«

»Okay. Können wir?«

Er wandte sich ab von Olivias Garten und den wartenden Schauspielern, einfach um seine Gedanken zu sammeln. Auf der Bühne war nur die Arbeitsbeleuchtung an, das Auditorium lag im Dunkeln. Unverschämt gähnte es ihn an, Reihe auf Reihe leere Sitze, die sich strikt widersetzten, von ihm unterhalten zu werden. Jaja, die Einsamkeit des Langstrecken-Regisseurs. Es gab Tage in diesem Geschäft, da schien der Gedanke an ein Leben als Buchhalter ein Ziel, aufs innigste zu wünschen, um mit dem Prinzen von Dänemark zu reden.

Auf der Galerie des Elysium bewegte sich jemand. Calloway schaute auf aus seinen Zweifeln und starrte durch die schwärzliche Luft. Hatte Eddie jetzt seine Zelte dort oben in der allerletzten Reihe aufgeschlagen? Ach wo, ausgeschlossen. Schon allein deswegen, weil er nie die Zeit gehabt hätte, den ganzen Weg bis da rauf zu schaffen.

»Eddie?« rief Calloway auf gut Glück und beschirmte die Augen mit der Hand. »Bist du das?«

Er konnte die Gestalt nur vage ausmachen. Nein, nicht eine Gestalt, Gestalten. Zwei Personen schoben sich durch die hinterste Reihe und hielten auf den Ausgang zu. Egal, wer es war, Eddie war's bestimmt nicht.

»Eddie ist das nicht, oder?« sagte Calloway und drehte sich wieder zur Gartenattrappe um.

»Nein«, antwortete jemand.

Es war Eddies Stimme. Er war wieder auf der Bühne, lehnte über eine der Hecken, eine Zigarette zwischen den Lippen.

»Eddie...«

»Schon gut«, sagte der Schauspieler aufgeräumt. »Fang bloß nicht an zu kriechen. Mir absolut zuwider, 'nen feinen Typen kriechen zu sehn.«

»Mal schaun, ob wir die Krocketschläger-Pantomime irgendwo reinzwicken können«, sagte Calloway, dem viel an einer versöhnlichen Geste lag.
Eddie schüttelte den Kopf und schnippte die Asche von seiner Zigarette. »Braucht's nicht.«
»Ehrlich...«
»Hat sowieso nicht besonders gut funktioniert.«
Die Tür zur Galerie quietschte ein bißchen, als sie sich hinter den Besuchern schloß. Calloway drehte sich gar nicht erst um. Sie waren fort, egal, wer es war.

»Da war jemand im Haus heut nachmittag.«
Hammersmith schaute von den zahlenübersäten Blättern auf, über denen er brütete.
»Ach was?« Seine Augenbrauen waren Fontänen aus drahtdikkem Haar, dessen Ambitionen über ihr eigentliches Geschäft hinauszugehen schienen. In offenkundig vorgetäuschter Überraschung waren sie weit über Hammersmiths winzige Augen hinaufgezogen. Er zupfte an seiner Unterlippe.
»'ne Ahnung, wer's gewesen sein könnte?«
Hammersmith zupfte weiter und starrte den Jüngeren von unten her an, im Gesicht unverhohlene Verachtung.
»Ist das für Sie so gravierend?«
»Ich will einfach wissen, wer bei der Probe zugesehen hat, das ist alles. Ich hab' wohl ein Recht drauf, danach zu fragen.«
»Ein Recht«, sagte Hammersmith, nickte leicht und verzog seine Lippen zu einem blassen Bogen.
»Hat geheißen, daß jemand vom Nationaltheater kommt«, sagte Calloway. »Meine Agenten haben was vereinbart. Ich will einfach nicht, daß jemand reinschaut, ohne daß ich davon weiß. Besonders, wenn's wichtige Leute sind.«

Hammersmith war schon wieder in seine Zahlen vertieft. Seine Stimme klang müde. »Terry, wenn jemand von der Nationalbank auftaucht, um Ihr Kunstwerk zu besichtigen, sind Sie der erste, der's erfährt, das versprech' ich Ihnen, okay?«
Saugrober, hundsgemeiner Tonfall. Klartext: Verpiß dich, Bubi. Calloway hätte ihm liebend gern eine reingehauen.
»Bei den Proben will ich keine Zuschauer, außer ich hab's ausdrücklich genehmigt, Hammersmith. Verstanden? Und ich will wissen, wer das heute war.«
Der Geschäftsführer seufzte schwer. »Glauben Sie mir, Terry«, sagte er, »ich weiß es selber nicht. Vielleicht fragen Sie Tallulah – sie war heut nachmittag im Vordertrakt. Anzunehmen, daß sie's gesehn hat, falls jemand reingekommen ist.«
Er seufzte nochmals. »Okay... Terry?«
Calloway beließ es dabei. Er traute Hammersmith nicht über den Weg. Dem Mann war das Theater letztlich scheißegal, und er versäumte keine Gelegenheit, dies unmißverständlich klarzumachen. Jedesmal, wenn von irgendwas anderem als Geld die Rede war, verfiel er ostentativ in einen genervten Ton der Ungeduld, als wären ästhetische Belange seiner Beachtung nicht würdig. Und er hatte nur eine, übrigens penetrant verabfolgte, Bezeichnung für Schauspieler und Regisseure: Schmetterlinge. Eintagswunder. In Hammersmiths Welt war nur Geld von Bestand, und das Elysium-Theater stand auf erstklassigem Grund und Boden, aus dem ein kluger Kopf einen ordentlichen Profit rausschlagen konnte, wenn er seine Trümpfe richtig ausspielte.
Schon morgen würde er den Platz verscherbeln, wenn er's deichseln könnte, da war sich Calloway sicher. Eine Trabantenstadt wie Redditch brauchte angesichts der Wachstumsrate von Birmingham keine Theater, sie brauchte Bürobauten, Einkaufs-

zentren, Warenlager: sie brauchte, um die Stadträte zu zitieren, Wachstum durch Investition in neue Industriezweige. Sie brauchte auch erstklassiges Baugelände zur Errichtung dieser Industrieanlagen. Eine bloß auf sich gestellte Kunst konnte eine solche Zweck-und-Nutzen-Haltung nicht überleben.

Tallulah war nicht in der Pförtnerloge, ebensowenig im Foyer, und im Aufenthaltsraum auch nicht.
Durch Hammersmiths Kaltschnäuzigkeit ebenso verärgert wie durch Tallulahs Verschwinden, ging Calloway in den Zuschauerraum zurück, um dort seine Jacke aufzulesen und sich dann vollaufen zu lassen. Die Probe war vorbei, und die Schauspieler waren längst fort. Von der hintersten Reihe im Parkett aus wirkten die kahlen Hecken etwas klein. Womöglich brauchten sie noch zehn, zwanzig Zentimeter mehr. Auf der Rückseite eines Programmzettels, den er in seiner Tasche fand, machte er sich eine Notiz: *Hecken evtl. größer?*
Das Geräusch von Tritten ließ ihn aufblicken: Eine Gestalt war auf der Bühne erschienen. Aalglatter Auftritt, Bühnenhintergrund Mitte, wo die Hecken zusammenliefen. Calloway kannte den Mann nicht.
»Mr. Calloway? Mr. Terence Calloway?«
»Ja?«
Der Besucher schritt auf der Bühne nach vorn bis dorthin, wo in früheren Zeiten die Rampenlichter gewesen sein mußten; stand da und schaute in den Zuschauerraum.
»Bedaure aufrichtig, Sie in Ihrem Gedankengang gestört zu haben.«
»Macht nichts.«
»Nur auf ein Wort.«
»Mit mir?«

»Wenn's Ihnen recht ist.«
Calloway schlenderte durchs Parkett ganz nach vorn und taxierte dabei den Fremden.
Seine Bekleidung war von Kopf bis Fuß in Grautönen gehalten. Ein grauer Kammgarnanzug, graue Schuhe, graue Krawatte. Kotzvoll elegant, lautete Calloways erstes, schonungsloses Resümee. Aber der Mann gab nichtsdestoweniger eine eindrucksvolle Figur ab. Es war schwierig, sein Gesicht im Schatten der Hutkrempe genauer auszumachen.
»Gestatten Sie, daß ich mich vorstelle.«
Seine Stimme klang überzeugend, kultiviert. Ideal für Werbespots: Seifenreklame womöglich. Im Gegensatz zu Hammersmiths schlechten Manieren entfaltete die Stimme den angenehmen Hauch feiner Lebensart.
»Mein Name ist Lichfield. Ich erwarte freilich nicht, daß das einem Mann in Ihrem zarten Alter viel sagt.«
Zartes Alter: Sieh mal an! Womöglich war noch was vom Wunderkind in seinem Gesicht.
»Sind Sie Kritiker?« wollte Calloway wissen.
Das Lachen, das unter der makellos ausgebürsteten Hutkrempe hervordrang, war durchtränkt von Ironie.
»Um Himmels willen, nein«, antwortete Lichfield.
»Tut mir leid, aber dann bringen Sie mich tatsächlich in Verlegenheit.«
»Kein Grund zur Entschuldigung.«
»Waren Sie heut nachmittag im Haus?«
Lichfield überhörte die Frage. »Mir ist klar, Sie sind ein vielbeschäftigter Mann, Mr. Calloway, und ich will Ihnen nicht Ihre Zeit stehlen. Das Theater ist mein Aufgabenbereich genau wie der Ihre. Ich finde, wir sollten einander als Verbündete betrachten, auch wenn wir uns noch nie begegnet sind.«

Aha, die große Verbrüderung. Die altvertrauten Gefühlsansprüche; schon war Calloway so weit, daß er am liebsten ausgespuckt hätte. Er brauchte nur an die Zahl sogenannter Verbündeter zu denken, die ihm putzmunter in den Rücken gefallen waren, und umgekehrt an die Bühnenautoren, deren Werk er freundlich lächelnd in den Dreck gezogen hatte, und an die Schauspieler, die er mit einer beiläufigen Witzelei zerquetscht hatte. Die Verbrüderung konnte ihn mal. Du über meine Leiche, ich über deine, so war das wie in jedem überlaufenen Beruf sonst auch.
»Ich habe«, sagte Lichfield jetzt, »ein bleibendes Interesse am Elysium.« Mit einer sonderbaren Hervorhebung des Wortes ›bleibend‹. Es kam unzweideutig begräbnishaft von Lichfields Lippen: Bleib du bei mir.
»Ach was?«
»Ja, ich habe all die Jahre hindurch viele glückliche Stunden in diesem Theater verbracht, und es schmerzt mich, offen gestanden, die unangenehme Nachricht zu überbringen.«
»Was für eine Nachricht?«
»Mr. Calloway, ich muß Sie davon in Kenntnis setzen, daß Ihre ›Was-ihr-wollt‹-Inszenierung die letzte Produktion ist, die das Elysium erleben wird.«
Diese Behauptung kam gar nicht so überraschend, aber sie tat trotzdem weh, und das innerliche Zusammenzucken mußte sich auf Calloways Gesicht abgezeichnet haben.
»Ach ... dann haben Sie es also nicht gewußt. Dacht' ich mir. Sie halten die Künstler immer in Unwissenheit, nicht? Das ist eine Genugtuung, auf die die apollinischen Vernünftlinge wohl nie verzichten werden. Die Rache des Buchhalters.«
»Hammersmith«, sagte Calloway.
»Hammersmith.«

»Dreckskerl.«
»Seinesgleichen darf man niemals trauen, aber das brauche ich Ihnen wohl kaum zu sagen.«
»Sind Sie sich mit der Schließung ganz sicher?«
»Asolut. Noch morgen würde er sie durchziehn, wenn er könnte.«
»Aber warum eigentlich? Ich hab' Stoppard hier gemacht, Tennessee Williams – immer vor gut besetzten Häusern gespielt. Es ergibt keinen Sinn.«
»Finanziell ergibt es einen bewundernswürdigen Sinn, fürchte ich, und wenn man in Zahlen denkt wie Hammersmith, dann ist gegen simple Rechnerei kein Kraut gewachsen. Das Elysium wird alt. Wir *alle* werden alt. Wir knarzen. Wir spüren unser Alter in den Gelenken: Unwillkürlich treibt es uns, uns niederzulegen und für immer dahinzugehen.«
Dahinzugehen: Die Stimme wurde melodramatisch leiser, ein sehnsuchtsvolles Geflüster.
»Wieso wissen Sie das alles?«
»Ich war viele Jahre Vermögensverwalter des Theaters, und seit meinem Ausscheiden habe ich es mir zur Aufgabe gemacht, die – wie sagt man wieder? – die Augen überall zu haben. Es ist schwierig heutzutage, all die Triumphe, die diese Bühne gesehen hat, heraufzubeschwören...«
Seine Stimme verlor sich in Träumerei. Es schien wahr zu sein, keine Effekthascherei.
Dann noch einmal geschäftsmäßig: »Dies Theater steht unmittelbar vor seinem Ableben. Sie werden bei den Sterberiten zugegen sein, ohne daß Sie persönlich Schuld trifft. Ich hatte das Gefühl, man dürfe Sie nicht... unvorbereitet lassen.«
»Bedanke mich. Ich weiß das zu schätzen. Sagen Sie, waren Sie selber irgendwann mal Schauspieler?«

»Wie kommen Sie darauf?«
»Wegen Ihrer Stimme.«
»Pathetisch bis zum Gehtnichtmehr, ich weiß. Mein wunder Punkt, fürchte ich. Ich kann kaum eine Tasse Kaffee bestellen, ohne daß es sich anhört wie Lear im Sturm.«
Er lachte herzlich, auf seine Kosten. Der Bursche wurde Calloway langsam sympathisch. Womöglich sah er ein wenig angestaubt aus, vielleicht sogar ein bißchen lächerlich, aber sein Verhalten hatte etwas ungebrochen Radikales, das Calloways Einbildungskraft fesselte. Lichfield brauchte seine Liebe zum Theater nicht zu rechtfertigen, im Gegensatz zu so vielen in dieser Branche, die in Ermanglung eines Bessern notgedrungen auf den Brettern standen, ihre Seele aber dem Film verschrieben hatten.
»Ich habe, muß ich gestehen, ein wenig in der hohen Kunst herumgestümpert«, vertraute ihm Lichfield an. »Aber mir fehlt dazu einfach das Stehvermögen, fürchte ich. Meine Frau hingegen...«
Frau? Calloway war überrascht: Lichfield hatte also tatsächlich einen Funken Heterosexualität im Leib.
»...meine Frau Constantia hat hier bei einer Anzahl Okkasionen gespielt, und sehr erfolgreich, will ich meinen. Freilich vor dem Krieg.«
»Jammerschade, den Platz zuzumachen.«
»In der Tat. Aber hier wird kein Deus ex machina auftauchen, fürchte ich. Innerhalb von sechs Wochen wird das Elysium ein Schutthaufen sein, und damit ist dann alles aus. Ich wollte Sie nur wissen lassen, daß es andere, mit den kraß kommerziellen gar nicht vergleichbare Interessen an dieser Abschiedsinszenierung gibt. Betrachten Sie uns als Schutzengel. Wir wünschen Ihnen nur Gutes, Terence...«

Eine echte, ohne Umschweife geäußerte Gefühlsregung. Calloway war von der Anteilnahme dieses Mannes gerührt und auch ein bißchen gedemütigt. Sie rückte seine eigenen Sprungbrettambitionen in ein wenig schmeichelhaftes Licht.
Lichfield fuhr fort: »Uns liegt daran, daß dieses Theater seine Tage in angemessenem Stil beschließt und dann einen anständigen Tod stirbt.«
»Elende Schande.«
»Viel zu spät zur Reue. Wir hätten Dionysos nie zugunsten Apollos aufgeben sollen.«
»Was?«
»Uns nie an die Buchhalter verkaufen sollen, an die Vertreter von Rechtmäßigkeit und Folgerichtigkeit, an solche wie Hammersmith, dessen Seele, wenn er eine hat, so groß sein muß wie mein Fingernagel und grau wie ein Läuserücken. Wären wir doch, so meine ich, so mutig gewesen, wie man uns schildert: im Dienst der Dichtkunst unter den Sternen leben.«
Calloway konnte den Anspielungen nicht ganz folgen, aber er erfaßte die Grundtendenz und respektierte den Standpunkt. Von links hinter der Bühne her zerschnitt Dianes Stimme wie ein Plastikmesser die erhabene Atmosphäre.
»Terry? Bist du hier?«
Der Bann war gebrochen. Erst als diese andere Stimme sich zwischen sie drängte, wurde sich Calloway bewußt, wie hypnotisch Lichfields Gegenwart gewesen war. Ihm zu lauschen gab einem das Gefühl, in wohlbekannten Armen gewiegt zu werden. Lichfield trat zum Rand der Bühne und senkte seine Stimme zu einem verschwörerischen Schnarren.
»Noch ein letztes, Terence...«
»Ja?«
»Ihre Viola. Sie verzeihen, wenn ich ausdrücklich darauf hin-

weise, aber ihr fehlen die besonderen Qualitäten, die für diese Rolle erforderlich sind.«

Calloway ließ sich Zeit.

»Ich weiß«, fuhr Lichfield fort, »daß in solchen Fällen persönliche Loyalität die Aufrichtigkeit verhindert.«

»Nein«, antwortete Calloway, »Sie haben recht. Aber sie ist populär.«

»Das war die Bärenhatz auch, Terence.«

Ein strahlendes Lächeln breitete sich unter der Hutkrempe aus und hing in dem Schatten wie ein beknacktes Grinsen.

»Ich mache nur Spaß«, sagte Lichfield. Sein Schnarren war jetzt ein Glucksen. »Bären haben ihre Reize.«

»Ach, da bist du ja, Terry.«

Diane tauchte zwischen den Kulissenhängern auf, zu aufwendig angezogen wie gewöhnlich. Sicher stand eine peinliche Gegenüberstellung bevor Aber Lichfield schlenderte die falsche Perspektive der Hecken entlang zum Bühnenhintergrund davon.

»Hier bin ich«, sagte Terry.

»Mit wem hast du gerade geredet?«

Lichfield war abgegangen, so aalglatt und leise, wie er eingetreten war. Diane hatte ihn nicht gesehen.

»War nur ein Engel«, sagte Calloway.

Die erste Kostümprobe war, wenn man alles in Betracht zog, nicht so schlecht, wie Calloway es befürchtet hatte: sie war noch tausendmal schlechter. Stichworthilfen gingen unter, Requisiten wurden verlegt, Auftritte verpaßt; die komischen Pantomimen wirkten an den Haaren herbeigezogen und schwerfällig, die Darstellung entweder hoffnungslos überfrachtet oder oberflächlich. Dies war eine *»Was-ihr-wollt«*-

Inszenierung, die sich über ein ganzes Jahr hinzuziehen schien. Nach ungefähr der Hälfte des dritten Aktes schaute Calloway flüchtig auf seine Uhr und stellte fest, daß eine ungekürzte Aufführung von »Macbeth« (samt Pause) jetzt bereits zu Ende gewesen wäre.

Er saß im Parkett, den Kopf in die Hände vergraben, und dachte darüber nach, wieviel Arbeit ihm noch bevorstand, wenn er diese Inszenierung halbwegs anständig über die Bretter bringen wollte. Auch bei dieser Produktion waren es die Besetzungsprobleme, mit denen er wieder einmal aufgeschmissen war. Stichworthilfen konnte man fixieren, die Requisiten proben, Auftritte so lang durchspielen, bis sie sich ins Gedächtnis eingeprägt hatten, aber ein schlechter Schauspieler bleibt ein schlechter Schauspieler bleibt ein schlechter Schauspieler. Bis zum Jüngsten Tag könnte er mühevoll polieren und feilen, und trotzdem würde unmöglich ein Diamant aus so einem Kieselstein, wie die Duvall einer war.

Mit der Geschicklichkeit eines Akrobaten brachte sie es zustande, jede Bedeutsamkeit zu unterlaufen, jede Gelegenheit, das Publikum zu rühren, außer acht zu lassen, jede Nuance zu vermeiden, die der Autor für sie vorgesehen hatte. Es war eine in ihrer Verfehltheit heroische Darstellung, die die subtile Charakterzeichnung, die Calloway zu entwickeln sich bemüht hatte, zum Gewinsel auf nur einer Note zusammenstutzte. Diese Viola war steriler Soap-opera-Papp, weniger menschlich als die Hecken und in etwa so grün.

Die Kritiker würden sie in der Luft zerreißen.

Schlimmer noch, Lichfield würde enttäuscht sein. Zu seiner beträchtlichen Überraschung hatte der starke Eindruck von Lichfields Erscheinung sich nicht verringert; Calloway konnte dieses schauspielerhafte Sich-in-Szene-Setzen, diese poseurhafte Gestik, diese rhetorische Suada nicht vergessen. Das hatte ihn tiefer berührt, als er einzugestehen bereit war, und die Vorstellung, daß sein »Was ihr wollt« mit dieser Viola den Schwanengesang des von Lichfield heißgeliebten Elysiums abgeben sollte, beunruhigte und beschämte ihn. Es kam ihm irgendwie undankbar vor.

Oft genug war er vor den Bürden, die ein Regisseur zu tragen hat, gewarnt worden, lange bevor er noch ernsthaft in den Beruf hineingeschlittert war. Sein geschätzter, dahingeschiedener Guru am Actor's Centre, Wellbeloved (jener mit dem Glasauge), hatte Calloway von Anfang an eingeschärft: »Ein Regisseur ist die einsamste Kreatur auf Gottes Erdboden. Er weiß, was gut und schlecht ist in einer Aufführung, zumindest sollte er es, wenn er seinen Namen verdient, und er muß diese Kenntnis mit sich herumschleppen und zugleich Haltung bewahren nach außen.«

Das war ihm damals nicht so schwierig vorgekommen.

»In diesem Job geht's nicht um Erfolg«, sagte Wellbeloved gern, »es geht darum zu lernen, daß man nicht auf die Schnauze fällt.« Ein guter Rat, wie sich herausstellte. Er sah Wellbeloved noch vor sich,wie er diese Weisheit quasi auf dem Tablett servierte, sein Glatzkopf schimmerte, und sein echtes Auge glitzerte vor zynischem Entzücken. Niemand auf der Welt, so hatte Calloway damals gedacht, liebte das Theater leidenschaftlicher als Wellbeloved, und bestimmt gab es keinen, der seine Anmaßungen vernichtender kritisierte.

Es war fast ein Uhr früh, bis sie endlich den erbärmlichen Probedurchlauf hinter sich und die kritischen Anmerkungen abgehakt hatten; vermotzt und aufeinander sauer gingen sie auseinander, in die Nacht hinaus. Calloway wollte heute keinen von ihnen zur Gesellschaft: kein spätes Gesaufe auf der einen oder andern Bude, keine wechselseitige Ego-Massage. Er war völlig von einer melancholischen Stimmung umfangen, und weder Wein noch Weib noch Gesang würden sie vertreiben. Er brachte es kaum über sich, Diane in die Augen zu sehen. Die kritischen Bemerkungen ihr gegenüber, die er vor dem übrigen Ensemble ausposaunte, waren ätzend gewesen. Freilich würden sie nicht viel nutzen.

Im Foyer stieß er auf Tallulah; sie war noch hellwach, obwohl die Bettgehzeit für alte Damen längst vorbei war.

»Schließen Sie zu heut nacht?« fragte er sie, mehr um bloß was zu sagen, als daß es ihn wirklich interessiert hätte.

»Ich schließe immer zu«, sagte sie. Sie war weit über siebzig: zu alt für ihren Job an der Theaterkasse, aber zu zäh auf ihn fixiert, als daß man sie leicht hätte entlassen können. Aber schließlich war das jetzt alles rein theoretisch geworden, oder? Er hätte gern gewußt, wie sie reagieren würde, wenn sie das von der Schließung erführe. Wahrscheinlich hätte es ihr das zerbrechliche Herz abgedrückt. Hatte ihm nicht Hammersmith einmal erzählt, daß Tallulah schon als Mädchen, seit ihrem fünfzehnten Lebensjahr, hier am Theater war?

»Also, gute Nacht, Tallulah!«

Sie bedachte ihn wie immer mit einem winzigen Nicken. Dann streckte sie die Hand aus und faßte ihn am Arm.

»Ja?«

»Mr. Lichfield...« fing sie an.

»Was ist mit Mr. Lichfield?«

»Die Probe hat ihm nicht gefallen.«

»War er heute nacht im Haus?«

»Ja doch«, antwortete sie, als wäre Calloway ein Trottel, weil er das Gegenteil für möglich hielt. »Natürlich war er im Haus.«

»Hab' ihn nicht gesehn.«
»Weil... Ach nichts! Er war nicht sehr angetan.«
Calloway versuchte, gleichgültig zu wirken. »Da kann man nichts machen.«
»Ihre Inszenierung liegt ihm sehr am Herzen.«
»Ich nehm's zur Kenntnis«, sagte Calloway und wich Tallulahs vorwurfsvollen Blicken aus. Es gab – auch ohne das Genörgel ihrer enttäuschten Stimme in seinen Ohren – wirklich genug, was ihn heute nacht nicht schlafen lassen würde.
Er löste seinen Arm und steuerte auf die Tür zu. Tallulah machte keinen Versuch, ihn aufzuhalten. Sie sagte nur: »Sie hätten Constantia sehen sollen.«
Constantia? Wo hatte er den Namen schon gehört? Natürlich, Lichfields Frau.
»Sie war eine wunderbare Viola.«
Er war zu müde für dieses Rumgeschmachte über tote Schauspielerinnen. Sie war doch tot, oder? Er hatte gesagt, sie ist tot, oder?
»Wunderbar«, sagte Tallulah nochmals.
»Gute Nacht, Tallulah! Bis morgen!«
Die alte Schreckschraube antwortete nicht. Wenn sie wegen seiner brüsken Tour beleidigt war – bitteschön! Er überließ sie ihrem Gemäkle und trat auf die Straße hinaus.
Es war Ende November und frostig kühl. Kein Balsamduft in der Nachtluft, nur der Teergeruch einer frisch asphaltierten Straße und Sandpartikel im Wind. Calloway stellte den Jackenkragen auf und eilte fort zu Murphys Garni, einer ziemlich fragwürdigen Zufluchtsstätte.
Im Foyer kehrte Tallulah der Kälte und Dunkelheit da draußen den Rücken zu und schlurfte in den Tempel der Träume zurück. Er roch jetzt so todmüde: muffig von Abnutzung und

Alter wie ihr eigener Körper. Es war an der Zeit, den natürlichen Prozessen ihren Tribut zu zollen; es hatte keinen Zweck, die Dinge über die ihnen zugeteilte Lebensspanne hinausschieben zu lassen. Auf Gebäude traf dies genauso zu wie auf Menschen. Aber das Elysium sollte so sterben, wie es gelebt hatte, in Glanz und Gloria.

Ehrerbietig zog sie die roten Vorhänge zurück, die die Porträts in dem Gang bedeckten, der vom Foyer zum Parkett führte. Barrymore, Irving: große Namen und große Schauspieler. Fleckige und verblaßte Bilder vielleicht, aber die Erinnerungen waren so klar und erfrischend wie Quellwasser. Und am Ehrenplatz, als letztes in der Reihe, ein Porträt von Constantia Lichfield. Ein Gesicht von überirdischer Schönheit; eine Figur und Gelenke, um einen Anatom in Tränen der Rührung ausbrechen zu lassen.

Freilich war sie für Lichfield viel zu jung gewesen, und das hatte auch zu der ganzen Tragödie mit beigetragen. Lichfield der Svengali, ein Mann, doppelt so alt wie sie, war in der Lage gewesen, seiner strahlenden Schönen alles zu geben, was sie begehrte: Ruhm, Geld, Gesellschaft. Alles bis auf die Gabe, derer sie am meisten bedurfte: das Leben selbst.

Sie starb, noch bevor sie zwanzig war, an Brustkrebs. So jäh hinweggerafft, daß es noch immer schwerfiel zu glauben, daß sie dahin war.

Tallulahs Augen füllten sich mit Tränen, als sie sich an dies verlorene und ungenützte Genie erinnerte. So vielen Rollen hätte Constantia, wäre sie verschont geblieben, Glanz verliehen: Cleopatra, Hedda, Rosalind, Elektra...

Aber es sollte nicht sein. Sie war dahingeschieden, ausgelöscht wie eine Kerze im Orkan, und für die Hinterbliebenen wurde das Leben ein langsamer und freudloser Marsch durch ein kaltes Land. Manchmal morgens, wenn sich der neue Tagesanbruch langsam regte, drehte sich Tallulah auf die andere Seite und betete darum, im Schlaf zu sterben.

Die Tränen blendeten sie jetzt völlig, ihr Gesicht war klitschnaß. Und, mein Gott, da stand jemand hinter ihr, wahrscheinlich Mr. Calloway, der noch irgendwas wollte – und sie hier, beinah aufgelöst vor Schluchzen, benahm sich wie die dämliche Alte, für die er sie, wie sie gut wußte, hielt. Was verstand ein junger Mann wie er von der Qual der Jahre, vom tiefen Schmerz unwiederbringlichen Verlustes? Dies würde noch eine Weile auf sich warten lassen. Nicht so lang, als er dachte, aber trotzdem noch eine Weile.

»Tallie«, sagte jemand.

Sie wußte, wer es war. Richard Walden Lichfield. Sie drehte sich um, und er stand keine zwei Meter von ihr entfernt, nach wie vor die vornehme Erscheinung eines Mannes, wie sie ihn seit je in Erinnerung hatte. Er mußte zwanzig Jahre älter sein als sie, schien aber vom Alter ungebeugt. Sie schämte sich wegen ihrer Tränen.

»Tallie«, sagte er freundlich, »ich weiß, es ist ein bißchen spät, aber ich war der Meinung, du würdest sicher noch gern guten Tag sagen.«

»Guten Tag?«

Die Tränen versiegten, und jetzt sah sie Lichfields Begleitperson. Sie stand, teilweise im Dunkeln, ungefähr einen ehrerbietigen halben Meter hinter ihm. Die Gestalt trat aus Lichfields Schatten heraus, eine leuchtende, zartgelenkige Schönheit, die Tallulah so unschwer erkannte wie ihr eigenes Spiegelbild. Die Zeit brach in Stücke, und die Vernunft entfloh der Welt. Ersehnte Gesichter waren plötzlich wieder da, um die leeren Nächte zu erfüllen und einem müde gewordenen Leben neue

Hoffnung anzubieten. Warum sollte sie an der Beweiskraft ihrer Augen zweifeln?
Es war Constantia, die strahlenschimmernde Constantia, die ihren Arm durch den Lichfields schlang und Tallulah mit ernstem Nicken begrüßte.
Teure, tote Constantia.

Die vorletzte Probe war für nächsten Morgen halb zehn angesetzt. Diane Duvalls Auftritt verspätete sich wie immer um eine halbe Stunde. Sie sah aus, als hätte sie die ganze Nacht nicht geschlafen.
»'tschuldigung wegen der Verspätung«, sagte sie, und ihre offenen Vokale drangen den Mittelgang entlang nach vorn zur Bühne.
Calloway war in keiner Weise zum Schuheküssen aufgelegt.
»Wir haben morgen 'ne Premiere«, fegte er sie an, »und alle haben deinetwegen warten müssen.«
»Wirklich?« tremolierte sie und versuchte, entwaffnend zu sein. Es war zu früh am Morgen, und der Effekt fiel auf steinigen Boden.
»Also dann, wir gehn alles von Anfang an durch«, kündigte Calloway an, »und daß bitte jeder von euch seinen Text zur Hand hat und was zum Schreiben. Ich hab' ein paar Streichungen vor, und ich möchte, daß sie bis zur Mittagspause sitzen. Ryan, hast du das Soufflierbuch da?«
Einer hastigen Rücksprache im Inspizientenbüro folgte die entschuldigende Verneinung Ryans.
»Dann besorg es dir! Und ich will von niemand irgendwelche Beschwerden hören, wir sind schon spät dran. Der Durchlauf letzte Nacht war 'ne Totenwache, keine Aufführung. Einsätze und Zusammenspiel haben ewig gedauert; die Pantomimen

waren ein wüstes Gestopple. Ich werde streichen, und es wird bestimmt kein Honiglecken.«

Das war es dann wirklich nicht. Die Beschwerden kamen trotz des Verbots, die Einwände, die Kompromißvorschläge, die sauren Mienen und hingenuschelten Beschimpfungen. Calloway wäre lieber an den Zehen von einem Trapez gebaumelt, als vierzehn schwer überreizte Leute durch ein Stück zu lotsen, das zwei Drittel von ihnen kaum verstanden und mit dem das letzte Drittel nicht die Bohne anzufangen wußte. Es tötete einem den Nerv.

Verschlimmert wurde das Ganze noch dadurch, daß er die ganze Zeit über die stechende Empfindung hatte, beobachtet zu werden, obwohl der Zuschauerraum von der Galerie bis zur ersten Parkettreihe leer war. Womöglich hatte Lichfield irgendwo ein Guckloch, dachte er. Doch dann verwarf er die Vorstellung als erstes Anzeichen aufkeimenden Verfolgungswahns. Endlich dann Mittagspause.

Calloway wußte, wo Diane zu finden war, und er bereitete sich auf die Szene vor, die er mit ihr durchspielen mußte: Vorwürfe, Tränen, Versicherung ungebrochenen Vertrauens, nochmals Tränen, Aussöhnung, Standardformat.

Er klopfte an die Tür der Stargarderobe.

»Wer ist draußen?«

Weinte sie bereits, oder grummelte sie in ein Glas mit trostspendendem Inhalt?

»Ich bin's.«

»Ah.«

»Kann ich rein?«

»Ja.«

Sie hatte eine Flasche Wodka, guten Wodka, und ein Glas. Bis jetzt keine Tränen.

»Ich bring' überhaupt nichts, oder?« sagte sie, kaum hatte er die Tür hinter sich zugemacht. Ihre Augen bettelten um Widerspruch.
»Red keinen Unsinn!« wich er aus.
»Mit Shakespeare bin ich nie klargekommen«, schmollte sie, als ob der Barde schuld dran wäre. »All diese bekackten Wörter.« Gewitter am Horizont, er sah es sich zusammenbrauen.
»Alles halb so wild«, log er und legte den Arm um sie. »Du brauchst nur noch ein bißchen Zeit.«
Ihr Gesicht umwölkte sich. »Morgen ist Premiere«, sagte sie tonlos. »Sie werden mich in Stücke reißen, nicht?«
Er wollte nein sagen, aber seine Zunge hatte einen unvermuteten Anfall von Ehrlichkeit.
»Ja. Außer...«
»Ich trete nie wieder auf, nicht? Harry hat mir das eingeredet, dieser verdammte, schwachsinnige Jude: gut für mein Image, hat er gesagt. Würd' dadurch zwangsläufig etwas mehr Kontur bekommen, hat er gesagt. Was weiß der schon? Steckt seine dreckigen zehn Prozent ein, und ich hab' die Sache am Hals. Steh' da wie der allerletzte Idiot, nicht?«
Bei der Vorstellung, wie ein Idiot dazustehen, brach das Unwetter los. Das war kein leichter Schauer: Es handelte sich, wenn es überhaupt mit etwas zu vergleichen war, um einen Wolkenbruch. Er tat, was er konnte, aber er tat sich schwer. Die Perlen seiner Weisheit gingen unter in ihrem allzulauten Schluchzen. Also küßte er sie ein wenig, wie es die Pflicht eines jeden anständigen Regisseurs war, und (o Wunder) auf diese Art war es anscheinend zu schaffen. Er vollführte die Prozedur mit etwas mehr Feuer, seine Hände verirrten sich zu ihren Brüsten, stöberten unter ihrer Bluse nach ihren Brustwarzen und spielten an ihnen mit Daumen und Zeigefinger.

Das wirkte Wunder. Hie und da lugte jetzt die Sonne zwischen den Wolken hervor; sie schniefte, schnallte ihm den Gürtel auf und ließ seine Hitze die letzten Regentropfen auftrocknen. Seine Finger fanden den Spitzensaum ihres Höschens, und sie seufzte auf, als er sich vorantastete, sanft, aber nicht zu sanft, hartnäckig, aber keinesfalls zu hartnäckig. Im Eifer des Gefechts stieß sie irgendwann die Wodkaflasche um, aber sie hatten beide keine Lust aufzuhören und sie abzufangen. Also ergoß sie sich vom Tischrand auf den Boden und kontrapunktierte Dianes Anweisungen sowie sein Gekeuch.

Da öffnete sich die verdammte Tür, und ein Luftzug kühlte den strittigen Punkt zwischen ihnen.

Calloway wollte sich umdrehen, bemerkte dann seinen offenen Gürtel und blickte, um den Eindringling zu Gesicht zu bekommen, in den Spiegel hinter Diane. Es war Lichfield. Mit ausdrucksloser Miene schaute er Calloway direkt an.

»Verzeihung. Ich hätte anklopfen sollen.«

Seine Stimme war geschmeidig wie Schlagsahne und verriet nicht das geringste Flackern einer Verlegenheit. Calloway schnallte den Gürtel zu und wandte sich an Lichfield; seine hochroten Wangen hätte er verwünschen können.

»Ja... hätt' sich schon gehört«, sagte er.

»Bitte nochmals um Entschuldigung. Ich hätte gern kurz mit Ihrem...«, Lichfields Augen, so tiefliegend, daß sie unergründlich blieben, waren auf Diane gerichtet, »...Ihrem Star gesprochen.«

Calloway konnte praktisch fühlen, wie sich Dianes Ego bei diesem Wort aufblähte. Diese Art Annäherung verwirrte ihn: Hatte Lichfield eine Hundertachtzig-Grad-Wendung gemacht? Kam er als reuiger Bewunderer zurück, um zu Füßen der Erhabenheit auf den Knien zu liegen?

»Wär es wohl möglich, mit der Lady ein Wort unter vier Augen zu reden? Es läge mir viel dran«, fuhr die sanfte Stimme fort.
»Also, wir wollten gerade...«
»Selbstverständlich«, unterbrach ihn Diane. »Wenn Sie sich nur einen Augenblick gedulden möchten, ja?«
Sofort hatte sie die Situation im Griff, die Tränen waren vergessen.
»Ich warte solange draußen«, sagte Lichfield und entfernte sich bereits.
Noch bevor er die Tür hinter sich zugemacht hatte, war Diane vor dem Spiegel und fuhr mit dem kleenexumwickelten Finger den Lidrand entlang, um ein Rinnsal Wimperntusche zum Verschwinden zu bringen.
»Richtig wohltuend«, gurrte sie, »auch mal 'nen Verehrer zu haben. Kennst du ihn?«
»Heißt Lichfield«, informierte sie Calloway, »er war früher Vermögensverwalter des Theaters.«
»Vielleicht will er mir ein Angebot machen.«
»Bezweifle ich.«
»Ach, sei doch kein solches Ekel, Terence!« zischte sie. »Kannst es bloß nicht ertragen, wenn man außer dir auch mal jemand anderen interessant findet, oder?«
»Hast ja so recht.«
Sie prüfte ihre Augen.
»Wie seh' ich aus?« fragte sie.
»Bestens.«
»Tut mir leid wegen vorhin.«
»Vorhin?«
»Weißt schon.«
»Äh... ja.«
»Seh' dich dann im Pub, okay?«

Offensichtlich wurde er kurz und bündig entlassen, seine Rolle als Liebhaber oder Vertrauter war nicht mehr gefragt.
Lichfield wartete geduldig auf dem kalten Flur vor der Garderobe. Obwohl die Beleuchtung hier besser war als auf der schlecht erhellten Bühne und auch der Abstand zwischen ihnen geringer war als gestern abend, konnte Calloway das Gesicht unter der weiten Hutkrempe noch immer nicht so recht ausmachen. Irgendwas an Lichfields Zügen war – was raunte der Gedanke da in seinem Kopf? – war künstlich. Das Fleisch seines Gesichts bewegte sich nicht wie ein ineinandergreifendes System aus Muskeln und Sehnen, es war zu starr, zu rosa, fast wie Narbengewebe.
»Sie ist noch nicht ganz soweit«, sagte Calloway.
»Sie ist eine entzückende Frau«, säuselte Lichfield.
»Ja.«
»Kann Ihnen nicht verdenken...«
»Hm.«
»Aber sie ist keine Schauspielerin.«
»Sie wollen sich doch nicht etwa einmischen, Lichfield? Das würde ich nicht zulassen.»
»Aber nie und nimmer!«
Der voyeuristische Spaß, den Lichfield offenkundig an seiner Verlegenheit gehabt hatte, machte Calloway weniger ehrerbietig als bisher.
»Bringen Sie sie mir ja nicht durcheinander...«
»Wir ziehen beide am gleichen Strang, Terence. Mir liegt einzig und allein am glücklichen Fortgang dieser Inszenierung, glauben Sie mir. Wie könnte man unter solchen Umständen von mir annehmen, daß ich Ihre Hauptdarstellerin in Aufregung versetze? Ich werde so sanft wie ein Lamm sein, Terence.«

»Ganz gleich, was Sie sind«, kam die gereizte Antwort, »ein Lamm sind Sie nicht.«
Wieder erschien das Lächeln auf Lichfields Gesicht, wobei sich das Gewebe um seinen Mund lediglich dehnte, um so seinem Ausdruckswillen nachzukommen.
Calloway zog sich ins Pub zurück und hatte unablässig diese Sichel räuberischer Zähne vor Augen; er war beunruhigt, ohne daß er wirklich hätte sagen können, weshalb.

In der Spiegelkammer ihrer Garderobe war Diane Duvall gerade mit den Vorbereitungen für ihren Auftritt so gut wie fertig.
»Sie können jetzt reinkommen, Mr. Lichfield«, verkündete sie.
Noch ehe die letzte Silbe seines Namens auf ihren Lippen verklungen war, stand er in der Tür. »Miss Duvall.« Er verbeugte sich vor ihr, leicht und voller Hochachtung.
Sie lächelte; so galant.
»Können Sie mir mein Hereinplatzen von vorhin nochmal verzeihen?«
Sie machte auf schüchtern-spröd; das brachte die Männer immer zum Schmelzen. »Mr. Calloway...«, fing sie an.
»Ein sehr hartnäckiger junger Mann, könnte ich mir denken.«
»Ja.«
»Und scheut sich womöglich nicht, seiner Hauptdarstellerin ganz angelegentlich den Hof zu machen?«
Sie runzelte ein wenig die Stirn; wo die ausgezupften Bögen ihrer Brauen zusammenliefen, tanzte eine Falte.
»Ich fürchte, ja.«
»Alles andere als professionell«, sagte Lichfield. »Aber, Sie verzeihen – ein nur zu begreifliches Faible.«
Wie auf der Bühne bewegte sie sich von ihm weg, zur Beleuch-

tung ihres Spiegels. Sie wußte, daß die Lampen, wenn sie sich jetzt umdrehte, ihr Haar noch vorteilhafter von hinten anstrahlen würden.

»Also, Mr. Lichfield, was kann ich für Sie tun?«

»Es handelt sich, ehrlich gesagt, um eine delikate Angelegenheit«, sagte Lichfield. »Die bittere Wahrheit ist, daß – wie soll ich sagen? – Ihre Talente dieser Inszenierung nicht im besten Sinne zuträglich sind. Ihrem Stil fehlt es an Delikatesse.«

Sekundenlanges Schweigen. Sie schniefte, dachte über die Tragweite der Bemerkung nach und bewegte sich dann aus dem Bühnenmittelpunkt Richtung Tür. Die Art, wie sich diese Szene angelassen hatte, gefiel ihr ganz und gar nicht. Da erwartete sie einen Bewunderer, und statt dessen rückte ihr ein Kritiker auf die Pelle.

»Raus!« sagte sie mit einer Stimme wie aus Schiefer.

»Miss Duvall...«

»Ich wiederhole mich nicht gern.«

»Sie fühlen sich nicht besonders wohl als Viola, oder?« fuhr Lichfield fort, als hätte der Star nichts gesagt.

»Das geht Sie einen Dreck an«, fauchte sie zurück.

»Das tut es doch. Ich habe die Proben gesehen. Sie waren nicht überzeugend, ohne innere Wärme. Die Komödie ist geistlos, die Wiedervereinigungsszene, die uns zutiefst erschüttern sollte, bleiern schwerfällig.«

»Hab' Sie nicht nach Ihrer Meinung gefragt, danke.«

»Sie haben keinen Stil...«

»Verpissen Sie sich!«

»Keine persönliche Ausstrahlung und keinen Stil. Mit Sicherheit sind Sie am Fernseher die Ausstrahlung persönlich, aber die Bühne verlangt eine besondere Wahrhaftigkeit, eine Beseeltheit, die Ihnen, offen gestanden, abgeht.«

Die Szene heizte sich langsam auf. Sie wollte ihm eine reinhauen, aber sie konnte keinen geeigneten Beweggrund dafür finden. Sie konnte diesen verwelkten Poseur unmöglich ernst nehmen. Er paßte mehr ins Musical als ins Rührstück, mit seinen schnieken grauen Handschuhen und seiner schnieken grauen Krawatte. Doofe, giftige Schwuchtel, was wußte er schon von Schauspielerei?

»Raus hier, bevor ich den Inspizienten rufe!« sagte sie, aber er trat zwischen sie und die Tür.

Eine Vergewaltigungsszene? War's das, was sie spielten? War er scharf auf sie? Gott bewahre!

»Meine Frau«, sagte er jetzt, »hat die Viola gespielt...«

»Wie schön für sie.«

»...und sie ist der Ansicht, daß sie die Rolle mit ein bißchen mehr Leben erfüllen könnte als Sie.«

»Wir haben morgen Premiere«, antwortete sie unwillkürlich, als wolle sie ihr Vorhandensein verteidigen. Warum, verdammt, versuchte sie überhaupt, vernünftig mit ihm zu reden? Rumpelt hier rein und macht diese abscheulichen Bemerkungen. Womöglich, weil sie ein bißchen Angst hatte. Jetzt, aus der Nähe, roch sein Atem nach teurer Schokolade.

»Sie kann die Partie auswendig.«

»Es ist meine Rolle. Und ich spiele sie auch. Ich spiele sie, selbst wenn ich die schlechteste Viola in der Geschichte des Theaters bin, klar?« Sie versuchte, die Fassung zu bewahren, aber es fiel ihr schwer. Irgendwas an ihm machte sie nervös. Es war nicht Gewalt, was sie befürchtete: aber irgend etwas fürchtete sie.

»Bedauerlicherweise habe ich den Part schon meiner Frau versprochen.«

»Was?« Fast fielen ihr die Augen raus bei dieser Unverschämtheit.

»Und Constantia übernimmt die Rolle.«
Sie lachte über den Namen. Womöglich war dies hier letztlich doch hochgestochene Komödie. Irgendwas von Shirdan oder Wilde, kesses, ätzendes Zeug. Aber er sprach mit solch absoluter Gewißheit. *Constantia übernimmt die Rolle;* als ob die ganze Sache schon gelaufen wäre.
»Ich will da nicht mehr drüber reden, Sie Knacker, wenn also Ihre Frau die Viola spielen möchte, dann muß sie's eben draußen, auf der bekackten Straße tun. Klar?«
»Sie wird morgen in der Premiere spielen.«
»Sind Sie taub oder blöd oder beides?«
Aufgepaßt, sagte ihr eine innere Stimme, du übertreibst dein Spiel, die Szene gerät dir außer Kontrolle.
Er trat auf sie zu, und die Spiegelbeleuchtung brachte das Gesicht unter der Krempe ganz zum Vorschein. Sie hatte nicht sorgfältig genug hingeschaut, als er sich zum erstenmal zeigte: Jetzt sah sie die tief eingegrabenen Linien, die Einsackungen um seine Augen und seinen Mund. Das war kein Fleisch, da war sie ganz sicher. Er trug aufgeklebte Latexteile, und sie saßen nur schlecht über den entsprechenden Stellen. Die Hand zuckte ihr fast vor Verlangen, danach zu greifen und sein wirkliches Gesicht aufzudecken.
Aber ja. Das war es! Die Szene, die sie spielte, hieß die Entlarvung.
»Mal schaun, wen wir da vor uns haben«, sagte sie, und ihre Hand war an seiner Wange, bevor er sie zurückhalten konnte. Sein Lächeln wurde noch breiter, während sie ihn angriff. Er will es nicht anders, dachte sie, aber es war zu spät für Skrupel oder Beschönigungen. Ihre Fingerspitzen hatten den Maskensaum am Rand seiner Augenhöhle gefunden und hakten dahinter, um sich besseren Halt zu verschaffen. Ruckartig zog sie an.

Die dünne Latexmaske löste sich, und seine wahre Physiognomie wurde rückhaltlos zur Schau gestellt. Diane versuchte zurückzuweichen, aber seine Hand war in ihrem Haar. Ihr blieb nur übrig, in dies fast fleischlose Gesicht hinaufzusehen. Hie und da kringelten sich ein paar verdorrte Muskelstränge, und die Andeutung eines Barts hing von einem ledrigen Lappen an seiner Kehle. Aber alles lebende Gewebe war schon seit langem verwest. Der größte Teil seines Gesichts bestand einfach aus Knochen: fleckig und verwittert.
»Man hat mich«, sagte der Schädel, »nicht einbalsamiert. Im Gegensatz zu Constantia.«
Die Erklärung entging Diane. Sie gab keinen Laut des Protests von sich, obschon ihn die Szene durchaus gerechtfertigt hätte. Sie brachte nur noch ein Gewimmer heraus, als der Zugriff seiner Hand sich verschärfte und er ihr den Kopf zurückriß.
»Früher oder später müssen wir uns entscheiden«, sagte Lichfield, und sein Atem roch nun weniger nach Schokolade als nach profunder Fäulnis, »wem wir dienen wollen: uns selber oder unsrer Kunst.«
Sie begriff nicht so recht.
»Die Toten müssen ihre Wahl sorgfältiger treffen als die Lebenden. Wir können unseren Atem nicht vergeuden, wenn Sie die Redensart entschuldigen, es sei denn für die allerreinsten Wonnen. Die Kunst, denk' ich, willst du nicht, oder?«
Sie schüttelte den Kopf und hoffte inständig, daß das die erwartete Antwort war.
»Du willst das Leben des Fleisches, nicht das Leben der Phantasie. Und du sollst es haben.«
»Danke... schön.«
»Wenn du's durchaus willst, sollst du's auch haben.«
Plötzlich umschloß seine Hand, die so schmerzhaft an ihrem

Haar gezerrt hatte, ihren Hinterkopf und brachte ihre Lippen nach oben, damit sie den seinen begegneten. Da hätte sie nun wohl geschrien, als sein verrottender Mund sich auf den ihren heftete, aber sein Kuß war so eindringlich, daß er ihr zur Gänze den Atem verschlug.

Ryan fand Diane ein paar Minuten vor zwei auf dem Boden ihrer Garderobe. Es war schwer herauszubekommen, was geschehen war. An Kopf oder Körper zeigten sich keinerlei Anzeichen einer Verwundung, und ganz tot war sie auch nicht. Sie war anscheinend in einer Art Koma. Vielleicht war sie ausgeglitten und hatte sich beim Fallen den Kopf angeschlagen. Egal, welche Ursache, jedenfalls war sie ausgezählt, aus dem Spiel.

Sie hatten nur noch Stunden bis zur Generalprobe, und die Viola lag im Rettungswagen auf dem Weg in die Intensivstation.

»Je eher sie diesen Schuppen hier abreißen, desto besser«, sagte Hammersmith. Er hatte während der Dienstzeit getrunken; das hatte ihn Calloway noch nie vorher tun sehen. Die Whiskyflasche stand neben einem halbvollen Glas auf seinem Schreibtisch. Ringförmige Abdrücke des Glases verunzierten seine Geschäftsbücher, und seine Hand war bedenklich vom Tatterich befallen.

»Was Neues vom Krankenhaus?«

»Sie is'n schönes Weib«, sagte Hammersmith und starrte das Glas an. Calloway hätte schwören können, daß er den Tränen nahe war.

»Hammersmith! Wie's ihr geht?«

»Sie liegt im Koma. Aber ihr Zustand ist stabil.«

»Das ist doch immerhin schon etwas.«
Hammersmith starrte zu Calloway hinauf, und seine eruptiven Brauen zogen sich vor Wut zusammen.
»Sie Miesling«, sagte er, »haben sie gebumst, ja? Bilden sich noch mords was drauf ein, ja? Dann sag' ich Ihnen mal was: Ein Dutzend von Ihrer Sorte können Diane Duvall das Wasser nicht reichen. Ein Dutzend!«
»Haben Sie deswegen diese letzte Inszenierung nicht abgewürgt, Hammersmith? Weil Sie sich in sie vergafft haben? Sich eingebildet haben, Sie könnten sie in Ihre geilen kleinen Finger kriegen?«
»Sie kapiern überhaupt nichts. Sie haben den Verstand zwischen den Beinen.« Calloways Auslegung seiner Bewunderung für Miss Duvall schien ihn ernstlich gekränkt zu haben.
»Schon gut. Halten Sie's, wie Sie wollen. Jedenfalls haben wir noch immer keine Viola.«
»Und deswegen setz' ich das Stück ab«, sagte Hammersmith und senkte die Stimme, um den Augenblick auszukosten.
Das hatte kommen müssen. Ohne Diane Duvall würde es keine »*Was-ihr-wollt*«-Aufführung geben; und womöglich war es auch besser so.
Jemand klopfte an die Tür.
»Welcher Scheißer is'n das schon wieder?« sagte Hammersmith leise. »Herein!«
Es war Lichfield. Calloway war fast froh, dieses fremdartige, vernarbte Gesicht zu sehen. Obwohl er Lichfield eine Menge Fragen stellen mußte über den Zustand, in dem er Diane zurückgelassen hatte und über ihr Gespräch miteinander, so war das doch keine Unterredung, die er im Beisein von Hammersmith zu führen gewillt war. Außerdem widersprach die Gegenwart des Mannes hier jeglichen unausgegorenen Ver-

dächtigungen, die Calloway sich zurechtgelegt hatte. Gesetzt den Fall, Lichfield hatte, aus welchem Grund auch immer, gegen Diane Gewalt ausgeübt, war es dann wahrscheinlich, daß er so bald wieder aufkreuzte – und so quietschvergnügt?

»Wer sind Sie?« wollte Hammersmith wissen.

»Richard Walden Lichfield.«

»Das sagt mir nichts.«

»Ich war früher Vermögensverwalter des Elysium.«

»Ach was.«

»Ich betrachte es als meine Aufgabe ...«

»Was wollen Sie?« fuhr Hammersmith dazwischen, irritiert von Lichfields Gelassenheit.

»Ich habe gehört, die Inszenierung ist gefährdet«, antwortete Lichfield ungerührt.

»Von wegen gefährdet«, sagte Hammersmith und gestattete sich ein Zucken um die Mundwinkel, »überhaupt nicht gefährdet, weil's nämlich keine Aufführung geben wird. Sie ist abgesetzt.«

»Wie?« Lichfield sah Calloway an. »Mit Ihrem Einverständnis?« fragte er.

»Er hat in dieser Angelegenheit nicht mitzureden; ich habe allein das Recht zur Absetzung, wenn es die Umstände erfordern; steht in seinem Vertrag. Das Theater ist ab heute geschlossen – und es macht nie wieder auf.«

»Das wird es doch«, sagte Lichfield.

»Was?« Hammersmith stand hinter seinem Schreibtisch auf, und Calloway bemerkte, daß er den Mann nie zuvor hatte stehen sehen. Er war sehr kurz geraten.

»Wir spielen ›Was ihr wollt‹ wie angekündigt«, säuselte Lichfield. »Meine Frau hat sich freundlicherweise bereit erklärt, die Partie der Viola ersatzweise für Miss Duvall zu übernehmen.«

Hammersmith lachte, ein derbes Metzgerlachen. Es erstarb jedoch auf seinen Lippen, als das Büro von Lavendel durchflutet wurde und Constantia Lichfield, schimmernd in Pelz und Seide, ihren Auftritt hatte. Sie sah so vollendet aus wie an ihrem Sterbetag: Selbst Hammersmith stockten bei ihrem Anblick Atem und Rede.

»Unsere neue Viola«, verkündete Lichfield.

Einen Augenblick später hatte Hammersmith seine Stimme wiedergefunden. »Diese Frau kann nicht binnen eines halben Tages einspringen.«

»Warum nicht?« fragte Calloway, ohne seinen Blick von der Frau abzuwenden. Lichfield war zu beglückwünschen; Constantia war eine außerordentliche Schönheit. Er wagte in ihrer Gegenwart kaum zu atmen aus Angst, sie könne sich in nichts auflösen.

Dann sprach sie. Verse aus dem fünften Akt, Szene 1:

> »Steht nichts im Weg, uns beide zu beglücken,
> Als diese angenommne Männertracht,
> Umarmt mich dennoch nicht, bis jeder Umstand
> Von Lage, Zeit und Ort sich fügt und trifft,
> Daß ich Viola bin.«

Die Stimme war zart und melodisch, aber sie schien in ihrem Körper Widerhall zu finden und jede Äußerung mit dem Unterton verhaltener Leidenschaft zu erfüllen.

Und dies Gesicht. Es war wunderbar lebendig, mit köstlicher Dezenz spiegelten ihre Züge wider, was in ihrer Rede sich vollzog. Sie war hinreißend.

»Tut mir leid«, sagte Hammersmith. »Aber bei so 'ner Sache gibt es Satzungen und Statuten. Ist sie bei der Equity?«

»Nein«, sagte Lichfield.

»Na, da haben Sie's! Es ist unmöglich. Die Genossenschaft

schließt solche Fälle von vornherein aus. Die würden uns total zur Schnecke machen.«

»Was geht Sie das schon an, Hammersmith?« fragte Calloway. »Was scheißen Sie sich drum? Sie brauchen nie mehr den Fuß in ein Theater zu setzen, wenn dieser Schuppen einmal abgerissen ist.«

»Meine Frau hat bei den Proben zugesehen. Sie ist rollenfest.«

»Das reinste Wunder«, sagte Calloway, der mit jedem begeisterten Blick auf Constantia mehr Feuer und Flamme war.

»Sie riskieren Ihre Mitgliedschaft, Calloway«, warnte ihn Hammersmith.

»Das Risiko nehm' ich auf mich.«

»Wie Sie sagen, mir kann es ja egal sein. Aber wenn denen was zu Ohren kommt, dann sind Sie weg vom Fenster.«

»Hammersmith: Geben Sie ihr eine Chance! Geben Sie uns allen eine Chance! Wenn die Equity mich boykottiert, dann ist das allein mein Bier.«

Hammersmith setzte sich wieder hin. »Kein Schwein wird kommen, ist Ihnen doch klar, oder? Diane Duvall war ein Star; die Leute hätten Ihre ganze geschwollene Inszenierung über sich ergehn lassen, nur um sie zu sehen, Calloway. Aber eine Unbekannte... Na gut, ist ja Ihr Begräbnis. Vorwärts also, ziehn Sie's durch! Ich will mit der ganzen Sache nichts zu tun haben. Das geht auf Ihre Kappe, Calloway, vergessen Sie das nicht! Hoffentlich macht man Sie zur Sau deswegen.«

»Danke sehr«, sagte Lichfield. »Äußerst liebenswürdig.«

Hammersmith nahm jetzt auf seinem Schreibtisch allerlei Umgruppierungen vor, damit Flasche und Glas deutlicher in den Vordergrund rückten. Die Unterredung war vorbei: Er hatte jegliches Interesse an diesen Schmetterlingen verloren. »Gehn Sie«, sagte er. »Gehn Sie doch bloß!«

»Ich hätte noch ein oder zwei Bitten«, wandte sich Lichfield an Calloway, als sie das Büro verließen. »Änderungen an der Inszenierung, die die Darstellung meiner Frau besser zur Geltung brächten.«

»Zum Beispiel?«

»Wegen Constantias Wohlbefinden möchte ich darum bitten, daß man die Beleuchtungsstärke erheblich herabsetzt. Sie ist einfach das Spielen unter so heißer, greller Beleuchtung nicht gewohnt.«

»Geht in Ordnung.«

»Ich möchte auch darum ersuchen, daß wir eine Reihe Rampenleuchten installieren.«

»Rampenleuchten?«

»Ein sonderbares Ansinnen, das ist mir klar, aber mit Rampenlicht fühlt sie sich viel unbeschwerter.«

»Sie blenden aber die Schauspieler«, sagte Calloway, »und es wird schwierig, das Publikum zu sehen.«

»Trotzdem... Ich muß mir ihre Installierung ausbedingen.«

»Okay.«

»Als drittes möchte ich bitten, daß alle Szenen, die mit Umarmen, Küssen oder sonstigem Berühren Constantias verbunden sind, neu einstudiert werden, um jedweden wie auch immer gearteten körperlichen Kontakt auszuschließen.«

»Ohne Ausnahme?«

»Ohne Ausnahme.«

»Warum, um Himmels willen?«

»Zur dramatischen Gestaltung der Herzens-Arbeit braucht meine Frau keine zusätzlich inszenierte Handlung, Terence.«

Diese komische Betonung auf dem Wort »Herz«. *Herzens-Arbeit.*

Den Hauch eines Augenblicks lang lenkte Calloway Constan-

tias Aufmerksamkeit auf sich. Ihm war, als würde er gesegnet.
»Machen wir unsere neue Viola mit der Truppe bekannt?« schlug Lichfield vor.
»Warum nicht.«
Das Trio ging in den Theatersaal.

Die Neueinstudierung des szenischen Geschehens zur Ausmerzung jeglichen körperlichen Kontakts war einfach. Und obwohl sich die übrigen Ensemblemitglieder gegenüber ihrer neuen Kollegin anfangs zurückhaltend zeigten, lagen sie ihr wegen ihres ungekünstelten Benehmens und ihrer natürlichen Anmut bald zu Füßen. Außerdem bedeutete ihr Mitwirken, daß die Aufführung stattfinden konnte.

Um sechs ordnete Calloway eine Pause an. Er gab bekannt, daß sie mit der Generalprobe um acht anfangen würden, und forderte alle auf, sie sollten die nächste Stunde rausgehen und sich entspannen. Die Truppe machte sich auf den Weg und fibrierte vor wiedererwachter Begeisterung für die Inszenierung. Was einen halben Tag zuvor wie ein wüstes Durcheinander ausgesehen hatte, schien sich jetzt ganz gut zu entwickeln. Natürlich gab's noch tausenderlei Dinge auszumerzen: technische Mängel, schlecht sitzende Kostüme, Regieschwächen. Für Profis mußte das aber zu schaffen sein. Die Schauspieler waren tatsächlich schon lange nicht mehr so aufgekratzt gewesen. Selbst Ed Cunningham war sich nicht zu gut, ein oder zwei anerkennende Bemerkungen fallenzulassen.

Lichfield fand Tallulah beim Aufräumen im Künstlerzimmer.
»Heute abend...«
»Ja, Sir.«

»Du darfst keine Angst haben.«
»Ich hab' keine Angst«, antwortete Tallulah. »Was für ein Gedanke! Als ob...«
»Es wird wohl nicht ganz ohne Schmerz abgehen, bedauerlicherweise. Das betrifft dich, ja eigentlich uns alle.«
»Ich verstehe.«
»Freilich tust du das. Du liebst das Theater, wie ich es liebe: du kennst das Paradox dieses Berufs. Das Leben spielen... ach, Tallulah, das Leben spielen... das ist schon eine sonderbare Sache. Weißt du, manchmal frage ich mich, wie lange ich die Illusion aufrechterhalten kann.«
»Die Darbietung ist wunderbar«, sagte sie.
»Findest du? Findest du das wirklich?« Ihr wohlmeinendes Urteil machte ihm Mut. Es war so aufreibend, die ganze Zeit so tun zu müssen, als ob: das Fleisch vorzutäuschen, den Atem, den Augenschein des Lebens. Voll Dankbarkeit für Tallulahs Wohlwollen streckte er die Hand nach ihr aus.
»Möchtest du sterben, Tallulah?«
»Tut es weh?«
»Fast überhaupt nicht.«
»Es würde mich sehr glücklich machen.«
»Und das soll es auch.«
Sein Mund bedeckte ihren Mund, und indem sie glücklich seiner forschenden Zunge nachgab, war sie in weniger als einer Minute tot. Er bettete sie auf die fadenscheinige Couch und verschloß die Tür des Künstlerzimmers mit ihrem eigenen Schlüssel. In dem kalten Zimmer konnte sie mühelos auskühlen und bis zur Ankunft des Publikums wieder auf den Beinen sein.

Um viertel sieben stieg Diane Duvall vor dem Elysium aus einem Taxi. Es war schon ganz dunkel, ein windiger Novemberabend, aber sie fühlte sich bestens. Nichts konnte sie heute abend deprimieren. Nicht die Dunkelheit, nicht die Kälte.

Ungesehen ging sie an den Plakaten vorbei, die ihr Gesicht und ihren Namen trugen, und durch den leeren Zuschauerraum gelangte sie bis zu ihrer Garderobe. Dort fand sie das Objekt ihrer Zuneigung, das sich durch eine Packung Zigaretten rauchte. »Terry.«

Im Türrahmen stellte sie sich einen Augenblick lang in Positur und ließ die Tatsache ihres Wiedererscheinens einwirken. Er wurde ganz weiß bei ihrem Anblick, deshalb schmollte sie ein bißchen. Es war nicht leicht, einen Schmollmund zu ziehen. Starre saß in ihren Gesichtsmuskeln, aber sie bekam den Effekt zu ihrer Zufriedenheit hin.

Calloway blieb die Sprache weg. Diane schaute krank aus, da gab es nichts dran zu deuteln, und wenn sie das Krankenhaus verlassen hatte, um bei der Generalprobe ihre Partie zu übernehmen, dann würde er sie umgehend vom Gegenteil überzeugen müssen. Sie trug kein Make-up, und ihr aschblondes Haar hatte das Waschen dringend nötig.

»Was tust du hier?« fragte er, als sie die Tür hinter sich zumachte.

»Unerledigte Arbeit«, sagte sie.

»Hör mal... Ich muß dir was sagen...« Mann, das würde ganz schön ekelhaft werden. »Wir haben einen Ersatz gefunden, für die Inszenierung.«

Sie sah ihn ausdruckslos an.

Er hastete weiter, stolperte über die eigenen Worte: »Wir haben gedacht, du fällst aus, ich meine, nicht auf Dauer, aber, du weißt schon, zumindest für die Premiere...«

»Vergiß es«, sagte sie.
Der Unterkiefer fiel ihm ein Stück runter. »Vergiß es?«
»Was geht's mich an?«
»Du hast gesagt, du bist zurückgekommen, die Arbeit sei unerledi...«
Er hielt inne. Sie knöpfte das Oberteil ihres Kleides auf. Das ist nicht ihr Ernst, dachte er, das kann nicht ihr Ernst sein! Sex? Jetzt?
»Ich hab' viel nachgedacht in den letzten paar Stunden«, sagte sie, während sie das verkrumpelte Kleid über die Hüften zwängte, es fallen ließ und aus ihm herausstieg. Sie trug einen weißen BH und versuchte vergebens, ihn aufzuhaken. »Ich bin zu dem Schluß gekommen, daß mir nichts am Theater liegt. Hilfst du mir, bitte?«
Sie drehte sich um und präsentierte ihm den Rücken. Automatisch hakte er den BH auf, ohne wirklich abzuklären, ob er das wollte oder nicht. Sah danach aus, als wolle sie ihn vor vollendete Tatsachen stellen. Sie war zurückgekommen, um das zu Ende zu bringen, bei dem sie beide unterbrochen worden waren, so einfach war das. Und trotz der absonderlichen Geräusche, die sie tief im Hals von sich gab, und des verglasten Ausdrucks ihrer Augen war sie noch immer eine attraktive Frau. Eine nochmalige Drehung ihrerseits, und Calloway blickte auf ihre üppigen Brüste. Sie waren bleicher, als er sie in Erinnerung hatte, aber bildschön. Unangenehm eng wurde es ihm in der Hose, und ihre Bewegungen verschlimmerten seine Lage nur: Wie die ordinärste Soho-Stripperin ließ sie die Hüften kreisen und fuhr sich dabei mit den Händen zwischen die Beine.
»Mach dir um mich keine Gedanken«, sagte sie. »Mein Entschluß steht fest. Das einzige, was ich wirklich will...«

Sie legte ihm die Hände, die gerade noch an ihrer Scham spielten, aufs Gesicht. Sie waren eisig kalt.
»Das einzige, was ich wirklich will, bist du. Sex oder Bühne; nur eins von beiden kann ich haben... Im Leben eines jeden kommt die Zeit, wo man Entscheidungen treffen muß.«
Sie leckte sich den Mund. Nicht eine Spur Feuchtigkeit blieb auf den Lippen zurück, als ihre Zunge über sie geglitten war.
»Der Unfall hat mich darüber nachdenken lassen, woran mir wirklich etwas liegt. Und offen gestanden...«
Sie schnallte ihm den Gürtel auf.
»...ich scheiß auf...«
Und jetzt der Reißverschluß.
»...dieses bekackte Theater und auf jedes andere auch.«
Die Hose rutschte ihm runter.
»Ich werd' dir zeigen, woran mir was liegt.«
Sie faßte in seinen Slip und griff entschlossen zu. Irgendwie machte die Kälte ihrer Finger die Berührung sexuell noch erregender. Er lachte und schloß die Augen, als sie ihm den Slip bis zur Schenkelmitte runterzog und sich vor ihn hinkniete.
Sie war so versiert wie immer, ihr Schlund offen wie ein Abflußkanal. Ihr Mund war etwas trockener als üblich, ihre Zunge scheuerte ihn, aber die Sinnesreize trieben ihn zur Raserei. Es tat so wohl, daß er kaum die Leichtigkeit bemerkte, mit der sie ihn verschlang, ihn tiefer in sich aufnahm, als sie's je zuvor geschafft hatte, und jeden ihr bekannten Trick anwendete, um ihn immer höher aufzustacheln. Langsam und tief machte sie's, beschleunigte dann das Tempo, bis es ihm fast kam, bremste dann wieder ab, bis die Bedrängnis vorbei war. Er war ihr vollständig ausgeliefert.
Er öffnete die Augen, um ihr bei der Arbeit zuzusehen. Mit verzücktem Gesicht spießte sie sich auf an ihm.

»Gott«, keuchte er, »tut das guuut! Aah-ja, aah-ja.«

Nicht mal mit einem Zucken reagierte ihr Gesicht auf seine Worte. Sie fuhr einfach fort, ihn lautlos zu bearbeiten. Sie gab nicht die üblichen Geräusche von sich, die kleinen Grunzer der Zufriedenheit, das schwere Atmen durch die Nase. Sie lutschte bloß sein Fleisch in absolutem Schweigen.

Einen Augenblick, während sich in seinem Bauch eine Idee festsetzte, hielt er den Atem an. Der auf und nieder pumpende Kopf pumpte weiter, mit geschlossenen Augen und ums Glied gekrampften Lippen, extrem in seine Tätigkeit vertieft. Eine halbe Minute verstrich; eine Minute; eineinhalb Minuten. Und jetzt saß ihm blankes Entsetzen im Bauch.

Sie atmete nicht. Sie blies ihn so unvergleichlich, weil sie keinen Augenblick lang zum Einatmen oder Ausatmen unterbrechen mußte.

Calloway fühlte seinen Körper erstarren, während seine Erektion in ihrem Schlund erschlaffte. Sie ließ in ihrer Mühe nicht nach; das schonungslose Saugen an seiner Schamgegend hörte nicht auf, auch dann nicht, als sich in seinem Bewußtsein der undenkbare Gedanke formte: Sie ist tot.

Sie hat mich in ihrem Mund, in ihrem kalten Mund, und sie ist tot. Deswegen war sie zurückgekommen, von ihrem Leichensockel aufgestanden und zurückgekommen. Sie brannte drauf zu beenden, was sie begonnen hatte, und kümmerte sich nicht mehr um das Schauspiel oder um ihre Thronräuberin. Dieser Akt hier hatte ihre Wertschätzung, dieser Akt allein. Sie hatte die Wahl getroffen, ihn in alle Ewigkeit auszuführen.

Aber diese Erkenntnis half Calloway auch nicht weiter: Er konnte nur wie der letzte Idiot an sich runterstarren, während diese Leiche ihm einen abkaute.

Dann schien es, als spüre sie sein Grauen. Sie öffnete die Augen

und sah auf zu ihm. Wie hatte er dies tote Starren jemals mit dem Leben verwechseln können? Behutsam nahm sie seine eingeschrumpfte Männlichkeit aus ihrem Mund.
»Was hast du?« fragte sie, und ihr Geflöte täuschte immer noch Leben vor.
»Du... du atmest... nicht.«
Sie machte ein langes Gesicht und ließ ihn los.
»Ach Schatz«, sagte sie und ließ alle Lebensanmaßung verschwinden. »Ich spiel' die Rolle nicht besonders gut, oder?«
Ihre Stimme war eine Geisterstimme: dünn, hilflos-verlassen. Ihre Haut, die er für so schmeichelhaft blaß gehalten hatte, war bei genauerem Hinsehen weiß wie Wachs.
»Du bist tot?« sagte er.
»Ich fürchte, ja. Vor zwei Stunden: im Schlaf. Aber ich mußte kommen, Terry; so viel unerledigte Arbeit. Ich hab' meine Wahl getroffen. Es sollte dir eigentlich schmeicheln. Es schmeichelt dir doch, ja?«
Sie stand auf und griff in ihre Handtasche, die sie neben dem Spiegel gelassen hatte. Calloway schaute zur Tür und versuchte, seine Gliedmaßen in Bewegung zu bringen, aber sie versagten ihren Dienst. Außerdem hing ihm die Hose um die Fußgelenke. Zwei Schritte, und er würde voll aufs Gesicht fallen.
Sie wandte sich ihm wieder zu, mit etwas Silbrigem, Spitzem in der Hand. Wie sehr er sich auch anstrengte, er konnte es nicht genau identifizieren. Aber was es auch war, sie hatte es ihm zugedacht.

Seit dem Bau des neuen Krematoriums im Jahre 1934 war dem Friedhof eine Schmach nach der anderen widerfahren. Die Gräber hatte man nach bleiernen Sargauskleidungen durchplündert, die Steine umgestürzt und zertrümmert; sie waren von Hunden und Graffiti besudelt. Nur ganz wenige Trauernde kamen noch, um nach den Gräbern zu sehen. Die Generationen waren zusammengeschrumpft, und die paar Leutchen, die hier noch immer die Ruhestätte eines ihrer Lieben haben mochten, waren entweder zu schwach, um sich die von Trümmern verstellten Gehwege zuzumuten, oder zu zartbesaitet, um den Anblick solchen Vandalismus' zu ertragen.

Es war nicht immer so gewesen. Illustre und einflußreiche Familien waren hinter den Marmorfassaden der viktorianischen Mausoleen in die Erde gebettet. Gründerväter, ortsansässige Industrielle und Würdenträger, jedweder, der die Stadt durch seine Leistung zu Ehren gebracht hatte. Der Leib der Schauspielerin Constantia Lichfield war hier bestattet worden (»Bis der Morgen dämmert und die Schatten fliehn«), und ihr Grab stand hinsichtlich der Aufmerksamkeit, die ihm ein geheimer Bewunderer zollte, fast einzigartig da.

In dieser Nacht gab es keinen Beobachter, sie war zu rauh für Liebende. So sah auch niemand Charlotte Hancock die Tür ihrer Gruft öffnen; die schlagenden Taubenflügel darauf applaudierten ihrer Rüstigkeit, als sie herauswatschelte, um den Mond zu begrüßen. Ihr Gatte Gerard war mit ihr, er weniger kregel als sie, war er doch dreizehn Jahre länger tot. Joseph Jardine, en famille, war nicht weit hinter den Hancocks; das galt gleicherweise für Mariott Fletcher und Anne Snell und die Gebrüder Peacock; die Liste ging immer weiter. Dort in der Ecke half Alfred Crawshaw (Captain im 17. Lancer-Regiment) seiner lieben Ehefrau Emma aus der Fäulnis ihres gemeinschaftlichen Bettes auf. Überall drängten sich Gesichter an die Spalten der Grabdeckel – war das nicht Kezia Reynolds mit ihrem Kind, das nur einen Tag in ihren Armen gelebt hatte? Und Martin van de Linde (»Gesegnet sei das Gedächtnis der Gerechten«), dessen Weib man nie gefunden hatte; Rosa und Selina Goldfinch: aufrechte Frauen beide; und Thomas Jerrey und ... Zu viele Namen, um sie alle zu erwähnen. Zu viele Stadien der Verwesung, um sie alle zu beschreiben. Es reicht zu sagen, daß sie sich erhoben: ihr Begräbnisstaat aus Fliegenbrut gewirkt, ihre Gesichter bis aufs bloße Fundament der Schönheit kahlgefegt. Noch immer kamen sie, stießen das Hintertor des Friedhofs auf und schlängelten sich durch das Ödland Richtung Elysium. In der Ferne Verkehrsgeräusch. Oben donnerte ein Jet landeinwärts. Einer der Peacock-Brüder verlor, als er hinaufstarrte zu dem blinkenden Giganten, der vorbeiflog, den Halt, fiel aufs Gesicht und zerschmetterte sich den Kiefer. Liebevoll lasen sie ihn auf und geleiteten ihn auf seinem Weg. Niemand kam da zu Schaden; und was wäre denn eine Auferstehung ohne ein bißchen was zum Lachen?

Die Inszenierung ging also weiter.

»Wenn die Musik der Liebe Nahrung ist,
Spielt weiter! gebt mir volles Maß! daß so
Die übersatte Lust erkrank' und sterbe ...«

Calloway war zu Spielbeginn unauffindbar; aber Ryan hatte Anweisungen von Hammersmith (durch den allgegenwärtigen Mr. Lichfield), die Vorstellung mit oder ohne den Regisseur in Angriff zu nehmen.

»Er wird oben sein auf der Galerie«, sagte Lichfield. »Tatsächlich, ich glaube, ich kann ihn von hier aus sehen.«

»Lächelt er?« fragte Eddie.

»Grinst von einem Ohr zum andern.«

»Dann ist er blau.«

Die Schauspieler lachten. Es wurde ziemlich viel gelacht an diesem Abend. Die Vorstellung verlief reibungslos, und obwohl sie das Publikum wegen des grellen Scheins der neu installierten Rampenlichter nicht sehen konnten, spürten sie sehr wohl die Wogen von Zuneigung und Entzücken, die ihnen aus dem Auditorium entgegenschlugen. Die Schauspieler kamen ganz euphorisch von der Bühne.

»Sie sitzen alle auf der Galerie«, sagte Eddie, »aber Ihre Freunde, Mr. Lichfield, sind eine Wohltat für 'nen alten Schmierenfritzen. Leise sind sie schon, aber alle ein Mordslächeln im Gesicht.«

Akt I, Szene 2; und der erste Auftritt von Constantia Lichfield wurde mit spontanem Beifall aufgenommen. Sagenhafter Beifall. Wie das dumpfe Schnarren von Wirbeltrommeln, wie das spröde Schlagen von tausend Stöcken auf tausend gespannten Häuten. Überschwenglicher, ungezügelter Applaus.

Und, mein Gott, sie zeigte sich der Herausforderung gewachsen. Sie fing gleich so zu spielen an, wie sie es fortzusetzen gedachte: Sie erfüllte die Rolle ganz mit ihrem Herzblut, sie brauchte keine Körperlichkeit, um die Tiefe ihrer Empfindungen mitzuteilen, sondern artikulierte des Dichters Worte mit solcher Verständigkeit und Leidenschaft, daß das geringste Flattern ihrer Hand mehr wert war als hundert aufwendigere Gesten. Nach dieser ersten Szene brauste ihr bei jedem Auftritt derselbe Beifall aus dem Publikum entgegen, dem beinah ehrfürchtiges Schweigen folgte.

Hinter der Bühne bekam die Zuversicht allmählich Oberhand. Alle aus der Truppe witterten den Erfolg, einen Erfolg, der wie durch ein Wunder den Fängen der Katastrophe entrissen worden war.

Da, schon wieder! Applaus! Applaus!

Verschwommen registrierte Hammersmith in seinem Büro durch einen trüben Besäufnisschleier das brüchige Gerassel der Beifallssalven.
Er war gerade dabei, sich seinen achten Drink einzuschenken, als die Tür aufging. Er schaute einen Augenblick lang auf und registrierte, daß der Besucher dieser Parvenü Calloway war. Wetten, der kommt bloß, um es mir hinzureiben, dachte Hammersmith, kommt, um mir zu sagen, wie sehr ich mich geirrt habe.
»Was wollen Sie?«
Der Drecksack antwortete nicht. Aus dem Augenwinkel nahm Hammersmith so etwas wie breites, strahlendes Lächeln auf Calloways Gesicht wahr. Süffisanter Schwachkopf, kommt hier rein und stört einen beim Trauern.
»Nehm' an, Sie wissen's schon?«
Der andere grunzte.
»Sie ist gestorben«, sagte Hammersmith und begann zu weinen. »Sie ist vor wenigen Stunden gestorben, ohne das Bewußtsein wiedererlangt zu haben. Den Schauspielern hab' ich nichts gesagt. Wozu auch.«
Calloway erwiderte nichts auf diese Neuigkeit. War das dem Scheißkerl egal? Kapierte er nicht, daß damit alles Sense war? Die Frau war tot. Hier mitten im Elysium war sie zu Tod gekommen. Man würde öffentliche Nachforschungen anstellen, die Versicherung würde überprüft, eine Obduktion, die Feststellung der Todesursache: Zu viel käme ans Licht.
Er nahm einen großen Schluck aus seinem Glas und machte sich nicht mehr die Mühe, Calloway nochmals anzusehen.
»Ihre Karriere wird im Keller landen, mein Sohn, nach dem hier. Nicht bloß ich häng' drin, o nein, mein Guter!«
Noch immer verharrte Calloway in Schweigen.

»Macht Ihnen das nichts aus?« bohrte Hammersmith weiter.
Einen Moment lang Schweigen, dann antwortete Calloway.
»Ist mir furzegal.«
»Ein raufgerutschter kleiner Inspizient sind Sie, sonst nichts. *Keiner* von euch Scheißregisseuren is' was andres! Eine gute Kritik, und ihr seid ein Geschenk Gottes für die Kunst. Jetzt werd' ich Ihnen mal Bescheid stoßen...«
Er schaute Calloway an, seine in Alkohol schwimmenden Augen taten sich schwer mit der Scharfeinstellung. Aber schließlich kriegte er es hin.
Calloway, der dreckige Sauhund, war von der Gürtellinie abwärts nackt. Er hatte seine Schuhe und seine Socken an, aber weder Hose noch Slip. Seine Selbstentblößung hätte man für komisch halten können, wäre nicht dieser Ausdruck in seinem Gesicht gewesen. Der Mann war verrückt geworden: Stier und haltlos rollten seine Augen herum, Speichel und Rotz liefen ihm aus Mund und Nase, seine Zunge hing ihm raus wie die eines hechelnden Hundes.
Hammersmith stellte sein Glas auf seine Schreibunterlage und sah auch das Schlimmste. Auf Calloways Hemd war Blut, und eine Spur führte seinen Hals entlang zum linken Ohr hinauf, aus dem das Ende von Diane Duvalls Nagelfeile ragte. Man hatte sie tief in Calloways Hirn hineingetrieben. Der Mann war mit Sicherheit tot.
Aber er stand, sprach und ging herum.
Vom Theatersaal stieg eine neue, durch die Entfernung gedämpfte Beifallssalve herauf. Irgendwie war das kein wirkliches Geräusch; es kam aus einer anderen Welt, einem Bezirk, wo die Gefühle herrschten. Es war dies eine Welt, aus der sich Hammersmith immer ausgeschlossen gefühlt hatte. Ein nennenswerter Schauspieler war er nie gewesen, obwohl er's weiß

Gott versucht hatte, und die zwei Stücke, die er verfaßt hatte, waren kümmerlich, das wußte er. Die Buchhaltung war seine Stärke; er hatte sie dazu genutzt, so nah wie möglich im Bereich der Bühne bleiben zu können; dabei haßte er seinen eigenen Mangel an künstlerischer Begabung ebensosehr, wie ihn ihr Vorhandensein bei anderen ärgerte.

Der Applaus erstarb, und Calloway ging wie auf das Stichwort eines unsichtbaren Souffleurs hin los auf ihn. Die Maske, die er zur Schau trug, war weder komisch noch tragisch, sie war Blut und Gelächter in einem. In die Enge getrieben, kauerte Hammersmith hinter seinem Schreibtisch. Auf den sprang jetzt Calloway (er sah so lächerlich aus mit seinen baumelnden Hemdschößen und Eiern) und packte Hammersmith an der Krawatte.

»Spießerseele«, sagte Calloway, der Hammersmiths Herz nun nie mehr kennenlernen sollte, und brach – knacks! – dem Mann das Genick, während drunten erneut der Beifall einsetzte.

»Umarmt mich dennoch nicht, bis jeder Umstand
Von Lage, Zeit und Ort sich fügt und trifft,
Daß ich Viola bin.«

Aus Constantias Mund waren die Verse eine Offenbarung. Es war fast so, als ob »Was ihr wollt« diesmal ein neues Stück und die Rolle der Viola allein für Constantia Lichfield geschrieben worden wäre. Die Schauspieler, die mit ihr auf der Bühne standen, fühlten, wie ihr Ego angesichts einer solchen Begabung in sich zusammenschrumpfte.

Der letzte Akt näherte sich seinem bittersüßen Abschluß, und das Publikum war, seiner atemlosen Aufmerksamkeit nach zu urteilen, so bezaubert wie immer. Der Herzog sprach:

»Gib mir deine Hand,
Und laß mich dich in Mädchenkleidern sehn.«

Bei der Probe hatte man die in diesem Vers steckende Aufforderung nicht beachtet: Kein Mensch durfte diese Viola berühren, noch viel weniger sie bei der Hand nehmen. Aber in der Hitze der Aufführung waren solche Tabus vergessen. Überwältigt von der Leidenschaft des Augenblicks langte der Schauspieler nach Constantia. Sie vergaß ebenfalls das Tabu und streckte die Hand aus, um seine Berührung zu erwidern.

In der Seitenkulisse hauchte Lichfield ein geflüstertes »Nein«, aber seine Anordnung blieb ungehört. Der Herzog umschloß Violas Hand in der seinen, Leben und Tod hielten gemeinsam Hof unter diesem gemalten Himmel.

Es war eine frostige Hand, eine Hand ohne Blut in den Adern, ohne Rötung der Haut.

Aber hier und jetzt war sie so gut wie lebendig.

Sie waren einander gleich, der Lebende und die Tote, und niemand konnte sich veranlaßt sehen, sie zu trennen.

In der Seitenkulisse seufzte Lichfield auf und gestattete sich ein Lächeln. Er hatte diese Berührung gefürchtet, befürchtet, sie würde den Bann brechen. Aber heute nacht war Dionysos auf ihrer Seite. Es würde alles gutgehen, das spürte er.

Der Akt ging zu Ende, und Malvolio, der immer noch, selbst in der Niederlage, seine Drohungen hinausposaunte, wurde fortgekarrt. Die Truppe trat ab, einer nach dem anderen, und überließ es dem Narren, den Schlußpunkt zu setzen.

»Die Welt steht schon eine hübsche Weil',
Hopp heisa, bei Regen und Wind!
Doch das Stück ist nun aus, und ich wünsch euch
viel Heil;
Und daß es euch künftig so gefallen mag.«

Die Szene verdämmerte, bis es völlig dunkel war und der Vorhang fiel. Auf der Galerie erhob sich stürmischer Beifall, es war jener rasselnde, hohle Beifall. Die Schauspieler, deren Gesichter vom Erfolg der Generalprobe erstrahlten, formierten sich hinterm Vorhang zur Verneigung. Der Vorhang hob sich: der Applaus schwoll an.

In der Seitenkulisse stieß Calloway zu Lichfield. Er war jetzt angezogen; und er hatte sich das Blut vom Hals gewaschen.

»Tja, wir machen absolut Furore«, sagte der Schädel. »Ist schon wirklich ein Jammer, daß diese Truppe so bald aufgelöst werden soll.«

»Ja, wirklich«, sagte die Leiche.

Die Schauspieler riefen jetzt in die Seitenkulisse nach Calloway, forderten ihn auf, sich ihnen anzuschließen. Sie klatschten ihm Beifall und ermunterten ihn, sich sehen zu lassen. Er legte die Hand auf Lichfields Schulter. »Wir gehen zusammen, Sir«, sagte er.

»Nein, nein, wie könnte ich.«

»Sie müssen einfach. Es ist ebensogut Ihr Triumph wie meiner.«

Lichfield nickte, und zusammen gingen sie hinaus, um inmitten der Truppe ihre Verbeugungen zu machen.

Hinter der Bühne war Tallulah an der Arbeit. Nach ihrem Schlaf im Künstlerzimmer fühlte sie sich wiederhergestellt. So viele Unannehmlichkeiten waren hingeschwunden, fortgeräumt samt ihrem Leben. Sie litt nicht mehr an den Schmerzen in der Hüfte oder an der schleichenden Neuralgie in ihrer Kopfhaut. Sie brauchte nicht mehr durch Luftröhren Atem holen, die mit siebzigjährigem Schmutz überkrustet waren, oder sich die Handrücken massieren, um die Durchblutung in

Gang zu bringen; nicht einmal der Drang zu zwinkern plagte sie. Sie legte das Feuer mit einer neuen Kraft, führte die Überbleibsel vergangener Inszenierungen einer neuen Bestimmung zu: alte Prospekte, Requisiten, Kostümteile. Als sie genügend Brennmaterial angehäuft hatte, entzündete sie ein Streichholz und hielt die Flamme daran. Das Elysium begann zu brennen.

Über den Beifall hinweg rief jemand: »Einsame Spitze, meine Süßen, einsame Spitze!«
Es war Diane, sie erkannten sie alle an der Stimme, wenn sie sie auch nicht so recht sehen konnten. Sie torkelte den Mittelgang entlang auf die Bühne zu und gab eine ziemlich lächerliche Figur ab.
»Blödes Luder«, sagte Eddie.
»Hoppla«, sagte Calloway.
Sie war jetzt am Bühnenrand und geiferte ihn an: »Wunschlos glücklich jetzt, ja? Mit deiner neuen Herzensflamme da, ja? Ist sie doch, oder?«
Sie versuchte hinaufzuklettern und hielt sich mit den Händen an der heißen Metallabschirmung der Rampenleuchten fest. Gleich fing die Haut zu schmoren an: der Teufel war wirklich und wahrhaftig los.
»Reißt sie doch jemand da weg, um Gottes willen!« rief Eddie.
Aber sie spürte augenscheinlich nicht, daß ihre Hände versengten; sie lachte ihm nur ins Gesicht. Der Geruch verbrannten Fleisches stieg von den Rampenleuchten auf. Die Truppe stob auseinander, der Triumph war vergessen.
Jemand gellte: »Die Beleuchtung aus!«
Ein Schlag, dann war die Bühnenbeleuchtung gelöscht. Diane fiel mit qualmenden Händen auf den Rücken. Einer wurde

ohnmächtig, ein anderer lief in die Seitenkulissen, um sich zu erbrechen. Irgendwo im Hintergrund war schwaches Flammengeknister zu hören, aber aller Aufmerksamkeit war anderweitig in Anspruch genommen.

Da die Rampenlichter abgeschaltet waren, konnten sie das Publikum genauer sehen. Das Parkett war leer, aber der erste Rang und die Galerie waren zum Bersten voll mit glühenden Bewunderern. In den Reihen staute sich das Publikum, jeder verfügbare Zentimeter war vollgestopft. Wieder fing droben jemand zu klatschen an, ein paar Sekunden lang allein, bis die Beifallwoge erneut einsetzte. Aber jetzt hatten nur wenige aus der Truppe ihre Freude daran.

Selbst von der Bühne aus, selbst mit überanstrengten, lichtüberreizten Augen war es offensichtlich, daß kein Mann, keine Frau und kein Kind in dieser Schwärmermenge am Leben war. Sie winkten den Schauspielern zu mit feinen Seidentaschentüchern in verwesten Fäusten, einige von ihnen trommelten Salut auf die Rücklehne des Vordersitzes, die meisten klatschten einfach, Knochen gegen Knochen.

Calloway lächelte, verneigte sich tief und nahm ihre Bewunderung mit Dankbarkeit entgegen. In den fünfzehn Jahren seiner Arbeit am Theater war ihm noch nie ein derart anerkennendes Publikum vergönnt gewesen.

In der Liebe ihrer Bewunderer badend, reichten sich Constantia und Richard Lichfield die Hand und schritten auf der Bühne nach vorn, um sich nochmals zu verneigen. Die lebenden Schauspieler hingegen wichen zurück vor Grausen.

Sie fingen an zu kreischen oder zu beten, sie brachen in Geheul aus und rannten irr umher wie frisch ertappte Ehebrecher in einer Farce. Aber wie in der Farce gab es keinen Ausweg aus der Lage. Grelle Flammen züngelten an den Dachquerbalken, und

Leinwandwogen stürzten in Kaskaden links und rechts herab, als der Schnürboden Feuer fing. Vorn: die Toten; hinten: der Tod. Der Rauch ließ die Luft knapp werden. Man konnte überhaupt nicht mehr sehen, wo man den nächsten Schritt hinsetzte. Jemand trug eine Toga aus brennender Leinwand und seine Rezitation waren Schreie. Ein andrer schwang einen Feuerlöscher gegen das Inferno. Alles vergeblich: eine müde Pantomime, schlecht bewältigt. Als das Dach nachzugeben begann, stürzten Bauholz und Eisenträger todbringend herab und brachten das meiste zum Schweigen.
Auf der Galerie war die Besucherschar mehr oder minder dahingeschwunden. Lang bevor noch die Feuerwehr auftauchte, schlenderten alle gemächlich zu ihren Gräbern zurück; die Feuersglut beleuchtete ihre Totenhemden und ihre Gesichter, wenn sie über die Schulter zurückblickten, um dem Untergang des Elysiums zuzusehen. Es war eine blendende Inszenierung gewesen, und sie waren froh, nach Hause zu kommen, durchaus bereit, wieder eine Zeitlang in der Dunkelheit zu tratschen.

Das Feuer brannte die ganze Nacht, ungeachtet der stets tapferen Anstrengungen der Feuerwehr, es zu löschen. Gegen vier Uhr morgens gab man den Kampf auf und ließ die Feuersbrunst gewähren. Sie war bei Tagesanbruch mit dem Elysium fertig.
In den Trümmern entdeckte man die sterblichen Überreste mehrerer Personen, die meisten Leichen waren in einem Zustand, der eine einfache Identifizierung unmöglich machte. Zahnärztliche Unterlagen wurden zugezogen, und man bestimmte einen Leichnam als den von Giles Hammersmith (Geschäftsführer), einen weiteren als den von Ryan Xavier

(Bühneninspizient) und, schockierenderweise, einen dritten als den von Diane Duvall. STAR VON »DAS KIND DER LIEBE« VERBRANNT, hieß es in der Boulevardpresse. Innerhalb einer Woche war sie vergessen.
Es gab keine Überlebenden. Mehrere Opfer wurden einfach nie gefunden.

Sie standen neben der Autobahn und sahen zu, wie die Wagen durch die Nacht jagten.
Lichfield war selbstverständlich dabei und Constantia, strahlend wie immer. Calloway hatte sich entschlossen, mit ihnen zu gehen, ebenso Eddie und Tallulah. Auch drei oder vier andere hatten sich der Truppe angeschlossen.
Es war die erste Nacht ihrer Freiheit, und schon waren sie hier auf der Straße, reisende Schauspieler. Eddie hatte allein der Rauch getötet, aber es gab in ihrem Kreis welche mit ernsthafteren, im Feuer davongetragenen Verletzungen. Verbrannte Leiber, zerbrochene Glieder. Aber das Publikum, für das sie in Zukunft spielen wollten, würde ihnen die geringfügigen Verstümmelungen verzeihen.
»Man kann ein Leben für die Liebe leben«, sagte Lichfield zu seinem neuen Ensemble, »und ein Leben für die Kunst. Wir glückliche Schar sind von letzterem überzeugt.«
Leiser Beifall unter den Schauspielern.
»Zu euch, die nie gestorben sind, darf ich wohl sagen: Willkommen in der Welt!«
Gelächter, weiterer Applaus.
Die Lichter der Wagen, die auf der Autobahn nach Norden rasten, ließen die Schattenrisse der Truppenmitglieder hervortreten. Sie sahen praktisch und letztlich wie lebende Männer und Frauen aus. Aber war das schließlich nicht das A und O

ihres Handwerks? Das Leben so gut nachzuahmen, daß das Trugbild vom Original ununterscheidbar war? Und ihre neue Theatergemeinde, die sie in den Leichenhallen, Friedhöfen und Beinhäusern erwartete, würde diese Kunstfertigkeit mehr als die meisten zu schätzen wissen. Wer sollte wohl das Blendwerk von Leidenschaft und Schmerz, das sie aufführen wollten, beifälliger begrüßen als die Toten, die solche Gefühle am eignen Leib erlebt und am Ende von sich geworfen hatten?
Die Toten. Sie brauchten Unterhaltung geradesogut wie die Lebenden; und sie waren ein sträflich vernachlässigter Markt. Was freilich nicht hieß, daß diese Truppe um Geld spielen wollte; sie wollte um der Liebe zu ihrer Kunst willen spielen. Lichfield hatte das gleich zu Anfang klargemacht: Apollo war mit sofortiger Wirkung der Dienst aufgekündigt.
»Also«, sagte er, »welche Route nehmen wir, nach Norden oder Süden?«
»Nach Norden«, sagte Eddie. »Meine Mutter liegt in Glasgow begraben, sie ist gestorben, ehe ich noch Berufsschauspieler war. Ich hätte gern, daß sie mich sieht.«
»Gut dann, nach Norden!« sagte Lichfield. »Jetzt brauchen wir nur noch ein Gefährt.«
Er ging ihnen Richtung Autobahnraststätte voran; die Neonlichter flackerten unruhig und verbannten die Nacht aus ihrem Umkreis. Die Farben waren theatralisch grell: Scharlach, Zitrusgrün, Kobalt und ein verwaschenes Weiß, das sich aus den Fenstern auf den Parkplatz ergoß, wo sie standen. Die automatischen Türen zischten, als ein Reisender herauskam, der dem Kind auf dem Rücksitz seines Wagens Kuchen und Hamburger mitbrachte.
»Bestimmt hat irgendein netter Fahrer noch ein Plätzchen für uns frei«, sagte Lichfield.

»Für uns alle?« fragte Calloway.

»In einem Lastwagen schon; Bettler dürfen keine zu hohen Ansprüche stellen«, sagte Lichfield. »Und Bettler sind wir jetzt: den Launen unsrer Gönner ausgeliefert.«

»Wir können immer noch ein Auto klauen«, sagte Tallulah.

»Zu Diebstahl besteht kein Anlaß, außer in extremen Notfällen«, sagte Lichfield. »Es sollte mich wundern, wenn Constantia und ich keinen Chauffeur auftreiben.« Er nahm seine Frau bei der Hand. »Der Schönheit kann keiner was abschlagen«, sagte er.

»Und was sollen wir machen, wenn jemand fragt, was wir hier treiben?« fragte Eddie nervös. Er hatte sich in dieser Rolle noch nicht zurechtgefunden; er brauchte moralische Unterstützung.

Lichfield wandte sich der Truppe zu, und seine Stimme dröhnte in der Nacht: »Was sollt ihr wohl machen?« sagte er. »Das Leben spielen, selbstverständlich! Und lächeln!«

[illegible]

Und was [illegible]

[illegible]

[illegible]

Im Bergland: Agonie der Städte

Erst nach der ersten Woche ihrer Jugoslawienfahrt entdeckte Mick, was für einen politisch verbohrten Dogmatiker er sich als Lover zugelegt hatte. Sicher, man hatte ihn gewarnt. Eine der Schwuchteln in der Badeanstalt hatte ihm gesagt, Judd wäre päpstlicher als der Papst, der reine Kommunistenfresser, aber der Typ war einer von Judds Verflossenen gewesen, und Mick hatte angenommen, daß dieser Rufmord mehr auf Gehässigkeit als auf Erfahrung basierte.

Hätte er doch drauf gehört! Dann würde er jetzt nicht in einem Volkswagen, der mit einem Mal die Größe eines Sarges zu haben schien, eine endlose Straße entlangfahren und sich Judds Ansichten über den Expansionsdrang der Sowjets anhören. Gott, wie der ihn anödete! Der redete nicht normal mit ihm, der hielt Vorträge, und das endlos. In Italien war der Sermon mehr oder minder darauf hinausgelaufen, daß die Kommunisten den bäuerlichen Wählerauftrag ausgenützt hätten. Jetzt, in Jugoslawien, hatte sich Judd so richtig für sein Thema erwärmt, und Mick war drauf und dran, ihm mit dem Hammer eins über den restlos von sich eingenommenen Schädel zu braten.

Nicht daß er alles, was Judd sagte, abgelehnt hätte. Manche seiner Argumente (diejenigen, die Mick verstand) klangen ganz vernünftig. Aber andererseits, was konnte er schon beurteilen? Er war Tanzlehrer. Judd war Journalist, ein professioneller Besserwisser. Wie die meisten Journalisten, die Mick untergekommen waren, fühlte er sich verpflichtet, zu allem und jedem eine Meinung parat zu haben. Politik ganz obenan; das war der beste Trog zum Sich-drin-Suhlen. Man konnte den Rüssel samt Augen, Kopf und Vorderfüßen in diesen Dreckfraß stecken, ihn in der Gegend rumspritzen und sich auf die Weise bestens amüsieren. Ein zum Runterschlabbern unerschöpflicher Gegenstand, ein Schweinetrank mit einem bißchen von allem drin, denn schließlich war Judd zufolge alles politisch. Die Künste waren politisch. Sex war politisch. Religion, Handel, Gartenarbeit, essen, trinken und furzen – alles politisch. Mann, war das zum Verrücktwerden anödend; tötete einem den Nerv, vergraulte einem die Liebe; mörderisch anödend. Und, schlimmer noch, Judd bemerkte anscheinend nicht, wie angeödet Mick mittlerweile war, oder wenn er es bemerkte, dann war's ihm egal. Er schwafelte einfach weiter, seine Argumente wurden immer fadenscheiniger, seine Sätze mit jedem Kilometer, den sie fuhren, länger.

Judd war, das stand für Mick jetzt fest, ein egoistischer Scheißer, und sobald ihre Hochzeitsreise vorbei wäre, würde er den Kerl sausenlassen.

Erst bei ihrer Tour, jener endlosen, sinn- und zwecklosen Karawane durch die Friedhöfe mitteleuropäischer Kultur, erkannte Judd, was für einen politischen Blindgänger er sich mit Mick eingehandelt hatte. Der Bursche zeigte herzlich wenig Interesse an der Wirtschaft oder Politik der Länder, durch die sie kamen. Gegenüber den der Situation Italiens zugrunde liegenden knallharten Fakten erwies er sich als gleichgültig, und er gähnte, ja, gähnte, wenn er (freilich vergeblich) versuchte, die Bedrohung des Weltfriedens durch

Rußland zu erörtern. Er mußte der bitteren Wahrheit ins Auge sehen: Mick war eine Schwuchtel; das war die einzig passende Bezeichnung für ihn. Schön, vielleicht künstelte er nicht weibisch rum oder behängte sich übermäßig mit Schmuck, aber trotzdem war er 'ne Schwuchtel, die sich überglücklich in einer Traumwelt aus Frührenaissancefreskos und jugoslawischen Ikonen suhlte. Die komplexen Faktoren, die Widersprüche, ja die Qualen, die jene Kulturen erblühen und welken ließen, langweilten ihn bloß. Seine geistige Substanz war um nichts bedeutsamer als sein Aussehen; er war eine appetitliche Null. Nette Hochzeitsreise, das.

Die Straße südlich von Belgrad nach Novi Pazar war, nach jugoslawischen Maßstäben, gut. Es gab weniger Schlaglöcher als auf vielen Straßen ihrer bisherigen Reise, und sie war verhältnismäßig gerade. Das Städtchen Novi Pazar lag im Tal der Raska, südlich der Stadt, die nach dem Fluß benannt war. Die Gegend schien bei den Touristen nicht besonders beliebt. Trotz der guten Straße war sie noch immer unzugänglich und hatte auch keine überragenden Attraktionen zu bieten; aber Mick wollte unbedingt das Kloster westlich des Städtchens Sopocani besichtigen, und nach einigem erbitterten Wortgeplänkel hatte er sich durchgesetzt.
Der Abstecher erwies sich als wenig anregend. Die bebauten Felder zu beiden Seiten der Straße sahen versengt und staubig aus. Der Sommer war ungewöhnlich heiß gewesen, und Dürreperioden machten vielen Dörfern zu schaffen. Es hatte Mißernten gegeben, und oft mußte der Viehbestand vorzeitig geschlachtet werden, um zu verhindern, daß er an Unterernährung einging. Ein entmutigter Ausdruck lag über den wenigen Gesichtern, die sie flüchtig am Straßenrand zu sehen

bekamen. Selbst die Kinder hatten düstere Mienen; Stirnen so dräuend wie die abgestandene Hitze, die über dem Tal lastete.

Nach einem Krach bei Belgrad waren die Karten auf dem Tisch; jetzt fuhren sie die meiste Zeit über schweigend dahin. Aber die gerade Straße forderte wie die meisten geraden Straßen zum Disput heraus. Wenn das Fahren keine Probleme bereitete, stöberte das Bewußtsein nach etwas herum, womit es sich inzwischen beschäftigen konnte. Und was ist besser als ein Streit?

»Warum, verdammt, mußt du dieses elende Kloster besichtigen?« begehrte Judd auf.

Eine unmißverständliche Herausforderung.

»Wo wir jetzt schon so weit gekommen sind...« Mick versuchte, einen harmlosen Plauderton beizubehalten. Er hatte keine Lust, sich rumzuzanken.

»Noch so'n paar bekackte Jungfrauen, oder?«

Mick nahm den Reiseführer zur Hand und las, die Stimme so cool, wie es irgend ging, laut daraus vor: »... für den Kunstliebhaber sind dort bis heute einige der größten Werke serbischer Malerei zu besichtigen, insbesondere die ›Ruhestätte der Jungfrau‹, nach einhelliger Meinung vieler Kommentatoren das bleibende Meisterwerk der Raska-Schule.«

Schweigen.

Dann Judd: »Mir stehn die Kirchen bis hier oben.«

»Es ist ein Meisterwerk.«

»Sind immer Meisterwerke, wenn's nach diesem Scheißbuch geht.«

Mick spürte, wie er langsam die Beherrschung verlor. »Höchstens zweieinhalb Stunden...«

»Ich hab' dir's gesagt, ich will keine Kirche mehr sehen;

bringt mich zum Kotzen, wie's dort riecht. Kalter Weihrauch, alter Schweiß und Lügenmärchen...«

»Ist doch nur ein kurzer Umweg; wir können dann wieder auf die Hauptstrecke, und du kannst mir die nächste Vorlesung über Landwirtschaftssubventionen im Sandzak-Gebiet halten.«

»Ich versuch' lediglich, irgendeine halbwegs passable Unterhaltung in Gang zu bringen – statt diesem endlosen Geseiche über bekackte serbische Meisterwerke...«

»Halt an!«

»Was?«

»Halt an!«

Judd lenkte den Volkswagen an den Straßenrand. Mick stieg aus.

Die Straße war heiß, aber es ging eine leichte Brise. Er holte tief Luft und schlenderte zur Straßenmitte. Leer in beiden Richtungen, kein Verkehr, kein Mensch. Leer nach allen Richtungen. Die Berge schimmerten in der Hitze, die von den Feldern aufstieg. Mohnblumen wuchsen in den Gräben. Mick überquerte die Straße, ging in die Hocke und pflückte eine.

Hinter sich hörte er die VW-Tür zuknallen.

»Wozu haben wir hier eigentlich halten müssen?« fragte Judd. Seine Stimme klang gereizt, hoffte noch immer auf den Streit, bettelte darum.

Mick stand auf und spielte dabei mit der Mohnblume. Sie war kurz vor dem Ausstreuen der Samen, fast reif. Die Blütenblätter fielen von der Kapsel ab, sobald er sie berührte; kleine Spritzer Rot flatterten auf den grauen Straßenbelag hinunter.

»Ich hab' dich was gefragt«, sagte Judd wieder.

Mick schaute sich um. Judd stand auf der anderen Seite des Wagens, seine Augenbrauen eine zusammengezogene Linie,

aus der die Wut hervorsproßte. Aber bildhübsch; o ja; ein Gesicht, das Frauen zum Weinen brachte vor Frustriertheit, daß er schwul war. Ein dichter schwarzer Schnurrbart (vollendet gestutzt) und Augen, die man ewig betrachten konnte, ohne zweimal dasselbe Leuchten in ihnen zu sehen. Warum, um Himmels willen, dachte Mick, muß ein so prachtvoller Mann solch ein unsensibler kleiner Scheißer sein?
Judd starrte über die Straße zu dem hübschen schmollenden Jungen hinüber und erwiderte dessen verächtlichen, abschätzenden Blick. Er bekam das kalte Kotzen angesichts des Theaters, mit dem sich Mick da produzierte. Bei einer sechzehnjährigen Jungfrau hätte man sich das allenfalls noch eingehn lassen. Bei einem Fünfundzwanzigjährigen war es einfach unglaubwürdig.
Mick ließ die Blume fallen und zog sein T-Shirt aus den Jeans. Ein fester Bauch, dann ein schlanker, glatter Brustkorb kamen zum Vorschein, während er es auszog. Als sein Kopf wieder auftauchte, war sein Haar zerrauft und ein breites Grinsen auf seinem Gesicht. Judd sah den Torso an. Gerade richtig, nicht zu muskulös. Eine Blinddarmnarbe lugte über den Rand der verwaschenen Jeans. Eine goldene Kette – schmal zwar, aber die Sonne fing sich in ihr – senkte sich in seine Kehlgrube. Ohne daß er es beabsichtigte, erwiderte er Micks Grinsen, und eine Art Frieden wurde zwischen ihnen geschlossen.
Mick schnallte jetzt den Gürtel auf.
»Magst du ficken?« fragte er, und das Grinsen blieb unverändert.
»Es hat keinen Sinn«, kam die Antwort, wenn auch nicht auf diese Frage.
»Was hat keinen?«
»Wir passen einfach nicht zusammen.«

»Wetten, daß?«
Jetzt hatte er den Reißverschluß auf und wandte sich fort zu dem Weizenfeld, das bis an die Straße heranreichte.
Judd sah zu, wie Mick sich eine Schneise durch den wogenden See bahnte; sein Rücken hatte die Farbe des Getreides, so daß er fast in dieser Tarnung verschwand. Ganz schön riskant, im Freien zu bumsen – sie waren hier nicht in San Francisco, nicht mal in Hampstead Heath. Nervös schaute Judd die Straße runter. Noch immer menschenleer in beiden Richtungen. Und Mick drehte sich um, tief drinnen im Feld, drehte sich um und winkte wie ein Schwimmer, der in einer goldenen Brandung nach oben geschnellt wird. Scheiß drauf... niemand würde was mitkriegen, niemand was erfahren. Bloß die Berge, vom Hitzeschleier verflüssigt, die ihre bewaldeten Rücken dem ersten Tun der Erde zugeneigt hatten, und ein verlorener Hund, der am Straßenrand saß und auf irgendeinen verlorenen Herrn wartete.
Judd folgte Micks Pfad durch den Weizen und knöpfte beim Gehen das Hemd auf. Feldmäuse liefen vor ihm her, huschten durch die Halme, als der Riese mit Donnerfüßen des Weges kam. Judd lächelte angesichts ihres Entsetzens. Er wollte ihnen nichts Böses, aber woher konnten sie das schließlich wissen? Womöglich hatte er hundert Leben – Mäuse, Käfer, Würmer – ausgelöscht, bevor er die Stelle erreichte, wo Mick auf einem Bett aus zertrampeltem Getreide lag, splitternackt bis auf die Eier, und noch immer grinste.
Nichts auszusetzen an der Art, wie sie sich liebten: gekonnt und kraftvoll – für jeden gleich viel Lust. Ihre Leidenschaft hatte etwas Präzises, spürte den Moment heraus, von dem ab mühelose Wonne dringlich wurde, Begierde umschlug in Notwendigkeit. Sie waren ineinander verschlungen, Glied um

Glied, Zunge um Zunge, zu einem Knäuel, das nur der Orgasmus auflösen konnte; abwechselnd versengten und zerkratzten sie sich den Rücken, wenn sie sich umherwälzten und Schwanz- und Lippenküsse tauschten. Auf dem Höhepunkt, als sie gemeinsam abspritzten, hörten sie das Tuff-Tuff-Tuff eines vorbeifahrenden Traktors, aber das kümmerte sie längst nicht mehr.

Dann machten sie sich wieder auf den Weg zum Volkswagen, vom Körper zerdroschenen Weizen in Haar und Ohren, in den Socken und zwischen den Zehen. Ein entspanntes Lächeln hatte ihr Grinsen ersetzt: Der Waffenstillstand würde, wenn er auch nicht endgültig war, zumindest ein paar Stunden dauern.

Im Wagen war es kochendheiß, und sie mußten, ehe sie nach Novi Pazar weiterfuhren, alle Fenster und Türen öffnen, damit ihn der Luftzug abkühlte. Es war vier Uhr, und sie hatten noch eine Stunde Fahrt vor sich.

Als sie ins Auto stiegen, sagte Mick: »Das Kloster schenken wir uns, ja?«

Judd war baff. »Ich hab' gedacht...«

»Noch so 'ne bekackte Jungfrau halt' ich nicht mehr aus...«

Beide lachten sie herzlich, küßten sich dann, schmeckten einander und sich selbst, ein Sich-Vermischen von Speichel mit dem Nachgeschmack salzigen Samens.

Der folgende Tag war blendend hell, aber nicht besonders warm. Kein blauer Himmel: nur eine gleichmäßige weiße Wolkendecke. Die Morgenluft drang beißend in die Nasenschleimhaut wie Äther oder Pfefferminz.

Auf dem Hauptplatz von Popolac sah Vaslav Jelovsek den Tauben zu: Sie forderten den Tod heraus mit ihrem Gehüpfe und Geflatter vor den herumsausenden Fahrzeugen, die militä-

rische oder zivile Aufgaben zu erledigen hatten. Die Atmosphäre nüchterner Zweckmäßigkeit unterdrückte kaum die Erregung, die er an diesem Tag verspürte, eine Erregung, von der er wußte, daß sie von jedem Mann, jeder Frau, jedem Kind in Popolac geteilt wurde. Auch von den Tauben wurde sie geteilt, soviel er wußte. Möglicherweise spielten sie deswegen so überaus geschickt zwischen den Rädern, wohl wissend, daß ihnen an diesem Tag der Tage nichts Böses geschehen konnte.
Er musterte nochmals den Himmel, jenen weißen Himmel, den er seit Tagesanbruch beguckt hatte. Die Wolkendecke hing tief; nicht ideal für die Feierlichkeiten. Eine Redewendung kam ihm in den Sinn, eine englische Redewendung, die er einen Freund hatte sagen hören: »den Kopf in den Wolken haben«. Sie bedeutete, schloß er intuitiv, von träumerischer Geistesabwesenheit, einem weißen gesichtslosen Traum umfangen zu sein. Das war alles, was der Westen über Wolken wußte, dachte er sarkastisch: daß sie ein Sinnbild für Träume waren. Es bedurfte schon einer Vorstellungskraft, die den Westlern fehlte, um diese beiläufige Redewendung buchstäbliche Wahrheit werden zu lassen. Würden sie nicht hier, in diesem abgelegenen Bergland, diesen leeren Worten zu einer aufsehenerregenden Wirklichkeit verhelfen? Sozusagen eine fleischgewordene Redensart: Ein Kopf in den Wolken.
Schon stellte sich das erste Kontingent auf dem Platz auf. Einer oder zwei waren aus Krankheitsgründen nicht angetreten, aber Reserveleute standen bereit und warteten darauf, ihre Plätze einzunehmen. Solcher Eifer! Solch tiefzufriedenes Lächeln, wenn ein Reservist beziehungsweise eine Reservistin sich mit Name und Zahl aufgerufen hörte und aus der Formation trat, um sich in das Glied zu fügen, das bereits Gestalt annahm. Ringsum wahre Wunder an Organisation. Jeder hatte seine

spezielle Aufgabe zu erledigen, seinen besonderen Platz einzunehmen. Kein Geschrei oder Gedränge: In der Tat, der Stimmpegel hob sich kaum über ein eifriges Geflüster. Voll Bewunderung sah er zu, wie die Arbeit des In-Stellung-Bringens und Anschnallens, des Stauchens und Vertäuens voranging.
Es würde ein langer, anstrengender Tag werden. Vaslav war seit einer Stunde vor Tagesanbruch auf dem Platz; er trank Kaffee aus importierten Plastikbechern, erörterte die halbstündigen Wettermeldungen, die aus Pristina und Mitrovica hereinkamen und hatte den sternenlosen Himmel beobachtet, als diesen das graue Morgenlicht überkroch. Jetzt trank er schon seine sechste Tasse Kaffee an diesem Tag, und es war noch kaum sieben Uhr. Metzinger, drüben auf der anderen Seite des Platzes, wirkte ebenso müde und besorgt, wie sich Vaslav fühlte.
Gemeinsam hatten sie die Dämmerung aus dem Osten hervorsickern sehen, Metzinger und er. Aber jetzt hatten sie sich, unter Hintansetzung ihrer Kameradschaft, getrennt und würden nicht mehr miteinander reden, bis der Wettstreit vorbei war. Schließlich war er aus Podujevo. Im bevorstehenden Kampf hatte er seine eigene Stadt zu unterstützen. Morgen würden er und Metzinger die Erfahrungsberichte ihrer Abenteuer austauschen, aber heute mußten sie sich so verhalten, als ob sie sich nicht kennen würden, durften zwischen sich nicht einmal ein Lächeln aufkommen lassen. Heute hatten sie absolute Parteigänger zu sein und sich nur um den Sieg ihrer eignen Stadt übers gegnerische Lager zu kümmern.
Jetzt war, zur beiderseitigen Genugtuung von Metzinger und Vaslav, das erste Bein von Popolac aufgerichtet. Alle Sicherheitskontrollen waren peinlich genau eingehalten worden, und das Bein verließ den Platz, riesig fiel sein Schatten über die Vorderfront des Rathauses.

Vaslav schlürfte seinen süßen, süßen Kaffee und gestattete sich ein kleines zufriedenes Grunzen. Sagenhaft, unbeschreiblich diese Tage, Tage voller Ruhm und voll knatternder Flaggen; und dieser Blick in die Höhe, daß es einem im Magen schwindlig wurde. Davon konnte ein Mann sein ganzes Leben lang zehren. Es war ein goldner Vorgeschmack auf den Himmel.

Soll Amerika mit seinen unbedarften Freunden selig werden, mit seinen Zeichentrickmäusen, seinen Zuckergußschlössern, seinen Kulten und Technologien – er konnte darauf verzichten. Das größte Wunder der Welt war hier, im Bergland verborgen.

Ach, diese sagenhaften Tage.

Auf dem Hauptplatz von Podujevo war die Szene nicht weniger lebendig und nicht weniger mitreißend. Vielleicht lag der diesjährigen Feier eine gedämpfte Traurigkeit zugrunde, aber das war verständlich. Nita Obrenovic, Podujevos geliebte und hochgeschätzte Organisatorin, war nicht mehr am Leben. Der vorangegangene Winter hatte sie im Alter von vierundneunzig hinweggerafft, wodurch die Stadt ihrer rigorosen Ansichten und noch rigoroseren Größenverhältnisse beraubt worden war. Sechzig Jahre lang hatte Nita mit den Bürgern von Podujevo zusammengearbeitet, immer schon den nächsten Wettstreit vorausgeplant und an den Baukonstruktionen Verbesserungen vorgenommen; ihre ganze Energie hatte sie darauf verwendet, die nächste Kreation noch anspruchsvoller und noch lebensnäher zu gestalten als die letzte.

Jetzt war sie tot, und man vermißte sie schmerzlich. Zwar griffen in den Straßen auch ohne sie keine Auflösungserscheinungen um sich, dazu waren die Leute viel zu gut geschult, aber sie kamen bereits mit dem Zeitplan in Verzug, und dabei war es erst fünf vor halb acht. Nitas Tochter hatte anstelle ihrer Mutter die Leitung übernommen, aber ihr fehlte Nitas Autorität, um die Leute in Schwung zu bringen. Sie war, mit einem Wort, zu weich für diese Aufgabe. Die erforderte einen Anführer, der die Bürger mit Schmeicheln, Zwang und Begeisterung ihren Platz einnehmen ließ, der zum Teil Prophet und zum Teil Zirkusdirektor war. Womöglich würde es Nita Obrenovics Tochter nach zwei oder drei Jahrzehnten und mit ein paar Wettstreiten mehr in der Tasche schaffen. Aber für den heutigen Tag befand sich Podujevo im Rückstand; man war dabei, über Sicherheitskontrollen hinwegzusehen; nervöse Blicke verdrängten die Zuversicht früherer Jahre.

Nichtsdestoweniger rückte sechs Minuten vor acht das erste Körperglied von Podujevo zur Stadt hinaus Richtung Sammelpunkt, um dort auf seinen Genossen zu warten.

Ungefähr zur selben Zeit wurden in Popolac bereits die Flanken miteinander verzurrt, und bewaffnete Kontingente erwarteten auf dem Hauptplatz ihre Befehle.

Mick erwachte pünktlich um sieben, obwohl es in ihrem einfach möblierten Zimmer im Hotel Beograd keinen Wecker gab. Er lag in seinem Bett und lauschte Judds regelmäßigen Atemzügen aus dem Bett an der gegenüberliegenden Wand. Ein trübes Morgenlicht flirrte durch die dünnen Vorhänge und ermunterte nicht gerade zu einem frühen Aufbruch. Nachdem er ein paar Minuten die von Sprüngen durchzogene Decke und etwas länger das grob geschnitzte Kruzifix an der gegenüberliegenden Wand angestarrt hatte, stand Mick auf und ging zum Fenster. Es war, wie vermutet, ein trüber Tag. Der Himmel war bedeckt, und die Dächer von Novi Pazar lagen grau und verwaschen in dem glanzlosen Morgenlicht. Aber über die

Dächer hinaus, weiter östlich, konnte er die Hügel sehen. Dort schien Sonne. Er konnte sehen, wie Lichtbündel das Blaugrün des Waldes streiften und zu einem Besuch der Hänge einluden. Heute würden sie womöglich Richtung Süden nah Kosovska Mitrovica reisen. Gab's dort nicht einen Markt und ein Museum? Und sie könnten das Ibar-Tal runterfahren, der Straße neben dem Fluß folgen, wo auf beiden Seiten die Berge wild und leuchtend in die Höhe stiegen. Die Berge, ja: Heute würden sie sich die Berge ansehen, sein Entschluß stand fest. Es war viertel neun.

Gegen neun waren die Körperrümpfe von Popolac und Podujevo im großen und ganzen montiert. In ihren zugeteilten Bezirken warteten die Gliedmaßen beider Städte einsatzbereit darauf, sich ihren Torsi in spe anzuschließen.
Vaslav Jelovsek beschirmte mit behandschuhten Händen seine Augen und inspizierte den Himmel. Die Wolkenbasis war ganz zweifellos in der letzten Stunde gestiegen, und gegen Westen zeigten sich Risse in der Wolkendecke; gelegentlich blinzelte sogar flüchtig die Sonne durch. Vielleicht würde es nicht gerade ein idealer Tag für den Wettkampf werden, ein angemessener jedoch mit Sicherheit.

Mick und Judd frühstückten spät, Sinkenmittai – was man halbwegs als Schinken mit Ei gelten lassen konnte – und mehrere Tassen guten schwarzen Kaffee. Selbst in Novi Pazar hellte es sich jetzt auf, und ihre Ziele waren weit gesteckt: Kosovska Mitrovica gegen Mittag und eventuell nachmittags eine Besichtigung der Bergfeste Zvecan.
Gegen halb zehn verließen sie Novi Pazar Richtung Süden und nahmen die Straße nach Srbovac zum Ibar-Tal. Keine gute

Straße, aber die Stöße und Schlaglöcher konnten ihnen den neuen Tag nicht vermiesen.
Bis auf einen gelegentlichen Fußgänger war die Straße leer; anstelle der Mais- und Getreidefelder, an denen sie am Vortag vorbeigekommen waren, säumten hier wellenförmig gestaffelte Hügel mit dicht und dunkel bewaldeten Hängen die Straße. Außer ein paar Vögeln sahen sie kein Tier. Selbst die sporadischen Passanten fehlten nach ein paar Kilometern völlig, und die vereinzelten Bauernhäuser, an denen sie vorbeifuhren, waren augenscheinlich abgesperrt und dichtgemacht. Schwarze Schweine tummelten sich vernachlässigt im Hof, kein Kind war da, sie zu füttern. Wäsche flappte und blähte sich an durchhängenden Leinen, keine Wäscherin war in Sicht.
Anfangs war diese einsame Reise ohne jeden menschlichen Kontakt durch das Bergland erfrischend, aber als der Morgen fortschritt, überkam sie allmählich ein Unbehagen.
»Hätte da nicht ein Wegweiser nach Mitrovica kommen müssen, Mick?«
Er studierte die Karte.
»Womöglich...«
»... sind wir auf der falschen Straße.«
»Also, wenn ein Wegweiser dagewesen wäre, dann hätte ich ihn auch gesehen. Am besten, wir schauen, daß wir von dieser Straße runterkommen und uns ein bißchen mehr nach Süden halten – dann stoßen wir näher bei Mitrovica auf das Tal.«
»Und wie kommen wir von dieser elenden Straße runter?«
»Sind schon an einigen Abzweigungen vorbei...«
»Dreckpisten.«
»Ja, entweder die, oder wir müssen weiter geradeaus.«
Judd verkniff die Lippen. »Bitte 'ne Zigarette«, sagte er.
»Sind schon seit Kilometern alle.«

Vor ihnen bildeten die Berge eine undurchdringliche Linie. Kein Lebenszeichen gab's da; keinen zartgekräuselten Kaminrauch, kein Stimmen- oder Fahrzeuggeräusch.

»Also gut«, sagte Judd, »wir nehmen die nächste Abzweigung. Schlimmer kann's auf keinen Fall werden.«

Sie fuhren weiter. Der Straßenzustand verschlechterte sich rapide, aus den Schlaglöchern wurden Krater, die Bodenerhebungen spürte man wie Körper unter den Rädern.

Dann: »Da!«

Eine Abzweigung: eine mit Händen zu greifende Abzweigung. Freilich, keine Hauptstraße. Genaugenommen nicht einmal die Dreckpiste, als die Judd die anderen Straßen eingestuft hatte, aber ein Ausweg aus der endlosen Perspektive der Straße, von der sie nicht mehr runtergekommen waren.

»Wächst sich zu 'ner elenden Safari aus«, sagte Judd, als der VW sich auf der trübseligen Fahrspur voranzustoßen und voranzuschürfen begann.

»Wo bleibt dein Sinn fürs Abenteuer?«

»Den hab' ich vergessen einzupacken.«

Jetzt ging es bergauf: Der Pfad wand sich hinein in die Berge. Der Wald schloß sich über ihnen, löschte den Himmel aus, und beim Fahren huschte ein schillerndes Flickwerk aus Licht und Schatten über die Motorhaube. Plötzlich der Gesang eines Vogels, sinnleer und optimistisch, und der Geruch junger Kiefern und unberührter Erde. Droben, weiter vorn, überquerte ein Fuchs den Weg und verhielt, während der Wagen auf ihn zubrummte, einen langen Augenblick beobachtend. Dann schlenderte er mit dem gemächlichen Schritt eines furchtlosen Prinzen ins Dickicht.

Egal, wo wir hinkommen, dachte Mick, jedenfalls besser als die Straße, die wir verlassen haben. Schlimmstenfalls würden sie bald anhalten und ein Stück zu Fuß gehen, um eine Anhöhe zu finden, von der aus sie das Tal sehen konnten – und vielleicht Novi Pazar, friedlich hinter ihnen hingekuschelt.

Die zwei Männer waren noch eine Fahrtstunde von Popolac entfernt, als der Kopf des Kontingents endlich vom Hauptplatz abmarschierte und seinen Platz am Körperrumpf einnahm. Nach diesem letzten Abgang blieb die Stadt vollkommen ausgestorben zurück. Nicht einmal die Kranken oder die Alten blieben an diesem Tag zurück; keinem einzigen sollten das Schauspiel und der Triumph des Wettstreits vorenthalten werden. Jeder Bürger, wie jung oder gebrechlich auch immer – die Blinden, die Verkrüppelten, die Säuglinge auf den Armen, schwangere Frauen –, alle kamen aus ihrer stolzen Stadt hinauf zum Festplatz. Das Gesetz verlangte ihr Zugegensein. Aber es hätte des Nachdrucks nicht bedurft. Kein Bürger der beiden Städte hätte die Gelegenheit versäumt, sich diese Sehenswürdigkeit anzusehen – den Erregungsschauer dieses Wettstreits mitzuerleben.
Die Konfrontation mußte allumfassend sein, Stadt gegen Stadt. So hatte es sich immer abgespielt. Dergestalt gingen die Städte hinauf in die Berge. Gegen Mittag waren sie versammelt, die Bürger von Popolac und Podujevo, im geheimen Geviert der Hügel, vor zivilisierten Augen verborgen, um den alten rituellen Zweikampf auszutragen.
Zehntausende Herzen schlugen schneller. Zehntausende Leiber dehnten und strafften sich und schwitzten, als die Zwillingsstädte ihre Stellungen bezogen. Die Schatten der Körper verdunkelten Geländeflächen vom Ausmaß ganzer Marktflekken; das Gewicht ihrer Füße zertrampelte das Gras zu grüner Milch; ihre Bewegung tötete Tiere, zermalmte Buschwerk und

warf Bäume nieder. Die Erde widerhallte buchstäblich bei ihrem Vorbeizug. Das Echo der Berge verdoppelte das dröhnende Getöse ihrer Schritte.
Im sich auftürmenden Körper Podujevos traten ein paar technische Mängel ans Licht. Ein leichter Fehler im Verknüpfungssystem der linken Flanke hatte dort eine Schwäche zur Folge gehabt, was wiederum Probleme im Schwenkmechanismus der Hüften nach sich zog. Sie waren starrer, als sie sein sollten, und die Bewegungen verliefen nicht stoßfrei-flüssig. Infolgedessen war jetzt dieser Bereich der Stadt einer erheblichen Beanspruchung ausgesetzt. Unerschrocken versuchte man, mit ihr zurechtzukommen; schließlich war der Wettstreit dazu bestimmt, den Kämpfern das Äußerste abzuverlangen. Aber die Zerreißschwelle war näher, als irgend jemand zuzugeben gewagt hätte. Die Bürger waren nicht so kräftig, wie sie es bei vorangehenden Wettkämpfen gewesen waren. Ein Jahrzehnt der Mißernten hatte weniger wohlgenährte Körper, weniger biegsame Rückgrate, weniger entschlossene Willenskräfte zur Folge gehabt. Die schlecht verknüpfte Flanke hätte, für sich genommen, noch keinen Unfall zu verursachen brauchen, aber angesichts der Schwächen der Kampfteilnehmer wurde sie zum Ausgangspunkt eines Todesspektakels von noch nie dagewesenem Ausmaß.

Sie hielten an.
»Hörst du das?«
Mick schüttelte den Kopf. Schon als Jugendlicher hatte er nicht gut gehört. Zu viele Rockkonzerte hatten seine Trommelfelle kaputtgedröhnt.
Judd stieg aus.
Die Vögel waren jetzt leiser. Das Geräusch, das er beim Fahren

gehört hatte, wiederholte sich. Es war nicht einfach ein Geräusch: Es war eher ein Beben in der Erde, ein Gebrüll, das seinen Sitz im Mark der Hügel zu haben schien.

Donner vielleicht?

Nein, zu rhythmisch. Und wieder, durch die Fußsohlen.

Rums.

Diesmal hörte es Mick. Er lehnte sich zum Autofenster raus. »s' ist irgendwo weiter droben. Ich hör's jetzt auch.«

Judd nickte.

Rums.

Wieder rollte der Erdendonner.

»Was is'n das, verdammt?« sagte Mick.

»Keine Ahnung, jedenfalls schau ich's mir an!« Judd setzte sich wieder in den Volkswagen und lächelte. »Klingt fast wie Geschütze«, sagte er und ließ den Wagen an. »Schwere Geschütze.«

Durch seinen Feldstecher, russisches Fabrikat, beobachtete Vaslav Jelovsek den Startwart beim Heben der Pistole. Er sah die Feder aus weißem Rauch vom Lauf aufsteigen und hörte eine Sekunde später den Schuß von der anderen Talseite.

Der Wettstreit hatte begonnen.

Er schaute hinauf zu den Zwillingstürmen aus Popolac und Podujevo. Köpfe in den Wolken – na, beinahe. So hoch reichten sie, daß sie praktisch den Himmel berührten. Es war ein beängstigender Anblick, ein den Atem drosselnder, schlafmordender Anblick. Zwei Städte, die schwankten und sich wanden und sich anschickten, bei diesem rituellen Kampf ihre ersten Schritte aufeinander zu zu machen.

Podujevo schien weniger standfest zu sein. Es kam zu einem leichten Stocken, als die Stadt ihr linkes Bein anhob, um den

Vormarsch zu beginnen. Nichts Ernstes, nur eine kleine Schwierigkeit beim Aufeinanderabstimmen von Hüft- und Schenkelmuskeln. Ein paar Schritte, und sie würde ihren Rhythmus finden; noch ein paar mehr, und ihre Einwohner würden sich wie ein einziges Wesen, ein einziger makelloser Koloß bewegen, mit dem Ziel, dessen Anmut und Kraft gegen sein Spiegelbild ins Feld zu führen.

Der Pistolenschuß hatte Schwärme von Vögeln aus den Bäumen, die den verborgenen Talkessel eindämmten, hochgejagt. Sie stiegen auf zur Feier des großen Wettkampfs und schnatterten ihre Aufregung hinaus, als sie über den Turnierplatz schwirrten.

»Hast du den Schuß gehört?« fragte Judd.

Mick nickte.

»Manöver...« Judds Lächeln war breiter geworden. Er sah schon die Schlagzeilen vor sich – ein Exklusivbericht über geheime Manöver mitten im ländlichen Jugoslawien. Russische Panzer vielleicht, taktische Übungen, abgehalten außer Sichtweite westlicher Spitzel. Mit etwas Glück konnte er der Berichterstatter sein.

Rums. Rums.

In der Luft waren Vögel. Der Donner rollte jetzt lauter.

Es klang eindeutig wie Geschütze.

»Hinter dem nächsten Bergkamm...« sagte Judd.

»Ich finde, wir sollten keinen Schritt weiter gehn.«

»Ich muß das sehen.«

»Ich nicht. Wir dürften uns hier gar nicht aufhalten.«

»Kann keinerlei Schilder entdecken.«

»Sie werden uns verhaften; deportieren – was weiß ich. Ich find' nur...«

Rums.
»Ich muß mir das einfach ansehn.«
Die Worte waren kaum aus seinem Mund, als gellend das Gekreisch begann.

Podujevo war's, das kreischte: ein Todesschrei. Irgendein in der anfälligen Flanke Verborgener war an Überanstrengung gestorben und hatte im System eine Kettenreaktion des Verfalls ausgelöst. Einer ließ seinen Nebenmann los und dieser Nebenmann wiederum den seinen, so daß sich ein Krebsgeschwür des Chaos durch den Körper der Stadt ausbreitete. Der Zusammenhalt des aufgetürmten Gefüges ging mit erschreckender Geschwindigkeit verloren, weil das Versagen eines anatomischen Abschnitts unerträglichen Druck auf den nächsten ausübte.
Das Meisterstück, das die guten Bürger von Podujevo aus ihrem eigenen Fleisch und Blut errichtet hatten, torkelte, und dann begann es gleich einem in die Luft gesprengten Wolkenkratzer einzustürzen.
Die geborstene Flanke erbrach Bürger, wie eine aufgeschlitzte Arterie Blut ausspeit. Dann neigte sich das Riesenwerk mit würdevoller Trägheit, die jedoch die Todespein der Bürger noch grausiger gestaltete, der Erde zu, und alle seine Glieder fielen auseinander, als es niederstürzte.
Der kolossale Kopf, der gerade noch die Wolken gestreift hatte, wurde auf seinen dicken Hals nach hinten geschleudert. Aus zehntausend Mündern gellte einstimmig der Aufschrei dieses ungeheuren Mundes, ein unartikulierter, unendlich bejammernswürdiger Appell an den Himmel. Ein Geheul des Verlorenseins, ein Geheul der Vorwegnahme, ein Geheul der Verstörung. Wie könnte denn, fragte der Schrei inständig, der Tag

der Tage solchermaßen enden, in einem tobenden Tumult niederstürzender Leiber?

»Hast du das gehört?«

Das Kreischen war unverkennbar menschlich, wenngleich fast ohrenbetäubend laut. Judds Magen krampfte sich zusammen. Er schaute rüber zu Mick, der war kreidebleich.

Judd hielt an.

»Nicht«, sagte Mick.

»Hör dir das an, mein Gott...«

Das markerschütternde Röhren Sterbender, ihr Gestöhn und Flehen, ihre Verwünschungen überschwemmten die Luft. Ganz in ihrer Nähe war's.

»Komm jetzt weg von hier!« beschwor ihn Mick.

Judd schüttelte den Kopf. Er hatte mit irgendeinem militärischen Spektakel gerechnet – die gesamte Sowjetarmee hinter dem nächsten Hügel auf einem Haufen beisammen –, aber dieses Getöse in seinen Ohren war das Getöse menschlichen, unsagbar menschlichen Fleisches. Es erinnerte ihn an die Vorstellungen, die er als Kind von der Hölle gehabt hatte; an die unablässigen, unaussprechlichen Qualen, mit denen ihm seine Mutter gedroht hatte, wenn er's unterließe, Jesus in sein Herz zu schließen. Es war eine Schreckensvision, die er zwanzig Jahre vergessen hatte. Aber bitte, plötzlich war sie wieder da, in alter Frische. Vielleicht tat sich gleich hinter der nächsten Horizontlinie der Höllenschlund selber auf, und seine Mutter stand an seinem Rand und forderte ihn auf, das Strafgericht kennenzulernen.

»Wenn du nicht willst, dann fahr' ich eben allein.«

Mick stieg aus und ging vorn um den Wagen herum dabei schaute er flüchtig den Weg hinauf. Einen Moment, nicht länger als einen Moment, zögerte er, und ungläubig flackerte es in seinen Augen, ehe er sich, mit noch bleicherem Gesicht als vorher, zur Windschutzscheibe wandte und mit vor unterdrücktem Ekel heiserer Stimme »Gott im Himmel...« sagte. Sein Lover saß noch immer hinterm Steuer, hielt den Kopf in den Händen und versuchte, Erinnerungen auszulöschen.

»Judd...«

Judd blickte langsam auf. Mick starrte ihn an wie ein Rasender, sein Gesicht glänzte plötzlich vor eisigem Schweiß. Judd sah an ihm vorbei. Wenige Meter weiter vorn hatte sich die Wegspur rätselhaft verdunkelt, denn eine Flutwelle schob sich auf den Wagen zu, eine dicke, hohe Flutwelle Blut. Judd drehte und wendete seine Gedanken, um dem Anblick irgendeinen anderen Sinn abzugewinnen, nur nicht diesen einen, unausweichlichen. Aber es gab keine vernünftige Erklärung. Es war Blut, in unerträglichem Überfluß, Blut ohne Ende.

Und jetzt trug der leichte Wind die Würze frisch nach dem Tod geöffneter Leichen heran: den Geruch aus der Tiefe des menschlichen Lebens, süß zum Teil, zum Teil pikant.

Mick wankte zur Beifahrerseite des VW zurück und hantierte schwach am Türgriff herum. Die Tür öffnete sich unversehens, und er taumelte hinein mit glasigen Augen.

»Stoß zurück«, sagte er.

Judd langte nach dem Anlasser. Die Blutflut schwappte schon gegen die Vorderräder. Weiter vorn war die ganze Welt rot.

»Fahr los, verdammte Scheiße, fahr!«

Judd machte keine Anstalten, den Wagen zu starten.

»Wir müssen nachsehen«, sagte er ohne Überzeugung, »bleibt uns nichts übrig.«

»Gar nichts müssen wir«, sagte Mick. »Bloß hier raus ums Verrecken. Was geht's uns an...«

»Ein Flugzeugabsturz...«

»Kein Rauch zu sehn.«

»Aber das sind menschliche Stimmen.«

Instinktiv wollte Mick die Sache auf sich beruhen lassen. Er konnte über die Tragödie in der Zeitung lesen – er konnte sich die Bilder morgen anschauen, wenn sie grau und grobgerastert waren. Heute war's zu nah und neu, zu unvorhersehbar. Alles mögliche konnte einen am Ende dieses Weges erwarten, blutüberströmt...

»Wir müssen...«

Judd ließ den Wagen an, während Mick neben ihm leise zu jammern anfing. Der VW schob sich vorwärts, bahnte sich vorsichtig einen Weg durch diesen Strom aus Blut. In der ekligen, schaumigen Flut drehten die Räder durch.

»Nicht«, sagte Mick ganz leise. »Bitte, nicht...«

»Wir müssen«, war Judds Antwort. »Wir müssen einfach.«

Nur wenige Meter entfernt erholte sich die überlebende Stadt Popolac vom ersten Schreck. Sie starrte mit tausend Augen auf die Ruinen ihres rituellen Feindes, der jetzt in einem Gewirr aus Stricken und Leibern über den von Einschlägen übersäten Boden verstreut war, zerschmettert für immer. Popolac wankte zurück vor diesem Anblick, seine riesenhaften Beine ebneten den Wald ein, der den Festplatz umsäumte, seine Arme zerdroschen die Luft. Aber Popolac hielt sein Gleichgewicht, selbst dann noch, als ein kollektiver Wahn, hervorgerufen durch den Greuel ihm zu Füßen, seine Muskeln durchbrandete und sein Gehirn lähmte. Die Ordnung ließ nach: Der Körper schlug um sich, bäumte sich auf und wandte sich ab von dem gräßlichen Podujevo-Teppich, um in die Berge zu fliehen.

Als er fortstampfte ins Vergessen, schob sich seine hochgetürmte Gestalt vorübergehend zwischen den Wagen und die Sonne und warf ihren kalten Schatten über den blutigen Pfad. Mick sah nichts durch seinen Tränenschleier, und Judd, der die Augen in Erwartung des Anblicks, der ihn um die nächste Wegbiegung erwartete, zusammengezogen hatte, registrierte nur verschwommen, daß etwas das Taglicht eine Minute lang verdunkelt hatte. Eine Wolke vielleicht. Ein Vogelschwarm. Hätte er in diesem Moment aufgeschaut, nur einen verstohlenen, flüchtigen Blick gewagt hinaus nach Nordwest, dann hätte er Popolacs Kopf gesehen, den riesenhaften, wimmelnden Kopf einer irrsinnig gewordenen Stadt, die in die Berge hineinmarschierte und aus seinem Gesichtsfeld verschwand. Er hätte dann sehr wohl begriffen, daß dieses Territorium seinen Horizont überstieg; und daß jede Hilfe zu spät kam in diesem Höllenwinkel. Aber er sah die Stadt nicht, und damit war seine und Micks letzte Möglichkeit zur Umkehr dahin. Von jetzt ab waren sie wie Popolac und ihre tote Zwillingsschwester für gesunde Verstandesregungen nicht mehr empfänglich und aller Lebenshoffnung ledig.

Sie bogen um die Wegkurve, und die Trümmer Podujevos kamen in Sicht. Nie hätte sich ihre zivilisierte Einbildungskraft etwas so unaussprechlich Grausames träumen lassen.
Vielleicht waren auch auf den Schlachtfeldern der Weltkriege so viele Leichen aufgetürmt gewesen: Aber waren, zusammengekeilt mit den toten Männern, so viele Frauen und Kinder darunter gewesen? Es hatte derart hohe Stapel von Toten gegeben, aber wann jemals solche, die so kurz vorher noch übergeschäumt waren vor Leben? Es hatte so rasch verwüstete Städte gegeben, aber wann jemals eine ganze Stadt, die dem bloßen Gebot der Schwerkraft zum Opfer gefallen war?

Das war kein Anblick mehr, der Übelkeit verursachte. Konfrontiert mit ihm, verlangsamte sich das Denkvermögen bis zum Schneckentempo, die Verstandeskräfte nahmen den Augenschein penibel unter die Lupe, durchsuchten ihn nach einer fehlerhaften Stelle, nach einem Defekt, bei dem sie konstatieren konnten: Dies hier geschieht nicht wirklich. Es ist ein Traum vom Tod, nicht der Tod selbst.
Aber der Verstand konnte keinen Schwachpunkt in der Mauer finden. Dies hier war wahr. Es war der Tod, unleugbar.
Podujevo war gefallen.
Achtunddreißigtausendsiebenhundertfünfundsechzig Bürger waren über den Boden verstreut oder vielmehr roh in plumpen, sickernden Stapeln hingeschleudert. Jene, die nicht beim Sturz oder durch Ersticken gestorben waren, lagen im Sterben. Von dieser Stadt würde es keine Überlebenden geben, bis auf das Häufchen Zuschauer, die aus ihren Wohnstätten hergekrochen waren, um dem Wettkampf zuzusehen. Diese wenigen Podujevianer – Verkrüppelte, Kranke, ein paar Hochbetagte – begafften jetzt wie Mick und Judd das Gemetzel und wollten es einfach nicht wahrhaben.
Judd war als erster aus dem Wagen. Der Boden unter seinen Wildlederschuhen war klebrig vor verklumpendem Blutgerinnsel. Es inspizierte das Blutbad. Keinerlei Wrackteile: kein Hinweis auf einen Flugzeugabsturz, kein Brand, kein Treibstoffgeruch. Nur Zehntausende warmer Leichen, die alle, Männer, Frauen und Kinder gleichermaßen, entweder nackt oder uniform mit grauem Serge bekleidet waren. Einige von ihnen trugen, wie er sehen konnte, ledernes Gurtzeug, das straff um den Oberkörper geschnallt war, und aus diesen absonderlichen Vorrichtungen schlängelten sich Seilenden, kilometer- und aberkilometerlang. Je genauer er hinschaute,

desto deutlicher sah er das außerordentliche System von Verknotungen und Vertäuungen, das die Körper noch immer zusammenhielt. Aus irgendeinem Grund waren diese Menschen zusammengebunden worden, einer an den anderen. Manche waren auf die Schultern ihrer Genossen gejocht, saßen rittlings auf ihnen wie Jungen beim Pferd-und-Reiter-Spiel. Andere waren Arm in Arm verzurrt, mit Seilfäden zu einer Wandung aus Muskeln und Knochen zusammengeschweißt. Wieder andere waren mit zwischen den Knien eingeklemmten Köpfen zu einem Ball verschnürt. Alle waren auf irgendeine Weise ganz mit ihrem Nächsten verkoppelt wie bei einem wahnsinnigen kollektiven Fesselungsspiel.

Wieder ein Schuß.

Mick schaute auf.

Auf der anderen Seite des Feldes ging ein einzelner, mit einem erdgrauen, schweren Mantel bekleideter Mann zwischen den Leichen herum und beförderte die Sterbenden mit einem Revolver ins Jenseits. Es war ein bejammernswürdig unzulänglicher Mitleidsakt, aber trotzdem machte er weiter, suchte als erstes die leidenden Kinder heraus. Er leerte den Revolver, lud ihn wieder, leerte ihn, lud ihn, leerte ihn...

Mick konnte nicht mehr an sich halten. Aus vollem Halse überbrüllte er das Stöhnen der Verletzten: »*Was ist hier los?*«

Der Mann blickte von seiner traurig-entsetzlichen Pflicht auf, sein Gesicht war so todgrau wie sein Mantel.

»Ha?« brummte er und blickte die zwei Eindringlinge durch seine dicke Brille finster an.

»Was ist hier passiert?« brüllte Mick. Es tat wohl zu brüllen, es tat wohl, den Mann wütend anzuherrschen. Womöglich hatte er schuld. Es wäre eine feine Sache gewesen, jemand zu haben, dem man einfach die Schuld anhängen konnte.

»Reden Sie...« sagte Mick. Er konnte die Tränen in seiner Stimme zittern hören. »Reden Sie, um Himmels willen! Erklären Sie, was geschah!«

Graumantel schüttelte den Kopf. Er verstand kein Wort von dem, was der junge Idiot da sagte. Er bekam lediglich mit, daß er Englisch redete, sonst nichts. Mick ging zu ihm und spürte dabei fortwährend die Augen der Toten auf sich. Augen wie schimmernde schwarze Edelsteine, eingefaßt in zerbrochene Gesichter: Augen, die ihn verkehrt herum anblickten aus Köpfen, die abgetrennt waren. Augen in Köpfen, die pures Geheul statt einer Stimme hatten. Augen in Köpfen, die nicht mehr heulten und atmeten.

Tausende Augen.

Mick erreichte Graumantel, dessen Waffe fast leer war. Er hatte die Brille abgenommen und beiseite geworfen. Auch er weinte, leichte Zuckungen durchliefen seinen großen, plumpen Körper.

Am Boden unten langte jemand nach Micks Füßen. Er wollte nicht hinschauen, aber die Hand berührte seinen Schuh, und er konnte nicht umhin, ihren Eigner zu sehen. Ein junger Mann, wie ein Hakenkreuz aus Fleisch hingeschlagen, jedes Gelenk zerschmettert. Ein kleines Mädchen lag unter ihm, seine blutigen Beine staksten heraus wie zwei rosa Stöcke.

Er wünschte sich den Revolver des Mannes, um die Hand davon abzubringen, ihn weiter zu berühren. Noch besser, er wünschte sich gleich ein Maschinengewehr, einen Flammenwerfer, irgend etwas Passendes, um die Todesqual wegzutilgen.

Als Mick von dem zermalmten Körper aufblickte, sah er Graumantel seinen Revolver heben. »Judd...« sagte er, aber das Wort war kaum über seine Lippen, da wurde die Revolver-

mündung schon in Graumantels Mund geschoben und der Abzug durchgedrückt.
Graumantel hatte die letzte Kugel für sich selber aufgespart. Sein Hinterkopf öffnete sich wie ein fallengelassenes Ei, die Schale seines Schädels flog weg. Sein Körper erschlaffte und sank zu Boden, der Revolver steckte noch immer zwischen den Lippen.
»Wir müssen...« fing Mick an und sprach ins Leere. »Wir müssen...«
Wie lautete das Gebot? Was *mußten* sie tun in dieser Lage?
»Wir müssen...«
Judd war hinter ihm.
»...helfen«, sagte er zu Mick.
»Ja. Wir müssen Hilfe holen. Wir müssen...«
»...gehn.«
Gehn! Das war's, was sie tun mußten. Ganz gleich, unter welchem Vorwand, aus welchem noch so fadenscheinigen, erbärmlichen Grund: Sie mußten gehn. Rauskommen aus dem Schlachtfeld, rauskommen aus der Reichweite einer sterbenden Hand mit einer Wunde anstelle eines Körpers.
»Wir müssen die Behörden informieren. Eine Stadt finden. Hilfe holen...«
»Priester«, sagte Mick. »Sie brauchen Priester.«
Die Versorgung so vieler Menschen mit den Sterbesakramenten – eine absurde Vorstellung. Dazu hätte es einer ganzen Armee von Priestern, eines Wasserwerfers voll Weihwasser, eines Lautsprechers zur Erteilung des Segens bedurft.
Gemeinsam wandten sie sich ab von dem Grauen. Sie schlangen die Arme umeinander und lavierten sich dann durch das Blutbad zum Wagen.
Er war besetzt.

Vaslav Jelovsek saß hinterm Steuer und versuchte, den Volkswagen zu starten. Er drehte den Zündschlüssel einmal. Zweimal. Beim dritten Mal sprang der Motor an, und die Räder drehten durch in dem scharlachroten Schlamm, als Jelovsek den Rückwärtsgang einlegte und den Weg bergab zurückstieß. Er sah die Engländer auf den Wagen zulaufen und Verwünschungen gegen ihn ausstoßen. Da konnte man nichts machen – er wollte das Fahrzeug nicht stehlen, aber er hatte Lebenswichtiges zu erledigen. Er war Schiedsrichter gewesen, er war für den Wettkampf verantwortlich gewesen und ebenso für die Sicherheit der Wettkämpfer. Eine der beiden heroischen Städte war bereits gefallen. Er mußte alles in seiner Macht Liegende tun, um zu verhindern, daß Popolac seiner Zwillingsschwester folgte. Er mußte Popolac nachjagen, um vernünftig mit ihm zu reden. Es mit beruhigenden Worten und Versprechungen unermüdlich bearbeiten und ihm die Schreckensängste ausreden. Mißlang dies, so würde es zu einer weiteren Katastrophe kommen, die der hier in nichts nachstünde, und sein Gewissen war schon zerrüttet genug.

Mick jagte mit Protestgebrüll dem VW hinterher. Der Dieb achtete nicht darauf, er war vollauf damit beschäftigt, den Wagen im Rückwärtsgang den engen schlüpfrigen Pfad hinunter zu manövrieren. Mick mußte seine Verfolgungsjagd sehr schnell aufgeben. Der Wagen war allmählich auf Touren gekommen. Rasend vor Wut, aber ohne den nötigen Atem, sie auch zu äußern, stand Mick auf dem Weg, die Hände auf den Knien, und keuchte und schluchzte.

»Sauhund!« sagte Judd.

Mick schaute den Pfad runter. Ihr Wagen war bereits verschwunden.

»Hat nicht mal richtig fahren können, das Arschloch.«

»Wir müssen ... ihn ... einholen ... unbedingt ...« würgte Mick atemlos hervor.

»Wie denn?«

»Zu Fuß ...«

»Wir haben nicht mal 'ne Karte... liegt im Wagen.«

»Mein Gott ... um ... Himmels willen.«

Zusammen gingen sie den Pfad hinunter, fort vom Schlachtfeld.

Nach wenigen Metern begann der Blutstrom zu versanden. Nur ein paar stockende Rinnsale sickerten Richtung Hauptstraße weiter. Mick und Judd folgten den blutigen Reifenspuren bis zur Kreuzung.

Die Strecke nach Srbovac war leer in beiden Richtungen. Die Reifenspuren verliefen nach links. »Er ist noch tiefer in die Berge rein«, sagte Judd und starrte die wunderhübsche Straße entlang zum blaugrünen Horizont. »Der hat sie nicht mehr alle!«

»Gehn wir den Weg zurück, den wir gekommen sind?«

»Da sind wir die ganze Nacht auf den Beinen.«

»Per Anhalter nicht.«

Judd schüttelte den Kopf: Sein Gesicht war schlaff, sein Blick wirr, verloren. »Ist doch klar, Mick, daß die alle mitgekriegt haben, was da vor sich ging. Die Leute auf den Bauernhöfen, die sind todsicher abgehauen, während die Menschen da droben durchgedreht sind. Auf dieser Straße findest du kein Auto, jede Wette – höchstens vielleicht ein paar saublöde Touristen wie uns, und von denen fällt keinem ein, jemand wie uns mitzunehmen.«

Er hatte recht. Sie sahen wie Metzger aus: blutbesudelt. Fettverschmiert glänzten ihre Gesichter, irrsinnig ihre Augen.

»Bleibt uns nur ein Weg übrig«, sagte Judd, »seiner.«

Er deutete die Straße rauf. Die Berge waren jetzt dunkler; das Sonnenlicht auf den Hängen war plötzlich verloschen.
Mick zuckte mit den Achseln. So oder so hatten sie eine Nacht auf der Straße vor sich, das war klar. Aber irgendwohin gehen wollte er – egal wohin –, Hauptsache, er vergrößerte dabei den Abstand zwischen sich und den Toten.

In Popolac war eine Art Friede eingetreten. Anstelle tobsüchtigen Entsetzens herrschte eine dumpfe Starre, eine schafsartige Hinnahme der Welt, wie sie nun mal war. Verkeilt in ihre Positionen, allseitig aneinandergeschnallt, -gefesselt und -geschirrt in einem lebenden System, das es keiner einzelnen Stimme erlaubte, vernehmbarer als irgendeine andere zu sein, und keinem Rücken, sich weniger abzuschinden als der seines Nachbarn, ließen alle es zu, daß die ruhige Stimme der Vernunft einem umnachtenden Konsens wich. Krampfartig wurden sie zu einem Sinnen, einem Denken, einem Wollen verschweißt. Im Verlauf weniger Augenblicke wurden sie der eigen-sinnige Koloß, dessen Kultbild sie so glänzend neugeschaffen hatten. Die Illusion kleinlicher Individualität wurde von einem unwiderstehlichen Ansturm kollektiven Empfindens hinweggefegt. Das war nicht die rohe Leidenschaft eines Menschenhaufens, sondern eine telepathische Aufwallung, die die Stimmen Tausender zu einem einzigen, unwiderstehlichen Befehl verschmolz.
Und die Stimme sagte: Geh!
Die Stimme sagte: Schaff diesen grauenhaften Anblick fort, mir für immer aus den Augen.
Popolac lief in die Berge, und seine Beine machten Schritte von bald einem Kilometer Länge. Jeder einzelne, ob Mann, Frau oder Kind, war augenlos in diesem brodelnden Turm. Sie sahen

nur durch die Augen der Stadt. Sie waren gedankenlos, aber dazu bestimmt, die Gedanken der Stadt zu denken. Und sich selbst, in ihrer schwer dahinstapfenden, gnadenlosen Kraft, hielten sie für unsterblich. Riesenhaft und wahnverwirrt und unsterblich.

Nach drei Kilometern Fußmarsch rochen Mick und Judd Benzin in der Luft, und nicht sehr viel später stießen sie auf den VW. Er hatte sich in dem schilfverwucherten Entwässerungsgraben seitlich der Straße überschlagen. Und war nicht in Brand geraten.

Die Fahrertür stand offen, und der Körper von Vaslav Jelovsek war herausgefallen. Sein Gesicht spiegelte ruhig-gefaßte Bewußtlosigkeit. Äußerlich waren keinerlei Anzeichen einer Verletzung zu sehen, bis auf die ein, zwei kleinen Schnittwunden in seinem unauffälligen Gesicht. Behutsam zogen sie den Dieb aus den Unfalltrümmern und aus dem Dreck des Grabens hoch auf die Straße. Er stöhnte ein bißchen, als sie an ihm herummachten: Micks Pulli zu einem Kissen zusammenrollten, seinen Kopf damit abstützten, ihm Jacke und Krawatte abnahmen.

Ganz unvermittelt öffnete er die Augen. Er starrte sie beide an.

»Sind Sie okay?« fragte Mick.

Einen Moment lang sagte der Mann nichts. Er schien nicht zu verstehen. Dann: »Englisch?« Schwerer Akzent, aber die Frage war ganz klar.

»Ja.«

»Habe Sie reden gehört. Englisch.« Er runzelte die Stirn und zuckte zusammen.

»Haben Sie Schmerzen?« fragte Judd.

Der Mann fand das anscheinend amüsant.

»Hab' ich Schmerzen?« wiederholte er; Qual und Belustigung hielten sich die Waage in seinem verzerrten Gesicht. »Ich werde sterben«, sagte er zwischen zusammengebissenen Zähnen.

»Nein«, sagte Mick, »Sie sind okay.«

Der Mann schüttelte den Kopf; seine Nachdrücklichkeit war absolut. »Ich werde sterben«, sagte er nochmals völlig entschieden. »Ich möchte sterben.«

Judd bückte sich näher zu ihm hinunter. Die Stimme des Mannes wurde zunehmend schwächer.

»Sagen Sie uns, was wir tun sollen«, verlangte Judd. Der Mann hatte die Augen geschlossen. Rücksichtslos schüttelte Judd ihn wach. »Sagen Sie's uns!« verlangte er nochmals, und alles Mitleid verschwand rapide. »Sagen Sie uns, worum es sich bei dem Ganzen handelt!«

»Worum?« sagte der Mann und hielt die Augen immer noch geschlossen. »Es war ein Fall, das ist alles. Einfach ein Fall...«

»Was ist gefallen?«

»Die Stadt. Podujevo. Meine Stadt.«

»Und was hat sie zu Fall gebracht?«

»Sie selbst natürlich.«

Der Mann erklärte gar nichts; löste bloß ein Rätsel mit einem neuen.

»Und wohin waren sie unterwegs?« erkundete Mick und versuchte, so unaggressiv wie möglich zu klingen.

»Hinter Popolac her«, sagte der Mann.

»Popolac?« fragte Judd.

Mick entdeckte allmählich etwas Sinn in der Geschichte. »Popolac ist auch eine Stadt. Wie Podujevo. Zwillingsstädte. Sie sind auf der Karte...«

»Wo ist die Stadt jetzt?« fragte Judd.

Vaslav Jelovsek zog es anscheinend vor, die Wahrheit zu sagen. Einen Augenblick schwankte er zwischen der Möglichkeit, mit einem Rätsel auf den Lippen zu sterben, und jener, noch so lange zu leben, um seine Geschichte loszuwerden. Was tat es schon, wenn man die Sache jetzt erfuhr? Es konnte nie mehr einen neuen Wettstreit geben: Das war alles vorbei.

»Sie sind zum Kampf angetreten«, sagte er, und seine Stimme war jetzt sehr schwach. »Popolac und Podujevo. Alle zehn Jahre treten sie an...«

»Kampf?« fragte Judd. »Wollen Sie damit sagen, daß all diese Menschen niedergemetzelt wurden?«

Vaslav schüttelte den Kopf. »Nein, nein. Sie sind gefallen. Wie ich gesagt habe.«

»Also, wie kämpfen sie dann?« fragte Mick.

»Gehn in die Berge«, war die lapidare Antwort.

Vaslav öffnete ein wenig die Augen. Die Gesichter, die sich da undeutlich über ihn beugten, waren erschöpft und krank. Sie hatten gelitten, diese Unschuldigen. Sie hatten etwas Aufklärung verdient.

»Als Giganten«, sagte er. »Sie kämpften als Giganten. Sie haben einen Körper aus ihren Körpern gemacht, verstehen Sie? Der Bau, die Muskeln, die Knochen, die Augen, Nase, Zähne: alles aus Männern und Frauen.«

»Er redet irre«, sagte Judd.

»Dann gehn Sie in die Berge«, wiederholte der Mann. »Sehn Sie selbst, wie wahr es ist.«

»Sogar, wenn man annimmt...« fing Mick an.

Vaslav unterbrach ihn, brannte darauf, zu Ende zu kommen. »Sie waren gut im Gigantenwettstreit. Es hat viele Jahrhunderte Übung gekostet. Die Proportionen sind dabei alle zehn Jahre größer geworden. Jedesmal hat man sie unbedingt größer haben wollen als die vorherigen. Seile hat's gebraucht, um sie alle einwandfrei zusammenzubinden. Sehnen... Bänder... Essen war im Riesenbauch... Rohre auf Lendenhöhe, um den Abfall zu beseitigen. Der mit den besten Augen saß in den Augenhöhlen, der mit der besten Stimme in Mund und Kehle. Technisch eine Meisterleistung, Sie würden's nicht für möglich halten.«

»Tu ich auch nicht«, sagte Judd und stand auf.

»Er ist der Leib des Gemeinwesens«, sagte Vaslav, seine leise Stimme war kaum noch mehr als ein Flüstern. »Er ist die Gestalt unseres Lebens.«

Schweigen. Kleine Wolken trieben über die Straße hin.

»Es war ein Wunder«, sagte er, als würde ihm zum erstenmal die Ungeheuerlichkeit des Faktums in voller Tragweite bewußt. »Es war ein Wunder.«

Jetzt war es genug. Wirklich genug.

Nach den letzten Worten schloß sich sein Mund, und er starb. Diesen einen Tod empfand Mick schmerzlicher als den der Abertausende, vor denen sie geflohen waren; oder vielmehr war dieser Tod der Schlüssel, der die schreckliche Qual aufschließen sollte, die er für sie alle empfand.

Ob der Mann es nun vorgezogen hatte, eine phantastische Lüge zu erzählen, oder ob diese Geschichte in gewisser Hinsicht der Wahrheit entsprach, Mick fühlte sich angesichts solcher Dimensionen total überfordert. Sein Vorstellungsvermögen war zu beschränkt, um sich wirklich ein Bild zu machen. Sein Hirn schmerzte vom Drandenken, und sein Mitleid brach unter der Jammerlast zusammen, die er spürte.

Sie standen auf der Straße, während die Wolken vorbeijagten; die vagen grauen Schatten zogen über ihnen weiter zu den rätselhaften Hügeln.

Der Abend dämmerte.
Popolac konnte nicht mehr weiter. Es fühlte sich erschöpft in jedem Muskel. Innerhalb seiner riesigen Körperkonstruktion war es hie und da schon zu Todesfällen gekommen; aber in der Stadt kam kein Sichgrämen auf um die abgelebten Zellen. Soweit die Toten im Leibesinnern waren, konnten die Leichen an ihren Gurtgeschirren hängen bleiben. Soweit sie die Haut der Stadt bildeten, wurden sie aus ihren Positionen losgeschnallt, damit sie in den Wald darunter stürzten.
Der Gigant war des Mitgefühls nicht fähig. Er kannte nur ein Streben: weiterzumachen, bis es mit ihm zu Ende ging.
Als die Sonne langsam verschwand, saß Popolac zur Rast auf einem kleinen Hügel und schmiegte schützend seinen Riesenkopf in seine Riesenhände.
Die Sterne kamen hervor, behutsam wie gewöhnlich. Die Nacht rückte heran, verband barmherzig die Verwundungen des Tages, beschattete die Augen, die zu viel gesehen hatten.
Popolac erhob sich wieder auf seine Beine und setzte sich donnernd Schritt für Schritt in Bewegung. Gewiß, es würde nicht mehr lange dauern, bis die Ermattung es überwältigte: bis es sich in der Gruft eines abgelegenen Tals niederlegen konnte, um zu sterben.
Aber eine Zeitlang mußte es weitergehen, jeder Schritt quälender in seiner Langsamkeit als der vorangegangene, während die Nacht schwarz um seinen Kopf strahlte.

Mick wollte den Autodieb irgendwo am Waldrand begraben. Judd hingegen wies darauf hin, daß im nüchterneren Licht des morgigen Tages das Vergraben einer Leiche ein bißchen verdächtig erscheinen könnte. Und außerdem, war es nicht absurd, sich mit einer einzelnen Leiche zu befassen, wo doch buchstäblich Tausende ein paar Kilometer von ihrem Standort entfernt lagen?

Demzufolge beließ man es dabei: Der Körper blieb liegen, und der Wagen sank immer tiefer in den Graben.

Sie setzten ihren Fußmarsch fort.

Es war kalt, und es wurde zunehmend kälter, und sie hatten Hunger.

Aber die wenigen Häuser, an denen sie vorbeikamen, waren alle verlassen, die Türen versperrt, die Läden verschlossen, ohne Ausnahme.

»Weißt du, was er hat sagen wollen?« fragte Mick, als sie gerade wieder vor einer versperrten Tür standen.

»Alles rein metaphorisch...«

»Das ganze Zeugs über die Giganten?«

»Irgend so ein Trotzkisten-Geseiche«, insistierte Judd.

»Das glaub' ich nicht.«

»Wenn ich's dir sage. Das war seine Totenbettrede, hat sich wahrscheinlich jahrelang darauf vorbereitet.«

»Glaub' ich nicht«, sagte Mick nochmals und kletterte zur Straße hinauf.

»Ach, und wieso nicht?« Judd war hinter ihm.

»Jedenfalls hat er keine Parteidoktrin wiedergekäut.«

»Willst du damit vielleicht ernstlich behaupten, es schleicht hier irgendwo in der Gegend so'n Riese rum? Du lieber Heiland!«

Mick wandte sich um. Sein Gesicht war in der Dämmerung schlecht zu erkennen, aber seine Stimme war nüchtern vor Überzeugung. »Ja. Ich glaube, er hat die Wahrheit gesagt.«

»Das ist hirnrissig. Absolut lächerlich. Nein.«

Judd haßte Mick in diesem Augenblick. Haßte seine Naivität, sein leidenschaftliches Bedürfnis, jede schwachsinnige Geschichte für wahr zu halten, wenn sie nur einen Hauch Romantik an sich hatte. Und dies hier? Das war das Schlimmste, das Abstruseste...

»Nein«, sagte er nochmals. »Nein. Nein. Nein.«

Der Himmel war porzellanglatt und die Silhouette der Hügel pechschwarz.

»Ich frier saumäßig«, kam's von Mick aus der Dämmerung. »Willst du hierbleiben, oder marschierst du mit mir weiter?«

Judd brüllte: »Die Tour führt zu nichts und niemand.«

»Klar ist es 'n weiter Weg zurück.«

»Wir kommen bloß tiefer in die Berge rein.«

»Mach, was du willst! Ich geh' jetzt.«

Seine Schritte entfernten sich. Das Dunkel umfing ihn.

Nach einer Minute folgte ihm Judd.

Die Nacht war wolkenlos und rauh. Sie schritten voran, hatten den Kragen hochgeschlagen gegen die Kälte; die Füße in den Schuhen waren angeschwollen. Der Himmel über ihnen war eine einzige Sternenparade. Ein Triumph verschütteten Lichts, aus dem das Auge so viele Muster machen konnte, wie seine Geduld es zuließ. Nach einer Weile schlangen sie die müden Arme umeinander, zum Trost und um sich zu wärmen.

Gegen elf Uhr sahen sie in der Ferne ein Fenster leuchten.

Die Frau am Eingang des einfachen Steinhauses lächelte nicht, aber sie hatte Verständnis für ihren Zustand und ließ sie herein. Es schien vergeblich, versuchen zu wollen, der Frau oder ihrem gelähmten Mann zu erklären, was sie gesehen hatten. Das Haus hatte kein Telefon, und von einem Fahrzeug war nichts zu sehen; also konnte man, selbst wenn es ihnen irgendwie gelungen wäre, sich verständlich zu machen, nichts weiter ausrichten.

Mit Pantomimik und Gesichterschneiden erklärten sie, daß sie hungrig und erschöpft waren. Weiterhin versuchten sie zu erklären, daß sie sich verirrt hatten, und sie hätten sich dafür ohrfeigen können, daß sie ihren Sprachführer im VW gelassen hatten. Die Frau schien nicht sehr viel zu verstehen von dem, was sie sagten, aber sie ließ sie neben einem prasselnden Kaminfeuer Platz nehmen und stellte eine Pfanne Essen zum Heißwerden auf den Herd.

Sie aßen dicke, ungesalzene Erbsensuppe und Eier und lächelten die Gastgeberin hin und wieder dankbar an. Ihr Mann saß neben dem Feuer und versuchte erst gar nicht, mit den Fremden zu reden oder sie auch nur anzusehen.

Das Essen tat gut. Es gab ihren Lebensgeistern neuen Auftrieb. Sie wollten bis zum Morgen schlafen und dann den langen, strapaziösen Rückmarsch antreten. Bei Tagesanbruch würden die Leiber auf dem Schlachtfeld gezählt, identifiziert, eingepackt und ihren Familien überführt werden. Die Luft wäre voll von beruhigenden Geräuschen, die das Stöhnen austilgen würden,das ihnen noch immer in den Ohren klang. Hubschrauber wären da, lastwagenweise Männer, die die Aufräumungsarbeiten organisierten. All die Gepflogenheiten, all das Drum und Dran einer Katastrophe in der zivilisierten Welt.

Und nach einer Weile wäre dann alles annehmbar, würde Bestandteil ihrer Geschichte werden: Eine Tragödie freilich, aber eine, die sie erklären, klassifizieren und mit der zu leben sie lernen konnten. Alles würde gut werden, ja, alles würde gut werden. Wenn es erst mal Morgen war.

Der Schlaf aus reiner Ermüdung überkam sie urplötzlich. Sie blieben, wo sie hingesunken waren, saßen noch immer am Tisch, den Kopf auf den verschränkten Armen, inmitten eines Durcheinanders aus leeren Schüsseln und Brotrinden.

Sie wußten nichts. Träumten nichts. Spürten nichts.
Dann setzte der Donner ein.
In der Erde, tief in der Erde, ein rhythmischer Tritt, wie der eines Titanen, der lauter wurde und immer näher kam.
Die Frau weckte ihren Mann auf. Sie blies die Lampe aus und ging zur Tür. Der Nachthimmel war von Sternen hell erleuchtet: ringsum schwarz die Berge.
Der Donner hallte noch immer nach: eine volle halbe Minute zwischen jedem wummernden Paukenschlag, aber lauter jetzt. Und lauter mit jedem weiteren Schritt.
Sie standen zusammen an der Tür, Ehemann und Frau, und lauschten hinüber zu den Nachthügeln, die das Echo des Getöses hin- und herwarfen zwischen ihren Hängen. Kein Blitz war da, der dem Donner vorausgegangen wäre.
Nur das wummernde Gedröhn.
Rums...
Rums...
Es ließ den Boden erbeben: Es warf den Staub vom Türsturz und rüttelte an den Fensterriegeln.
Rums...
Rums...
Sie wußten nicht, was da näher kam. Aber welche Gestalt es auch annahm, und was es auch vorhatte, es schien sinnlos, vor ihm davonzulaufen. Der Ort, an dem sie standen, die jämmerliche Zuflucht ihres Hauses, war genauso sicher wie irgendein Schlupfwinkel im Wald. Wie sollten sie unter hunderttausend Bäumen den finden, der noch stand, wenn der Donner vorbeigekommen war? Besser warten: und zusehen.
Die Augen der Frau waren schwach, und sie konnte nicht glauben, was sie sah, als die Schwärze des Hügels ihre Gestalt veränderte und sich hinaufbäumte, um die Sterne zu verdec-

ken. Aber ihr Mann hatte ihn auch gesehen, den unvorstellbar riesigen Kopf, ungeheuerlicher noch in der trügerischen Dunkelheit, der immer weiter sich hinauftürmte und dessen Ausmaß die Hügel zu Zwergen verkümmern ließ.

Der Mann fiel auf die Knie und brabbelte ein Gebet, seine arthritischen Beine verkrümmten sich unter ihm. Seine Frau kreischte auf: Keine ihr bekannten Worte konnten dieses Ungeheuer in Schach halten – kein Gebet, kein Flehen hatten Gewalt über es.

Drinnen erwachte Mick, und sein ausgestreckter Arm, den ein plötzlicher Krampf durchzuckte, wischte den Teller und die Lampe vom Tisch. Sie zersprangen in Stücke.

Judd wachte auf.

Das Gekreisch draußen hatte aufgehört. Die Frau war im Wald verschwunden. Jeder, aber auch wirklich jeder Baum war besser als dieser Anblick. Ihr Mann ließ noch immer ein Stoßgebet nach dem anderen von seinen schlaffen Lippen träufeln, als das gewaltige Bein des Riesen sich hob und zum nächsten Schritt ansetzte.

Rums...

Das Haus wankte. Teller tanzten und krachten von der Anrichte. Eine Tonpfeife rollte vom Kaminsims und ging in der Herdasche zu Bruch.

Dies Erdgedonner, den Lärm, der da erdröhnte, kannten die beiden Lover nur zu gut.

Mick langte nach Judd und packte ihn an der Schulter. »Siehst du«, sagte er, und blaugrau schimmerten seine Zähne in der Finsternis. »Siehst du! Siehst du's jetzt?«

Etwas Hysterisches brodelte hinter seinen Worten. Er lief zur Tür, stolperte im Dunkeln über einen Stuhl. Fluchend und angeschlagen taumelte er in die Nacht hinaus.

Rums...
Ohrenbetäubender Donner. Diesmal zertrümmerte er alle Fenster im Haus. Im Schlafzimmer brach einer der Bodenquerbalken und schleuderte Schutt ins untere Stockwerk.
Judd fand seinen Lover vor der Tür. Der Alte lag nun auf dem Boden, das Gesicht nach unten; die kranken angeschwollenen Finger krallten ins Leere, die bettelnden Lippen drückte er auf die feuchte Erde.
Mick schaute jetzt auf zum Himmel. Judd folgte seiner Blickrichtung.
Da war ein Bereich, wo keine Sterne zu sehen waren. Eine Finsternis in Gestalt eines Mannes. Ungeheuerliche, weit ausladende Formen eines menschlichen Körpers, eines Kolosses, der sich emporschwang, um an den Himmel zu rühren. Kein ganz makelloser Riese. Seine Silhouette war nicht klar-säuberlich; sie waberte und wuselte.
Auch war er augenscheinlich breiter, dieser Riese, als jeder reale Mensch. Seine Beine waren abnorm dick und plump gestaucht, und seine Arme eher kurz. Die sich zur Faust ballenden und wieder öffnenden Hände schienen absonderlich gegliedert und für seinen Rumpf viel zu zart zu sein.
Dann machte er einen Schritt auf sie zu, hob einen riesigen, ausladenden Fuß und setzte ihn auf die Erde.
Rums...
Der Tritt brachte das Dach auf dem Haus zum Einsturz. Alles entsprach der Wahrheit, was der Autodieb gesagt hatte. Popolac war eine Stadt und ein Riese; und er war ins Bergland gegangen...
Jetzt gewöhnten sich ihre Augen allmählich an das Nachtlicht. In zunehmend gräßlicherer Deutlichkeit konnten sie erkennen, wie dieses Ungeheuer gebaut war. Es war ein Meisterstück

menschlicher Konstruktionstechnik: ein Mann, von Kopf bis Fuß aus Männern. Oder vielmehr ein geschlechtsloser Gigant aus Männern, Frauen und Kindern. Sämtliche Bürger Popolacs wanden sich und mühten sich ab in dem Körper dieses fleischgestrickten Giganten, ihre Muskeln dehnten sich bis zum Zerreißen, ihre Knochen waren nahe daran zu brechen.
Die beiden konnten sehen, auf welch subtile Weise die Architekten Popolacs die Proportionen des menschlichen Körpers verändert hatten: daß man dieses Gebilde mehr in die Breite gestaucht hatte, um seinen Schwerpunkt nach unten zu verlagern; daß man seine Beine ins Elefantenhafte vergrößert hatte, damit sie das Gewicht des Rumpfes tragen konnten; daß man den Kopfansatz auf die Höhe der breiten Schultern abgesenkt hatte, um so, logischerweise, die Probleme eines schwachen Halses auf ein Minimum zu reduzieren.
Ungeachtet dieser Mißbildungen war das Monster grauenhaft lebensecht. Die Körper, die zusammengebunden waren, um seine Oberfläche zu bilden, waren bis auf ihr Gurtzeug nackt, so daß seine Oberfläche im Sternenlicht wie ein einziger riesenhafter Menschentorso schimmerte. Sogar die Muskulatur war, obzwar vereinfacht, trefflich nachgebaut. Sie konnten sehen, wie sich die verstrickten Körper in kompakten Strängen aus Fleisch und Knochen gegeneinanderschoben und auseinanderzogen. Das Menschengeflecht, das den Rumpf bildete, konnten sie sehen: die Rücken wie Schildkrötenpanzer aneinandergepfercht, um den Schwung der Brustmuskulatur darzubieten; die verzurrten und verknoteten Akrobaten an den Arm- und Beingelenken, die sich einrollten und abspulten, um die Regungen der Stadt in Bewegung umzusetzen.
Mit Sicherheit aber bot den allerunglaublichsten Anblick das Gesicht.

Wangen aus Körpern; grottentiefe Augenhöhlen, in denen Köpfe starrten, fünf jeweils zu einem Augapfel zusammengebunden; eine breite flache Nase und ein Mund, gesäumt mit Zähnen aus kahlköpfigen Kindern, der sich beim rhythmischen Hervorschwellen und Einsinken der Kiefermuskeln öffnete und schloß. Und aus diesem Mund ließ die Stimme des Giganten, jetzt nur noch ein schwacher Abklatsch ihrer früheren Gewalt, ein monotones idiotisches Gelalle erschallen.

Popolac bewegte sich und Popolac sang.

Gab es je in Europa eine Sehenswürdigkeit, die ihm das Wasser reichen konnte?

Sie schauten zu, Mick und Judd, als ihnen Popolac einen weiteren Schritt näher kam.

Der alte Mann hatte sich die Hosen naß gemacht. Plärrend und flehentlich sabbernd robbte er fort von dem zugrundegerichteten Haus unter die umstehenden Bäume und schleppte seine toten Beine hinter sich her.

Die Engländer blieben stehen, wo sie waren, und schauten zu, wie das Titanenspektakel heranrückte. Weder Angst noch Horror erfaßten sie jetzt, nur eine tiefe Ehrfurcht hielt sie an der Stelle festgebannt. Sie wußten, daß dies ein Anblick war, den ein zweites Mal zu sehen sie sich nie erhoffen durften. Dies war der absolute Gipfel – danach kam nur mehr x-beliebige Erfahrung. Besser also standzuhalten, obwohl jeder Schritt den Tod näherbrachte, besser also standzuhalten und den Anblick zu genießen, solange er noch da war und sich sehen ließ. Und wenn es sie mordete, dieses Ungeheuer, dann hätten sie zumindest flüchtig ein Wunder geschaut, diese schreckliche Majestät einen kurzen Augenblick gekannt. Der Einsatz schien nur angemessen.

Popolac war höchstens ein paar Schritte vom Haus entfernt. Sie konnten nun die Vielgestaltigkeit des Baugefüges ganz klar erkennen. Die Gesichter der einzelnen Bürger wurden in ihren Details allmählich deutlich: weiß, schweißnaß und zufrieden in ihrer Müdigkeit. Manche hingen tot in ihrem Gurtgeschirr, und ihre Beine schwangen hin und her wie bei Gehenkten. Andere, insbesondere Kinder, hatten aufgehört, ihrer Abrichtung Folge zu leisten. Sie hatten ihre Positionen gelockert, so daß die Form des Körpers entartete, rebellische Zellen wie Schwären auf ihm.

Doch noch immer war das Stadtmirakel unterwegs, jeder Schritt eine unvorhergesehene Leistung an Koordination und Stärke.

Rums...

Der Schritt, der das Haus zertrat, kam eher als sie dachten.

Mick sah, wie das Bein angehoben wurde; sah die Gesichter der Menschen in Schienbein und Fessel und Fuß – sie waren jetzt so groß wie er: lauter hünenhafte Männer, dazu ausersehen, die volle Last dieser gewaltigen Schöpfung auf sich zu nehmen. Viele waren tot. Die Fußsohle war, wie er sehen konnte, ein Flickenteppich aus zermalmten und blutigen Leibern, zu Tode gequetscht unter dem Gewicht ihrer Mitbürger.

Mit krachendem Getöse kam der Fuß herab.

In Sekundenschnelle war das Haus zu Splittern und Staub verwandelt.

Popolac löschte restlos den Himmel aus. Einen Moment lang war es die ganze Welt, Himmel und Erde. Bis zum Überfließen erfüllte seine Gegenwart die Sinne. Aus dieser Nähe konnte man es mit nur einem Blick nicht erfassen; das Auge mußte hin- und herschweifen über seine Masse, um es voll in sich aufzunehmen, und selbst dann weigerte sich der Verstand, die ganze Wahrheit anzuerkennen.

Ein herumwirbelnder Steinbrocken, der vom Haus beim Einsturz weggeschleudert worden war, schlug Judd voll ins Gesicht. In seinem Kopf hörte er den vernichtenden Schlag wie den Aufprall eines Balls gegen eine Wand: ein Squash-Tod. Kein Schmerz, keine Reue. Aus – wie ein Licht, ein winziges bedeutungsloses Licht. Seinen Todesschrei verschluckte der Höllenlärm, seinen Leib verbargen Qualm und Finsternis. Mick sah und hörte Judd nicht sterben.
Zu sehr war er damit beschäftigt, den Fuß anzustarren: wie er einen Augenblick lang in den Trümmern des Hauses zur Ruhe kam, während das andere Bein sich zur Fortbewegung entschloß.
Mick versuchte sein Glück. Heulend wie ein Würgengel lief er auf das Bein zu, brannte darauf, das Ungeheuer zu umklammern. Er strauchelte in den Trümmern und kam wieder hoch, blutbefleckt, um nach dem Fuß zu greifen, bevor der angehoben wurde und er allein zurückblieb. Gleich einem Tumult durchschauerte zermartertes Gekeuch den Fuß, als an ihn der unwiderrufliche Bescheid zum Weitergehen erging. Mick sah die Schienbeinmuskeln sich bündeln und zusammenschließen, als das Bein anfing abzuheben. Er machte einen allerletzten Satz auf das Glied zu, als es begann, den Boden zu verlassen, und schnappte mit beiden Händen nach einem Gurtgeschirr oder einem Seil oder nach Menschenhaar oder blankem Fleisch – blindlings nach irgend etwas, um dies vorübergehende Wunder zu erhaschen und ein Teil davon zu sein. Besser war's, mit ihm zu gehen, ganz gleich, wohin, ihm dienlich zu sein bei seinem Vorhaben, ganz gleich, was das sein mochte; besser, mit ihm zu sterben, als ohne es zu leben.
Er bekam den Fuß zu fassen und fand einen festen Halt an seinem Knöchel. Er schrie seine nackte Verzückung hinaus bei

diesem Erfolg, spürte zugleich die Aufwärtsbewegung des gewaltigen Beins und blickte durch den strudelnden Staub zu der beim Höherklimmen des Glieds schon entschwindenden Stelle hinunter, an der er gestanden hatte.

Die Erde unter ihm war fort. Er fuhr als Anhalter bei einem Gott mit: Das Leben, das ihm noch verblieb, zählte jetzt, für sich genommen, nicht mehr. Er würde mit diesem Wesen leben, ja, dank ihm würde er leben – es vor Augen haben und es mit Blicken verschlingen, bis er stürbe an purer Unersättlichkeit.

Er kreischte und jaulte und schaukelte in den Seilen, kostete so seinen Triumph aus. Unten, weit unten sah er flüchtig Judds Körper, bleich und fötushaft in sich verkrümmt auf dem dunklen Boden, unwiederbringlich. Liebe und Leben und gesunde Vernunft waren dahin, dahin wie die Erinnerung an seinen Namen oder sein Geschlecht oder sein Wollen.

Das alles bedeutete nichts. Rein gar nichts.

Rums...

Rums...

Popolac war unterwegs, der Lärm seiner Schritte verhallte gen Osten. Popolac war unterwegs, das Lallen seiner Stimme verlor sich in der Nacht.

Tags darauf kamen Vögel, Füchse kamen, Fliegen, Falter und Wespen. Judd rührte sich, Judd verschob sich, Judd schenkte Leben. Maden wärmten sich in seinem Bauch, im Bau einer Füchsin kämpfte man sich durch sein gutes Schenkelfleisch. Danach ging es schnell. Die Knochen noch, ihr Gilben, ihr Zerbröckeln: bald dann nur noch ein leerer Raum, den er einst mit seinem Atem, seinen Ansichten ausgefüllt hatte.

Dunkel, Licht, Dunkel, Licht. Beide störte er mit seinem Namen nicht mehr.

Danksagung

Mein aufrichtiger Dank gilt folgenden Personen: Norman Russell, meinem Englischtutor in Liverpool, für seine frühzeitige Bestärkung und Ermutigung sowie Pete Atkins, Julie Blake, Doug Bradley und Oliver Parker für die gleiche Unterstützung in der Zeit danach; James Burr und Kathy Yorke für ihren hilfreichen Rat; Bill Henry für seinen professionellen Scharfblick und Sachverstand; Ramsey Campbell für seine Großzügigkeit und Begeisterung; Mary Roscoe für die gewissenhafte Entzifferung und Umschrift meiner Hieroglyphen und Marie Noëlle Dada aus demselben Grund; Vernon Conway und Bryn Newton für Glaube, Liebe und Hoffnung; und Nann du Sautoy und Barbara Boote von Sphere Books.